BASTEI
LÜBBE

JERRY COTTON IM TASCHENBUCH-PROGRAMM:

JERRY COTTON

Der Senkrechtstarter

Kriminalroman

BASTEI LÜBBE

BASTEI-LÜBBE-TASCHENBUCH
Band 31 453

Erste Auflage: März 1999

Lektorat: Peter Thannisch
Titelbild: Roy Palmer
Umschlaggestaltung: QuadroGrafik, Bensberg
Satz: Textverarbeitung Garbe, Köln
Druck und Verarbeitung: Ebner, Ulm
Printed in Germany

ISBN 3-404-31453-0

Der Preis dieses Bandes versteht sich einschließlich der gesetzlichen Mehrwertsteuer

Sie finden uns im Internet unter http://www.luebbe.de

1

Eine dicke, deprimierend graue Hochnebeldecke lag bleischwer auf New York, als wir das FBI Office an der Federal Plaza verließen.

»Ein großer Tag für Selbstmörder«, brummte Phil mit einem scheelen Blick nach oben. »So ein Wetter läßt in den Herzen der Labilen die Sehnsucht nach dem Jenseits keimen.«

»Zum Glück sind wir nicht aus so weichem Holz geschnitzt«, meinte unser Kollege Zeerookah und zupfte ein mikroskopisch kleines Fusselchen vom Ärmel seiner schicken Designerjacke. Keiner von uns war jemals besser und teurer gekleidet. Natürlich war Zeery für den harten FBI-Job overdressed, und das täglich, doch das war nun mal sein Stil. In Klamotten von der Stange hätte er sich nicht wohl gefühlt. Ein Spleen, der Zeerookah im Büro häufig zur Zielscheibe spitzer, jedoch nie böse gemeinter Bemerkungen machte.

Mit von der Partie war auch noch der große, fast athletisch gebaute Steve Dillaggio, der, obwohl italienischer Herkunft, mit seinem flachsblonden Haar eher wie ein Skandinavier aussah.

Ich hatte gewettet, daß er, Phil und Zeery es nicht schaffen würden, einen in mehreren US-Bundesstaaten gesuchten Trickdieb binnen achtundvierzig Stunden zu verhaften. Es war ihnen aber wider Erwarten doch gelungen. Nun durften sie in Ben O'Flahertys neu eröffnetem ›Irish Pub‹ auf meine Kosten so viel Bier trinken, wie sie wollten.

Da wir nicht alle in meinen roten Jaguar gepaßt hätten, nahmen wir ein Taxi.

Bester Laune betraten wir zwanzig Minuten später das urgemütliche Lokal des sympathischen Iren. Der rothaarige O'Flaherty umarmte uns wie Brüder. Es gingen so viel Herzlichkeit und menschliche Wärme von ihm aus, daß wir das Gefühl hatten, ihn bereits seit Jahren zu kennen.

»Freunde, wie geht es euch?« erkundigte er sich mit ehrlichem Interesse.

»Gut«, antwortete Phil.

»Und weißt du, warum?« sagte Zeery.

»Weil Jerry eine Wette verloren hat und deshalb heute die ganze Zeche bezahlt«, informierte Steve den massigen Iren.

Ben sah mich an, als würde ich ihm leid tun. »Ist das wahr? Du willst diese schweren Schluckspechte heute abend wirklich freihalten? Und das bei deinem schmalen Bullengehalt?«

Ich grinste breit. »Ich hab' mir sicherheitshalber 'nen Vorschuß genommen.«

»Okay«, sagte Ben. »Damit es für dich nicht zu teuer wird, geht die erste Runde auf mich.«

»Das ist ein Wort.«

»Nehmt Platz, Kameraden.«

Wir schwangen uns auf die Hocker, während Ben O'Flaherty nach dem dicken Zapfknüppel griff und vier Gläser mit edlem Gestensaft aus seiner Heimat füllte.

Ich drehte mich um und ließ meinen Blick durch das Lokal schweifen. Die gediegene Einrichtung aus massivem Eichenholz mußte Ben ein kleines Vermögen gekostet haben. Mit Sicherheit würde der Kredit, den er dafür bei seiner Bank aufgenommen hatte, noch ziemlich lange auf seinen breiten Schultern lasten.

Das Geschäft hätte bessergehen können. Das ›Irish Pub‹ war nur halb voll. Mit solchen Startschwierigkeiten hatten fast alle neuen Lokale zu kämpfen.

Es dauerte seine Zeit, bis diese Durststrecke überwunden war, und man mußte zäh genug sein, um sich da durchzubeißen.

Ben stellte die gefüllten Gläser vor uns hin. »Wohl bekomm's«, sagte er.

Wir prosteten ihm zu und tranken.

»Ah«, sagte Phil, der neben mir saß. »Der erste Schluck ist immer der beste.« Er rollte die Augen und schnalzte genüßlich mit der Zunge.

»Erzähl mal, wie's so geht, Ben«, verlangte ich.

Breitete sich da ein Schatten über seine hellen Augen?

»Ist mit der Familie alles in Ordnung?« erkundigte ich mich.

Seine Frau Maureen – ebenso rothaarig wie er – hatte ihm vor einem halben Jahr ein rothaariges Baby geschenkt. Einen gesunden Jungen, einen strammen kleinen Iren, dem er seinen Namen gegeben hatte und auf den er mächtig stolz war.

Wir kannten die schöne grünäugige Maureen. Sie vertrat ihren Mann hin und wieder im Lokal, wenn er wichtige Dinge zu erledigen hatte. Dann kümmerte sich die Frau ihres Bruders, die selbst keine Kinder bekommen konnte, mit großer Freude um den Säugling.

»Meiner Familie geht es großartig«, sagte Ben. Er lachte. »Die hat ja schließlich mich!«

»Und beruflich?« forschte ich weiter. »Alles im Lot?«

Ben schlug die Augen nieder.

»Irgendwelche Probleme?« fragte ich.

Er sah mich fest an und sagte heiser: »Keine Probleme, Jerry.«

Der Argwohn war wohl aus meinem Gesicht abzulesen, denn schnell fügte er hinzu: »Jedenfalls keine, die ich hier und jetzt breittreten möchte.«

Eine Antwort, die mir nicht gefiel, deshalb fragte ich ernst: »Können wir helfen?«

Er schüttelte entschieden den Kopf. »Ich werde damit schon allein fertig. Aber trotzdem – vielen Dank für das Angebot, Jerry.«

Warum wollte er nicht reden? Hatte er Angst? Ben O'Flaherty und Angst, das paßte irgendwie nicht zusammen. Was war los mit Ben?

Warum zog er uns nicht ins Vertrauen? Weil wir G-men waren? Hatte er Schwierigkeiten, aus denen er die Polizei raushalten mußte? Wer mochte das von ihm verlangt haben?

Ben sah meine nachdenklich gerunzelte Stirn und sagte: »Laß es sein, Jerry.«

»Was soll ich sein lassen, Ben?«

»Du bist hier, um dich mit deinen Kollegen zu amüsieren.«

»Muß ich deshalb aufs Denken verzichten? Hör zu, Ben ...«

»Trink dein Bier und laß mich in Ruhe, Jerry.«

»Sei kein irischer Dickschädel, Ben!«

Er wandte sich an Phil, Zeery und Steve. »Kennt ihr den? Kommt ein Missionar in den Urwald und ...«

»Ben!«

Er wurde unfreundlich. »Verflucht, Jerry, ich hab' gesagt, du sollst mich in Ruhe lassen!«

»Ich will wissen, was los ist«, bohrte ich.

»Ich sag's dir aber nicht«, gab er trotzig zurück.

Ich nickte. »Danke, mein Freund, das genügt. Jetzt weiß ich Bescheid.«

»Was weißt du?« brauste der Ire auf. »Nichts weißt du! Gar nichts!«

»Wieviel, Ben?«

»Wieviel – was? Ich weiß überhaupt nicht, wovon du sprichst, Jerry.«

»Ich wette, du weißt es.«

Er lachte blechern. »He, Mann, willst du schon wieder eine Wette verlieren?`«

»Ich rede von Schutzgeld, Ben«, sagte ich hart, damit er begriff, daß er mir nichts vormachen konnte. »Ich rede davon, daß du erpreßt wirst, daß irgendwelche miesen Typen bei dir waren und gedroht haben, dein Lokal auseinanderzunehmen und vielleicht sogar dir und deiner Familie etwas anzutun, wenn du nicht zahlst, was sie verlangen. Ich rede davon, daß sie dir dringend geraten haben, die Bullen aus der Sache rauszuhalten, weil du sonst nämlich mehr Schwierigkeiten an den Hals kriegst, als du verkraften kannst. Ist es nicht so?«

Ben sagte nichts.

»Ich sauge mir das nicht aus dem Finger, Junge«, fuhr ich fort. »Ich weiß, daß solche Kerle zur Zeit in dieser Gegend ihr Unwesen treiben. Sie haben Jordan McFee ruiniert, Perry Alberts Cafeteria in die Luft gesprengt, Trentin Holdens Frau vergewaltigt und Carl Chandler krankenhausreif geschlagen. Und ich liege mit Sicherheit nicht falsch, wenn ich annehme, daß sie auch dir schon mindestens einen Besuch abgestattet haben.«

Ben O'Flaherty schwieg mit zusammengepreßten Lippen.

»Wie oft waren sie schon hier?« wollte ich wissen.

Ben antwortete nicht.

»Hast du schon mal bezahlt?«

»Kein Kommentar«, sagte Ben.

»Also ja.«

»Kein Kommentar heißt kein Kommentar.«

»Warum läßt du dir nicht von uns helfen, Ben?«

»Ich bin mit meinen Problemen bisher immer allein fertiggeworden, und so werde ich es auch weiterhin halten.«

»Diesmal werden dir die Schwierigkeiten über den Kopf wachsen«, behauptete ich.

»Das ist noch nicht raus«, erwiderte der Ire starrköpfig.

Phyllis Clegg lag auf dem Fußboden, ihre kerzengerade hochgestreckten Beine lehnten an der Wand, und sie ging ihrer Lieblingsbeschäftigung nach: Sie telefonierte mit ihrer Freundin Doris.

»Ehrlich? Echt?« Die Siebzehnjährige lachte. »Ist ja irre. Du hast dich von ihm küssen lassen? ... Cool. Und was sonst noch? ... Ja? Cool ... O mein Gott. Ist er wirklich so toll, wie alle sagen, die mit ihm schon mal ... Ja? Wahnsinn ... Ich? Bist du verrückt? Mein Dad würde mich umbringen, wenn ich ... Klar wäre ich neugierig, aber ... Du kennst meinen Vater nicht. Ich bin seit Mutters Tod sein ein und alles. Wenn er erführe, daß ich mit Harry St. John ... Nein, das dürfte ich ihm nicht antun. Damit würde ich ihn zu sehr verletzen. Außerdem ... Du weißt doch, daß ich noch nie ... Und dann gleich mit Harry St. John ... Nein, das würde nicht gutgehen. Das gäbe ein ganz schlimmes Fiasko ...«

Eine Faust hämmerte an die Tür.

Das blonde Mädchen zuckte heftig zusammen. »Ach, du Sch...«

»Was ist?« fragte Doris am anderen Ende des Drahtes.

»Mein Vater«, sagte Phyllis, machte eine Rolle rückwärts und lag nun auf dem Bauch. »Ich muß Schluß machen.«

»Schon?«

»Na ja, wir telefonieren immerhin seit fast einer Stunde.«

»Sag deinem Vater, er soll nicht so knausrig sein.«

»Das tu' ich lieber nicht.«

»Er ist viel zu streng«, befand Doris.

»Er liebt mich.«

»Er hat eine merkwürdige Art, dir das zu zeigen.«

Die Faust hämmerte wieder an die Tür. »Phyllis!«

Phyllis legte blitzschnell auf, federte hoch, strich ihre Jeans an den Schenkeln glatt, lief zur Tür und schloß auf.

»Was soll das?« herrschte Delbert Clegg seine Tochter an. »Wieso sperrst du dich ein? Wie oft soll ich dir noch sagen, daß du dich nicht einsperren sollst?«

»Entschuldige, Dad.« Sie wußte, daß sie jetzt gut daran tat, sich kleinlaut zu geben.

»In dieser Wohnung braucht sich niemand einzusperren.«

»Das tu' ich so in Gedanken.«

»Weißt du, wie lange du telefoniert hast?«

»Tut mir leid, ich hab' nicht auf die Zeit geachtet. Wenn ich mit Doris rede, vergeht sie immer wie im Flug.«

Clegg, noch keine vierzig, sah den Teenager streng an. »Deine endlos langen Telefonate treiben mich noch in den Ruin.«

»Du telefonierst doch auch«, wagte Phyllis leise zu erwidern.

»Aber nie so lange – und fast ausschließlich geschäftlich.«

Phyllis wußte nicht, welche Geschäfte es waren. Sehr gut schienen sie nicht zu gehen. Mal hatten sie Geld, mal hatten sie keines.

»Wenn ich telefoniere, verdiene ich etwas«, behauptete Delbert Clegg. »Wenn du telefonierst, kostet mich das jedesmal ein Vermögen. Wenn du dich in Zukunft nicht etwas einschränkst, lasse ich den Apparat für dich sperren, ist das klar?«

»Ja, Dad.«

»Würdest du jetzt bitte die Güte haben, mir das Telefon zu überlassen?«

»Natürlich, Dad. Sofort, Dad. Hier, Dad.« Sie gab ihm den Apparat.

Er trug ihn ins Wohnzimmer, setzte sich an den wakkeligen Tisch und wählte die Nummer eines Freundes.

»Ja«, meldete sich am anderen Ende der Leitung eine dunkle Stimme.

»Keith?«

»Ja«, antwortete Keith Gallant.

»Hier ist Delbert.«

»Wieso rufst du erst jetzt an?«

»Ach, Phyllis hat mal wieder ein Dauergespräch geführt.«

»Der würde ich den nackten Arsch versohlen.«

»Ich weiß, daß du ein perverses Schwein bist.«

»Chuck und Mark sind schon nervös. Sie riefen mich bereits zweimal an und wollten wissen, ob die Sache heute ins Wasser fällt.«

»Natürlich nicht.«

»Dann gebe ich den beiden jetzt gleich Bescheid«, sagte Keith Gallant.

»Tu das.«

»Und wo treffen wir uns?«

»Ich schlage vor, ihr kommt hier vorbei«, gab Delbert Clegg zur Antwort.

»Okay, Boß«, sagte Gallant. »Bis dann.«

Während Clegg auf seine Komplizen wartete, klopfte er an die Tür seiner Tochter. Er fuhr sich mit gespreizten Fingern durch das dichte blonde Haar, als Phyllis öffnete.

»Ja, Dad?«

»Hör zu, Kleines«, sagte er freundlich, »ich muß gleich weg. Geschäfte. Aber ich bin bald wieder zu Hause. Alles klar?«

Phyllis nickte. »Alles klar.«

Er gab ihr einen väterlichen Kuß auf die Stirn, zog seinen wattierten Parka an und verließ die Wohnung.

Geschrei, Geplärre, Gezänk hinter den Türen, an denen er vorbeikam. Er haßte diese Gegend, wollte raus hier, wie alle anderen. Aber nur die wenigsten schafften es, sich an den eigenen Haaren aus diesem klebrigen Morast zu ziehen. Die meisten resignierten nach dem ersten Fehlversuch und blieben für den Rest ihres erbärmlichen Lebens, wo sie waren.

Delbert Clegg wollte sich nicht in diese Legion der Entmutigten einreihen. Sein Blick war nicht nur beharrlich nach vorn, sondern auch und vor allem nach oben gerichtet. Noch war er ein kleines Licht in dieser Stadt, aber er hatte große Pläne, und er war felsenfest davon überzeugt, daß er eines Tages ganz oben sein würde.

Da, wo die Sonne niemals unterging, wo der warme Geldregen niemals versiegte und wo man von allen verehrt, geachtet und auch gefürchtet wurde.

Die Nummer eins von Manhattens Unterwelt wollte er werden!

Das hörte sich wie das Hirngespinst eines Idioten an, doch Clegg war kein Phantast. Ihm war klar, daß ein weiter, steiniger, gefährlicher und entbehrungsreicher Weg vor ihm lag, aber er war fest entschlossen, ihn zu gehen, und es gab für ihn nicht den geringsten Zweifel, daß er sein Ziel eines Tages auch tatsächlich erreichen würde.

Er warf einen angewiderten Blick ins dreckige Treppenhaus. Wenn er erst mal mit seiner Tochter in einem schicken Penthouse am Central Park wohnte – Baldachin über dem Hauseingang, Kübelpflanzen links und rechts vor der Tür, blitzsauberer Gehsteig, livrierter Portier, Expreßfahrstuhl und ebenfalls livrierter Liftboy –, er würde nie mehr hierher zurückkehren, das war gewiß.

Im Erdgeschoß verdrosch die schwergewichtige alkoholkranke Mrs. Cusack mal wieder ihren schmächtigen Mann, weil er ihr keinen Sprit geben wollte.

Clegg grinste. Kopfschüttelnd dachte er: Meine Frau sollte das sein. Ich würde ihr beide Arme brechen, wenn sie mich auch nur ein einziges Mal schlagen würde.

Er hatte mit seiner Frau Penny eine gute Ehe geführt. Klar hatte es auch zwischen ihnen hin und wieder Reibereien gegeben, wie sie in jeder Ehe ab und zu vorkommen – vor allem dann, wenn mal wieder kein Geld im Haus gewesen war und er sich störrisch geweigert hatte, einer geregelten Arbeit nachzugehen. Aber im großen und ganzen waren sie blendend miteinander ausgekommen.

Penny, verdammt … Er vermißte sie. Sie war ein prima Kumpel gewesen, war mit ihm durch dick und dünn gegangen, bis dieser verfluchte Krebs sie erwischt hatte.

Zuerst war's nur ein kleiner Knoten in der Brust gewesen. Man hatte ihn herausgeschnitten, doch das hatte leider nicht gereicht. Also hatte man ihr die ganze Brust amputiert. Chemotherapie, Bestrahlungen, weitere Operationen …

Sie hatten Penny Tag für Tag, Woche für Woche und Monat für Monat gequält und in ihren verdammten Operationssälen regelrecht zerstückelt, aber helfen hatten sie ihr nicht können. Clegg hatte lange gebraucht, um über den Tod seiner Frau hinwegzukommen. Wenn er nicht für seine Tochter hätte da sein müssen – er wußte nicht, ob er dann jetzt noch am Leben gewesen wäre.

Aber Phyllis hatte ihn gebraucht, und das hatte ihm die Kraft gegeben, die Zähne zusammenzubeißen und weiterzumachen.

Pennys Tod hatte ihn hart gemacht. Das sollte keine Entschuldigung sein. Es war einfach so. Er hatte jetzt ein Herz aus Stein. Weich war er nur noch bei Phyllis.

Ansonsten ging er gefühllos und ohne jegliches Mitleid für seine Mitmenschen durchs Leben – ausschließlich auf seinen eigenen Vorteil bedacht. Er war niemandes Freund, aber jedermanns Feind. Denn er war zu der Erkenntnis gekommen, daß man es in einer Stadt wie New York nur mit einer solchen Einstellung zu etwas bringen konnte.

Wer nach ganz oben will, so fand er, darf sich nicht mit guten, weniger guten oder gar falschen Freunden belasten, denn dann ist ein solcher Höhenflug unmöglich. Man schafft es nur allein – mit willfährigen Handlangern, derer man sich bedient, solange sie einem nutzen, von denen man sich jedoch trennt, sobald sie die Aufgabe, die man ihnen zugedacht hat, erfüllt haben.

Delbert Clegg trat aus dem Haus und hob verdrossen die Schultern. Wenn die Kälte trocken war, machte sie ihm nichts aus. Aber wenn sie sich so feucht wie heute um seinen Hals legte, träumte er mit offenen Augen von einer langen Reise in die Karibik.

Clegg schob die Hände in die Parka-Taschen und schlenderte die menschenleere Straße entlang. Er wußte, aus welcher Richtung seine Komplizen kommen würden, und ging ihnen entgegen.

»He, Süßer.« Das Mädchen, das ihn angesprochen hatte, war dünn wie eine Bohnenstange und mit Sicherheit jünger als Phyllis. Sie trug ein langärmeliges T-Shirt, unter dem sich ein mitleiderregender Waschbrettbrustkorb abzeichnete, und schwarze Leggings. Kein Busen, kein Po, keine Taille, keine Schenkel. Nur Haut und Knochen.

Ihr war kalt. Sie fror erbärmlich, hatte Mühe, nicht mit den Zähnen zu klappern. Sie war geschminkt wie eine Karikatur von Madonna, und ihre leeren Augen verrieten, daß sie ohne Hoffnung war und keine Zukunft mehr hatte.

Clegg blieb stehen. »Was gibt's?«

Sie trat einen Schritt vor und schob ihm ihr knöchernes Becken entgegen. »Möchtest du ein bißchen Spaß haben?«

»Mit dir? Hau bloß ab, du Vogelscheuche, sonst gibt's was hinter die Löffel.«

Sie verdrückte sich. Aber nicht, ohne ihm ein verächtliches »Arschloch!« vor die Füße gespuckt zu haben.

Er hätte ihr eine Abreibung verpaßt, die sie lange nicht vergessen hätte, wären nicht im selben Augenblick seine Komplizen angerollt.

Keith Gallant hielt den Wagen neben ihm, und Clegg stieg ein. Chuck Vitali, der neben Gallant auf dem Beifahrersitz saß, drehte sich lachend zu ihm um. Sein goldener Augenzahn funkelte.

»He, Delbert, hab' ich richtig gesehen? Wolltest du eben die magersüchtige Nutte anbaggern?«

»Ja«, knurrte Clegg. »Was dagegen?«

»Bei der holst du dir doch nur blaue Flecken«, sagte Vitali.

Mark Ekman, zu dem sich Clegg auf die Rückbank gesetzt hatte, lachte meckernd. Er konnte nicht anders. Er lachte immer so. »Ich wette, bei der holt man sich so ziemlich alles, was es gibt. Die gesamte Palette.«

Gallant bleckte die Zähne. »Da hat man wenigstens was für sein Geld. Auch noch hinterher.« Er fuhr wieder an.

Vitali feixte. »Wer hätte gedacht, daß Delbert auf so was abfährt.«

Clegg sah ihn sauer an. »Wenn einer blöd ist, ist er's vom Hals aufwärts.«

»Guter Spruch.« Gallant lachte schallend. »Muß ich mir merken.«

Alle vier Männer waren überdurchschnittlich groß und kräftig und hielten nichts von ehrlicher Arbeit. Sie hatten bereits als Halbwüchsige herausgefunden, daß sich jenseits der Gesetze mit weniger Einsatz mehr verdienen ließ.

Ihr Ziel war die Spielhalle eines säumigen Zahlers. Gallant hielt davor, sie holten klobige Pumpguns aus dem Kofferraum und gingen hinein, ohne die Waffen zu verbergen.

Als der Mann, dem die Spielhalle gehörte, sie erblickte, wich das Blut aus seinem Gesicht. Sein Name war Billy White. Er ging auf Delbert Clegg zu und sagte beschwörend: »Bitte machen Sie hier nichts kaputt. Ich brauche jeden einzelnen Automaten.«

»Du bist mit der letzten Zahlung im Verzug«, hielt Clegg ihm vor.

»Die Einnahmen waren im vergangenen Monat sehr gering. Ich konnte nichts auf die Seite legen.«

Gallant schlug mit dem Handrücken auf Billy Whites weit vorgewölbten Bauch. »Du hättest dich einschränken müssen. Doch anstatt abzuspecken, frißt du dich auf unsere Kosten hemmungslos fett. Findest du das richtig?«

Mark Ekman lachte wieder sein meckerndes Lachen. »Warum sollte er den Gürtel enger schnallen? Sollen wir doch sehen, wo wir bleiben. So denkt er's sich, richtig?«

White legte die Hände auf seinen Bauch. »Ich bin nicht fettgefressen. Ich bin aufgeschwemmt ...«

»Vom Saufen?« fragte Chuck Vitali.

»Von den vielen Medikamenten, die ich nehmen muß. Ich bin ein kranker Mann.«

»Oh, das tut uns aber schrecklich leid«, höhnte Ekman.

Große Schweißperlen glänzten auf Whites Stirn. Würde es ihm gelingen, diese vier Männer milde zu stimmen?

»Wie sollen wir dich beschützen, wenn du nicht zahlst?« fragte Clegg rauh.

»Vielleicht ist er mit uns nicht zufrieden«, sagte Gallant.

White schüttelte heftig den Kopf. »Das – das habe ich nie gesagt.«

»Vielleicht möchte er den Kontrakt lösen«, sagte Vitali.

Clegg sah White kalt in die Augen. »Möchtest du das wirklich, Billy?«

»N-nein«, beeilte sich White zu sagen. »Natürlich nicht. Ich weiß, wie wertvoll ihr für mich seid.« Er schluckte heftig. »Ihr seid der Garant für einen reibungslosen Betrieb hier ...«

»Aber nur, solange du zahlst«, warf Keith Gallant ein.

»Säumige Zahler verlieren den zugesagten Versicherungsschutz«, sagte Delbert Clegg. »Ist doch klar.«

Immer mehr Spieler stahlen sich ängstlich davon. Es roch sehr stark nach Ärger, doch niemandem fiel es ein, sich hinter Billy White zu stellen, für ihn Partei zu ergreifen. Sie hielten sich alle an die goldene Regel: Jeder ist sich selbst der Nächste, und wer Schwierigkeiten hat, muß sehen, wie er irgendwie selber damit klarkommt.

White wischte sich mit dem Handrücken den Schweiß von der Stirn. »Ich kann euch zweihundert Bucks geben.«

Delbert Clegg schüttelte den Kopf. »Billy«, sagte er tadelnd. »Billy, willst du uns beleidigen?«

Ärger funkelte in Chuck Vitalis Augen. »Wir sind keine Bettler, Mann!« herrschte er den Spielhallenbesitzer an. »Wir sind deine Geschäftspartner. Ohne uns läuft hier überhaupt nichts.«

»Das weiß ich«, beteuerte White mit zitternder Stimme. »Das weiß ich doch.«

»Wieso willst du uns dann mit Almosen abspeisen?« Vitali schrie ihm so laut und zornig ins bleiche Gesicht, daß White heftig zusammenzuckte. »Zweihundert Bucks. Lächerlich. Du schuldest uns tausend.«

»Ihr bekommt euer Geld«, versprach Billy White mit weinerlicher Stimme.

»Wann?« wollte Delbert Clegg wissen.

»Ich treibe es auf.«

»Wann?« wiederholte Clegg schneidend.

»Ich kratze alles zusammen, was ich habe, und den Rest leihen mir meine Freunde«, krächzte White. »Morgen. Morgen habe ich das Geld ... Spätestens übermorgen ...«

Vitali sah Clegg an. »Er hält uns hin. Merkst du das? Der Bastard hält uns hin.« Er richtete seine zornfunkelnden Augen auf White und brüllte: »Hältst du uns für Idioten?«

Er riß seine Waffe hoch und ballerte in einen Automaten. Glas klirrte, Lämpchen zerplatzten, Funken sprühten. Der Gestank von verschmorten Drähten vermischte sich mit dem Geruch verbrannten Kordits.

White gingen die Nerven durch. »Nein!« schrie er und wollte sich auf Vitali stürzen.

Ekman stoppte ihn mit dem Kolben seiner Pumpgun. Er stieß kurz und trocken zu, und White sackte heulend zusammen.

»Okay, Freunde!« rief Clegg. »Jeder sucht sich einen Automaten aus!«

»Ich auch?« fragte Vitali grinsend.

Clegg schüttelte den Kopf. »Du nicht.«

»Bitte nicht«, flehte White. Blut tropfte ihm aus Mund und Nase.

»Strafe muß sein«, sagte Delbert Clegg frostig, richtete seine Pumpgun auf Whites neueste Anschaffung und ließ sie wummern.

Wir hatten uns von diesem Abend mehr versprochen. Die Stimmung wollte nicht so recht in Schwung kommen, seit wir wußten, daß Ben O'Flaherty, den wir als unseren Freund betrachteten, Schwierigkeiten hatte, über die er nicht mit uns sprechen wollte.

Damit ich ihn nicht weiter mit Fragen löchern konnte, hielt er sich von mir fern, und wenn sich unsere Blikke zufällig trafen, schlug er schnell die Augen nieder.

Wir waren beim dritten Bier angelangt, da platzte ein Junge zur Tür herein. Sportmütze auf dem Kopf. Schirm im Nacken. Holzfällerhemd mit Ärmeln, die so lang waren, daß man seine Hände nicht sehen konnte.

Er schrie, stotterte und stammelte, war so verstört, daß er keinen vollständigen Satz herausbrachte.

Ich bastelte mir die phonetischen Fragmente zusammen und bekam dabei heraus, daß der Junge vor vier Männern geflohen war, die in Billy Whites Spielsalon mit ihren Pumpguns die Automaten kurz und klein schossen.

Meine Kollegen kamen zu demselben Ergebnis.

Billy Whites Spielsalon war nur zwei Blocks von Ben O'Flahertys ›Irish Pub‹ entfernt.

Wir kannten Billy und seinen Salon, aber wir wären auch dann von den Hockern gesprungen, wenn wir ihn nicht gekannt hätten. Schließlich war da ein Mensch, der Hilfe brauchte.

Und wir – wir waren genau genommen immer im Dienst. Als wir unsere Büros verlassen hatten, hatten wir uns zwar aus dem FBI-Betrieb ausgeklinkt, doch nun klinkten wir uns wieder ein, um Billy White beizustehen.

»Schreib auf, was wir hatten, Ben!« rief ich dem Iren zu. »Ich zahle später. Oder morgen.«

Wir verließen das Lokal und rannten los. Als wir den Spielsalon erreichten, trennten wir uns. Zeerookah und Steve Dillaggio bereiteten sich auf einen Auftritt durch die Hintertür vor. Phil und ich würden vorn reinmarschieren.

Phil und ich ließen unseren beiden Kollegen, die den weiteren Weg hatten, zwei Minuten Zeit. Dann zogen wir unsere Waffen und betraten den Salon.

Die Automaten brummten, klingelten und piepsten im Leerlauf, um etwaige Betrachter zum Spielen zu animieren. Wir beachteten sie nicht. Gespannt und mit schußbereiten Waffen suchten wir die vier Pumpgun-Gangster.

Zeery und Steve mußten sich inzwischen ebenfalls im Salon befinden. Sehen konnten wir sie nicht. Wir sahen überhaupt niemanden. Keine Verbrecher, keine Spieler, keinen Billy White – und das beunruhigte uns.

»He, Leute!« vernahmen wir die laute Stimme unseres indianischen Kollegen. »Hier ist der FBI! Ich schlage vor, ihr werft eure Pumpguns weg und stürzt mit euren Händen die Decke!«

Nichts passierte. Wir schlichen an zerschossenen Automaten vorbei. Der angerichtete Schaden war bestimmt sehr schmerzlich für Billy White.

Von den Tätern keine Spur. Sie mußten den Salon kurz vor uns verlassen haben.

Aber wir fanden Billy. Der Mann lag blutend auf dem Boden und weinte wie ein Kind. Als ich ihn berührte, zuckte er zusammen, als hätte ich ihm weh getan.

»Ruhig, ganz ruhig, Billy«, sagte ich gedämpft. »Sie sind weg. Niemand tut Ihnen mehr was.«

Zeerookah und Steve Dillaggio erschienen. Sie steckten ihre Waffen weg. Phil trieb einen Stuhl auf und stellte ihn neben Billy White. Wir halfen dem Mann, aufzustehen und sich zu setzen.

Er schlug die Hände vor sein blutverschmiertes Gesicht. »Diese Schweine. Diese verdammten Schweine.«

»Brauchen Sie einen Arzt?« fragte ich.

»Nein«, antwortete Billy.

»Möchten Sie Anzeige erstatten?«

»Nein.«

»Können Sie uns Namen nennen?«

»Nein.«

»Beschreiben Sie die Kerle, Billy«, verlangte ich.

Kein Wort kam über seine zusammengepreßten Lippen.

Es war immer dasselbe. Wohin wir auch kamen, wir stießen stets auf eine Mauer aus Schweigen und Angst. Niemand hatte den Mut, gegen diese skrupellosen Schutzgeldgangster auszusagen. Jeder befürchtete, sich damit nur noch größeren Ärger einzuhandeln, und wer wollte das schon?

Wir hatten keine Ahnung, wo sie überall abkassierten. Uns war lediglich bekannt, daß sie es taten – und keines ihrer Opfer bat uns bedauerlicherweise jemals um Hilfe. Sie zahlten alle brav und litten lieber, als uns hinzuzuziehen.

Und wenn sie mal nicht zahlen konnten, bekamen sie unliebsamen Besuch, und hinterher sah es in der Regel so aus wie bei Billy White. Und manchmal auch noch schlimmer.

Phil fragte den Spielsalonbesitzer nach einer Hausapotheke. Billy sagte ihm, wo sie war.

Phil holte sie, säuberte Billy Whites Gesicht mit Wundbenzin und klebte über eine offene Wunde auf Billys Nasenrücken ein Pflaster.

»Können wir sonst noch was für Sie tun?« fragte ich.

Er schüttelte den Kopf. »Danke. Nein. Ich komm' schon zurecht.«

»Kommt Ihre Versicherung für diesen Schaden auf?« fragte Steve Dillaggio, auf die kaputten Automaten weisend.

»Leider nein«, antwortete Billy White niedergeschlagen. Er wußte mit Sicherheit nicht, woher er das Geld für die Reparaturen nehmen sollte.

»Wenn man Ihnen noch ein paar Automaten kaputtschießt, können Sie den Laden dichtmachen«, meinte Zeerookah nüchtern.

»Ich weiß.« Billy seufzte schwer.

»Wir könnten diese Kerle hinter Schloß und Riegel bringen«, sagte Steve Dillaggio.

Billy schwieg.

»Sie würden wieder in Frieden und ohne Furcht leben können«, sagte Steve.

»Wäre das nicht schön für Sie?« fragte Zeery.

»Natürlich wäre das schön für mich«, antwortete der Spielsalonbesitzer, »aber so läuft es in der Realität leider nicht. Sehen wir doch den Tatsachen ins Auge: Wenn Sie diese Kerle aus dem Verkehr ziehen, kommen sofort andere und nehmen ihren Platz ein. Es wachsen immer wieder welche nach. Ihr könnt sie niemals alle einsperren.«

Ich gab ihm nicht recht. Nein, verdammt. Wenn Leute wie Billy White etwas kooperativer gewesen wären, hätten wir viel effizienter durchgreifen können, und dann hätten es sich viele Ganoven besser überlegt, ob es sich auszahlte, sich mit uns anzulegen.

So aber hatten sie leichtes Spiel mit ihren furchtsamen Opfern, die ängstlich den Mund hielten und sich von ihnen, zitternd wie Schafe, widerstandslos scheren ließen.

Es war immer gut, wenn es sich herumsprach, was diesem oder jenem säumigen Zahler zugestoßen war, denn das veranlaßte alle anderen, darauf zu achten, daß sie mit ihrer Zahlung nie in Verzug gerieten.

Delbert Clegg und seine Komplizen zweigten von den Einnahmen stets lediglich einen Bruchteil ab. Der Rest kam in die Kasse. Wer in der Oberliga der Unterwelt um die wirklich großen Summen mitspielen wollte, der brauchte für den Aufstieg erst mal reichlich Kohle, und dieses Startkapital verschafften sich Clegg und seine Männer mit der Schutzzollmasche.

Drei Tage nachdem Billy White seine Schulden beglichen hatte – woher er das Geld genommen hatte, interessierte keinen –, läutete bei Clegg das Telefon.

Nieselregen brachte die Stadt seit dem frühen Morgen auf eine eigenartige Weise zum Glänzen. Phyllis war trotzdem fortgegangen. Zu ihrer Freundin Doris Delveccio. Hatte sie gesagt. Und diese Doris Delveccio hatte Delbert Clegg nun an der Strippe.

»Mr. Clegg ...« Ihre Stimme klang schuldbewußt und gepreßt.

»Hi, Doris, wie geht's?«

»Nicht besonders gut«, seufzte das Mädchen.

»Ist was passiert?«

»Ich weiß es nicht, Mr. Clegg.«

»Was heißt, du weißt es nicht?«

»Das heißt, daß ich keine Ahnung habe, ob ... Ich habe ein ganz, ganz schlechtes Gewissen, Mr. Clegg.«

»Weswegen?«

»Sie dürfen mir nicht böse sein, Mr. Clegg.«

»Herrgott noch mal, so sag doch endlich, was geschehen ist!« verlangte Delbert Clegg ungeduldig.

»Ich hoffe, nichts.«

»Ist Phyllis bei dir?«

»Nein.«

»Sie hat gesagt, sie geht zu dir.«

»Ja, das hat sie gesagt, aber sie hat es nicht getan.«

»Heißt das, sie hat vorsätzlich die Unwahrheit gesagt?«

»Ja.«

»Warum belügt sie ihren Vater?«

»Weil Sie so streng sind, Mr. Clegg.«

»Blödsinn.«

»Wenn Sie gesagt hätte, daß sie sich mit einem Jungen treffen würde, hätten Sie sie nicht aus dem Haus gelassen.«

»Was?« fuhr Delbert Clegg auf. »Sie trifft sich mit einem Jungen?«

»Ja«, jammerte Doris Delveccio unglücklich, »und ich habe das Ganze auch noch für sie eingefädelt. Es tut mir leid, Mr. Clegg. Ich weiß nicht, warum ich das getan habe.«

Zorn hämmerte in seinen Schläfen. »Mit wem trifft sich Phyllis? Bei wem ist sie, Doris?«

Das Mädchen schluchzte. »Ich habe sie neugierig gemacht. Ich hätte ihr nicht so viel von ihm erzählen sollen. Er ist nicht der Richtige für sie. Nicht beim erstenmal. Er ist ...«

»Wer?« fiel er ihr ins Wort. »Von wem sprichst du?«

»Er wird ihr zur Entspannung eine von diesen Zigaretten geben, und dann wird er ...«

»Ich will seinen Namen wissen, Doris!«

»Er ist ein übler Bursche. Er hatte schon viele Mädchen, und keines hat ihm auch nur das geringste bedeutet.«

»Verdammt noch mal!« schrie Clegg unbeherrscht. »Sag mir endlich seinen Namen!«

»Harry ...«

»Harry – und wie noch?«

»Harry St. John.«

»Wo wohnt der Mistkerl.«

Doris Delveccio nannte die Adresse.

»Wenn der Bastard Phyllis angerührt hat, drehe ich ihm seinen verfluchten Hals um.« Clegg warf den Hörer auf den Apparat. »Und dir passiert auch was ganz, ganz Schlimmes, Mädchen«, knurrte er, während er aus dem Wohnzimmer eilte.

Seine Phyllis und irgend so ein schmieriger Vorstadt-Casanova. Das durfte nicht sein. Sie war noch zu jung für diese Dinge.

Der Mann, der eines Tages meine Tochter bekam, hatte etwas zu sein und auch etwas zu haben.

Ich lasse nicht zu, daß ihr so ein pickelgesichtiger, verkiffter Rotzjunge das Kostbarste nimmt, das sie besitzt, dachte Clegg voller Zorn.

Die Fahrt zu Harry St. Johns Bude dauerte knapp sieben Minuten. Clegg stellte sich dabei immer wieder vor, wie sich dieser Hurensohn an seiner Phyllis verging, und das machte ihn rasend.

Als er am Ziel war, klopfte er nicht. Er trat einfach die Tür ein und stampfte in den schäbigen Raum.

Und da war sie. Seine Tochter.

Mit glasigen Augen. Und mit diesem Saukerl.

Sie saß auf seinem Bett, hatte kaum noch was an und kicherte idiotisch – immerzu. Okay, Harry St. John hatte keine Pickel, aber er gefiel Clegg trotzdem nicht.

Der Junge schnellte hoch. »Verdammt, wer sind Sie?«

»Daddy.« Phyllis kicherte. Sie schien alles irrsinnig lustig zu finden. »Das ist mein Dad.«

Delbert Clegg krallte die Finger in Harrys Hemd. »Was hast du ihr gegeben?«

»Nichts.«

»Lüg mich nicht an!«

»Wir haben ein bißchen Shit geraucht und 'ne Kleinigkeit getrunken.«

»Habt ihr's getrieben?«

»He, Mann ...«

»Hast du's mit Phyllis getrieben?«

»Ich wüßte nicht, was Sie das angeht.«

»Ich hör' wohl nicht richtig!« brüllte Clegg außer sich vor Wut. »Ich bin ihr Vater, du blödes Arschloch!«

»Das ist trotzdem eine Angelegenheit, die nur Phyllis und mich etwas angeht.«

»So? Na, dann will ich dich gleich mal eines Besseren belehren.« Clegg richtete seinen Blick auf seine Tochter. »Zieh dich an!«

»Du brauchst nicht zu gehen, wenn du nicht willst, Honey«, sagte Harry. »Du bist alt genug ...«

»Sie ist siebzehn, und ich werde nicht zulassen, daß du sie mit deinen dreckigen Fingern befummelst.«

Harry St. John grinste frech. »Das ist bereits geschehen, Meister.« Er wußte nicht, mit wem er sich anlegte, wen er da so keck zur Weißglut brachte. »Und es hat ihr mächtig Spaß gemacht«, fügte er süffisant hinzu.

Delbert Cleggs Miene wurde granithart. »Jetzt zeige ich dir mal, was *mir* Spaß macht, Freundchen.«

Er packte den Jungen, wirbelte ihn herum – und stieß ihn mit dem Gesicht gegen die Wand.

Harry heulte auf.

Phyllis kicherte.

Sie fand auch das lustig, war zum erstenmal in ihrem Leben so high, daß sie glaubte, auf Wolken zu schweben und fliegen zu können.

Harry St. John versuchte, sich aus Cleggs Griff zu befreien, doch es gelang ihm nicht. Clegg stieß ihn noch einmal gegen die Wand – und ein drittes Mal.

Phyllis kicherte und lachte. Sie amüsierte sich köstlich, schlug sich klatschend auf die nackten Schenkel, machte keinerlei Anstalten, sich anzuziehen.

Ein großer roter Fleck befand sich jetzt an der weißen Wand. Clegg brachte den Jungen zu Fall, indem er ihn mit dem Fuß die Beine unter dem Körper wegsäbelte.

Harry krachte, von Schmerzen gepeinigt, auf den Boden. Er schrie um Hilfe. Er flehte Clegg an, aufzuhören.

Für Phyllis war das alles irre komisch.

Harry winselte, es tue ihm leid, was er gesagt und getan habe, doch Clegg ließ noch nicht von ihm ab. Das Strafausmaß, das er ihm zugedacht hatte, war noch lange nicht ausgeschöpft.

Erst als sich Harry St. John nicht mehr rührte und keinen Laut mehr von sich gab, war Delbert Clegg zufrieden.

Er hob Phyllis' Klamotten auf, grub die Finger in ihr blondes Haar und zerrte sie aus Harrys Wohnung.

Das fand der Teenager nun nicht mehr komisch …

2

Ich stoppte meinen roten Jaguar und ließ Phil aussteigen. »Ciao, bis morgen«, sagte ich und fuhr dann weiter.

Phil hob die Hand. Ich hob sie auch. Dann sah ich ihn nicht mehr im Spiegel. Ich war müde, hatte einen schweren Tag hinter mir.

Wir hatten einen lange gesuchten, immens gefährlichen Hitman der Mafia nach einer wilden Verfolgungsjagd durch ganz New York und einem mörderischen Showdown auf Coney Island zu guter Letzt zur Strecke gebracht. Eine seiner Kugeln war so knapp an meinem Ohr vorbeigeflogen, daß ich sie noch immer singen hörte.

Daheim angekommen, machte ich Musik, nahm mir einen Scotch on the rocks, und nachdem ich ihn getrunken hatte, stellte ich mich unter die Dusche und ließ mich fünf angenehme Minuten lang lauwarm berieseln.

Als ich das Wasser abdrehte, hörte ich das Telefon läuten. Ich schlang ein Handtuch um meine Hüften und hinterließ auf meinem Weg zum Apparat nasse Fußspuren auf dem Boden.

»Cotton.«

Stille am anderen Ende. Aber die Leitung war nicht tot.

»Hallo!«

»Mr. Cotton … Jerry …« Eine Frau.

Die Stimme kam mir bekannt vor, aber ich konnte sie im Moment niemandem zuordnen. »Wer spricht?« fragte ich.

»Maureen O'Flaherty.«

»Oh, Maureen. Was kann ich für Sie tun?« Ich sah sie vor mir: Groß und schlank, eine kerngesunde, robuste Frau mit langen roten Haaren und meergrünen Augen. Eine natürliche Schönheit. Nicht durchgestylt von einem dieser Modechirurgen, die in letzter Zeit wie Pilze aus dem Boden schossen, und vor deren emsigem Skalpell nichts und niemand sicher war.

»Sie haben gesagt, wir könnten Sie jederzeit zu Hause oder im Büro anrufen, wenn ...«

»Gibt es Schwierigkeiten, Maureen?« fiel ich ihr besorgt ins Wort.

»Ja. Aber ich möchte nicht am Telefon darüber reden. Können Sie herkommen?«

»Ins Lokal?«

»Zu uns nach Hause.«

»Bin schon unterwegs.«

Als sie mich eine halbe Stunde später einließ, kämpfte sie tapfer gegen die Tränen an.

»Was ist passiert?« wollte ich wissen. Ich sprach leise, um das Baby nicht zu wecken, doch Maureen sagte, der Kleine befände sich bei ihrem Bruder und ihrer Schwägerin.

»Ben ...«, stieß sie unglücklich hervor. »Er ist im Schlafzimmer ... Sie haben ihn brutal zusammengeschlagen ... Der Hausarzt war hier. Er sagte, Ben habe großes Glück gehabt. Er hätte beinahe sein Augenlicht verloren. Ich habe Angst um meinen Mann, Jerry.«

»Wer hat ihn zusammengeschlagen?« wollte ich wissen.

»Vier Männer.«

»Im Lokal?«

»Im Hinterhof«, sagte Maureen O'Flaherty. »Ben stellte dort einen Kasten mit leeren Limoflaschen ab. Da fielen sie plötzlich über ihn her.«

»Und warum?«

Sie erzählte es mir, und für mich war es keine Überraschung mehr, als ich hörte, daß Ben O'Flaherty Schutzgeld zahlte. Neu war, daß die Gangster den

Tarif angehoben hatten und Ben sich geweigert hatte, ihn zu akzeptieren.

»So darf das nicht weitergehen, Jerry«, sagte die attraktive Irin. »Es muß etwas geschehen.«

Ich nickte. »Bin ganz Ihrer Meinung, Maureen.«

»Ich möchte nicht, daß diese eiskalten Gangster meinen Mann zum Krüppel schlagen oder gar umbringen.«

»Ich habe ihm Hilfe angeboten, aber er hat sie abgelehnt. Er wollte nicht, daß wir G-men uns in seine Angelegenheiten mischen. Er dachte, mit diesen Leuten allein fertigzuwerden. Na ja, das war wohl ein Irrtum.« Ich musterte die Frau eingehend. »Können Sie mir Namen nennen?«

Maureen schüttelte den Kopf. »Es gibt keine Namen.«

»Haben Sie die Gangster schon mal gesehen?«

»Nein.«

»Dann muß ich mich an Ben halten. Kann ich mit ihm reden?«

»Ich weiß nicht.« Maureen zuckte mit den Schultern. »Der Arzt hat ihm eine Spritze gegeben. Vielleicht schläft er jetzt. Ich seh' mal nach.«

Ben schlief nicht. Aber er war nicht erfreut, mich zu sehen. Seine Frau hatte eigenmächtig gehandelt. Er selbst hätte mich nicht angerufen.

Ich erkannte ihn kaum wieder. Sein Kopf war bandagiert wie der einer ägyptischen Mumie. Er würde in den nächsten Tagen wohl nur breiige oder flüssige Nahrung zu sich nehmen können.

Sein Blick war vorwurfsvoll auf Maureen gerichtet. Seine Augen sagten: Warum hast du Jerry angerufen? Du hättest ihn nicht hierherbitten dürfen!

Ich bat Maureen O'Flaherty, mich mit ihrem Mann allein zu lassen, denn ich hatte vor, ihn etwas härter anzufassen, und das sollte sie nicht mitbekommen.

Sie ging mit hängenden Schultern hinaus.

Ich wandte mich an Ben. »Großartig siehst du aus. Steht dir gut, die Bandage. Macht dich verflixt sexy. Maureen wird noch ein Kind von dir haben wollen.«

»Laß mich in Ruhe, Jerry«, sagte der Ire wie ein Bauchredner. Er bewegte dabei so gut wie gar nicht seine Lippen.

»Leg eine andere Platte auf, Ben!«

»Kommt ein Missionar in den Urwald und …«

»Du hast wohl noch nicht genug blaue Flecken«, fiel ich ihm barsch ins Wort. »Möchtest du dich mal so richtig schön erschrecken? Soll ich dir 'nen Spiegel holen?«

»Ich bin müde. Ich will schlafen.«

»Ich geh' aber noch nicht.«

»Ich hab' dir nichts zu sagen.«

»Verdammter irischer Dickschädel«, knurrte ich. »Was muß noch alles passieren, damit du begreifst, daß du diesen Verbrechern allein nicht gewachsen bist?«

»Von welchen Verbrechern sprichst du?«

»Von denen, die dich so zugerichtet haben«, sagte ich rauh.

»Es war dunkel …«

»Ach, komm schon, Ben!«

»Ich bin gestolpert.«

»Ja, ja, ich weiß. Du bist gestolpert und dabei in die Flugbahn mehrerer Fäuste geraten, die zufällig im finsteren Hinterhof unterwegs waren. So ein Pech aber auch.« Ich schüttelte den Kopf. »Ben. Ben. Ich dachte, du wärst ein ausgeschlafener Bursche, und nun stellt sich heraus, daß meine elektrische Zahnbürste einen höheren IQ hat als du. Ich sage es nicht gern, mein Freund, aber du bist blöder, als es der FBI erlaubt. Wofür hältst du dich? Für Superman? Wieso denkst du nicht an Maureen und den kleinen Ben? Deine Familie braucht dich. Was soll sie ohne dich machen?«

Der Ire machte weiter auf Bauchredner. »Komm mir nicht auf die Tour, Jerry«, nuschelte er mit seinen geschwollenen Lippen. »Du willst meinen wunden Punkt treffen, aber das funktioniert nicht.«

»Ich wußte nicht, daß dir deine Familie so egal ist.«

»Und ich wußte nicht, daß deine elektrische Zahnbürste so gescheit ist.«

»Kann man auch mal ein vernünftiges Wort mit dir reden?«

»Jederzeit«, behauptete Ben O'Flaherty. Aus so harten Schädeln wie dem seinen hatte man früher Kanonenkugeln gemacht.

»Wer sind diese Kerle? Woher kommen sie? Wo finde ich sie? Weißt du, wer noch alles von ihnen erpreßt wird?«

»Das sind ziemlich viele Fragen auf einmal«, stellte der Ire fest.

»Ich habe noch mehr auf Lager: Wieviel hast du zu zahlen? Wie oft hast du schon geblecht? Um wieviel haben sie den Schutztarif angehoben? Und vor allem: Wann siehst du deine netten Geschäftspartner wieder?«

»Kommt ein Missionar in den Urwald und ...«

»Weißt du, was du bist, Ben?« brauste ich auf, beruhigte mich aber gleich wieder. »Du weißt es.« Ich atmete laut aus. »Wir wissen beide, was du bist. Ich brauche es nicht auszusprechen.«

»Gute Nacht, Jerry. Tut mir leid, daß du dich umsonst hierher bemüht hast. Ich habe Maureen nicht gebeten, dich anzurufen. Ich werde sie morgen wegen dieser Eigenmächtigkeit rügen.«

»Ich bin enttäuscht von dir, Ben«, sagte ich spröde. »Ich dachte, wir wären Freunde.«

»Das sind wir.«

»Freunde zieht man ins Vertrauen, wenn man Probleme hat«, sagte ich ernst. »Von Freunden läßt man sich helfen.«

»Wenn man allein nicht mehr zurechtkommt«, pflichtete Ben mir bei. »Aber man belastet eine Freundschaft nicht mit jeder lächerlichen Lappalie.«

Ich zeigte auf seinen bandagierten Dickschädel. »Wenn das eine Lappalie ist, möchte ich wissen, was für dich von Bedeutung ist. Wach auf, Ben. Du kommst allein nicht klar. Unser Schutz ist gratis. Nimm ihn in Anspruch.«

Er erwiderte nichts.

Ich nahm seine Hand. »Ich wünsche dir trotz allem baldige Besserung, Ben O'Flaherty.«

»Danke, Jerry.« Er drückte kraftlos zu.

Ich ging zur Tür, drehte mich jedoch noch einmal um und sagte: »Übrigens – den Missionarwitz kenne ich schon. Ich finde ihn nicht besonders lustig.«

Delbert Clegg verdonnerte seine Tochter zu zwei Wochen Hausarrest. Er erteilte ihr Redeverbot, sie durfte mit niemandem telefonieren, und wehe, sie hätte sich nicht daran gehalten. Phyllis spürte, daß sie eine Grenze erreicht hatte, die sie unter gar keinen Umständen überschreiten durfte. Sie nahm die drakonische Strafe widerspruchslos hin, hielt sich an alle Regeln, war fügsam und lammfromm und unternahm alles, um ihren strengen Dad versöhnlich zu stimmen.

Sie rief niemanden an – auch dann nicht, wenn ihr Vater nicht zu Hause war –, und wenn das Telefon während seiner Abwesenheit läutete, nahm sie nicht ab.

Phyllis schämte sich für den Ärger, den sie ihrem Dad bereitet hatte. Doris Delveccio hatte sie mit dem, was sie ihr von Harry St. John erzählt hatte, schrecklich neugierig gemacht. Trotzdem wäre mit Sicherheit nichts passiert, hätte Doris ihr nicht auch noch anvertraut, daß sich Harry St. John für sie – für Phyllis – interessieren würde. Das hatte ihr natürlich wahnsinnig geschmeichelt.

Harry St. John, ein verflucht gutaussehender Bursche, der jedes Mädchen, jede Frau haben konnte, interessierte sich für *sie*!

Zwei Wochen sprach ihr Vater nicht mit ihr, und sie durfte ihn nicht anreden. Er beachtete sie nicht. Sie war Luft für ihn. Er ging an ihr vorbei, als würde sie nicht existieren. Sie durfte nur für ihn kochen, seine Wäsche waschen und bügeln und die Wohnung sauberhalten. Das war seine Art, sie zu bestrafen. Sie litt darunter, riß sich aber zusammen, so schwer es ihr auch fiel.

Nach zwei Wochen gestattete Dad ihr wieder, mit ihm zu reden, und sie wußte, daß er als erstes eine Entschuldigung hören wollte. Deshalb sagte sie: »Ich bedaure aufrichtig, was ich getan habe, Dad. Es wird ganz bestimmt nie wieder vorkommen. Ich weiß nicht, wie ich mich sosehr vergessen konnte, und es tut mir auch schrecklich leid, dich angelogen zu haben.«

Er nickte und erlaubte ihr, ihn zu umarmen. »Schwamm drüber«, knurrte er.

»Ich liebe dich, Dad.«

»Ich liebe dich auch«, sagte er und drückte sie an sich, »und ich will immer nur dein Bestes.«

Sie weinte still und leise. »Ich weiß, und ich bin sehr froh, daß wir uns wieder vertragen.« Dicke Tränen rollten über ihre Wangen.

Er gab ihr sein Taschentuch und sagte: »Hier. Wisch sie ab.«

»Danke. Darf ich Doris anrufen?«

»Meinetwegen.«

Doris Delveccio sagte, sie hätte schon daran gedacht, eine Vermißtenanzeige aufzugeben. Phyllis erklärte ihr, warum sie so lange nichts von sich hatte hören lassen, und fragte dann: »Wie geht es Harry?«

»Harry St. John wohnt hier nicht mehr«, erklärte Doris. »Er ist mit einem Freund nach Albuquerque gegangen. Ich habe ihn gesehen, kurz bevor er in den Greyhound-Bus stieg. Er erweckte nicht den Eindruck, als ob er sein Ziel lebend erreichen würde, aber er hat es wider Erwarten geschafft. Das weiß ich von Marsha Orlovski. Sie hat mit ihm zwei Tage nach seiner Abreise telefoniert. Er hat sich angeblich geschworen, nie mehr nach New York zurückzukehren. Ist eine kluge Entscheidung, würde ich sagen. Darfst du ins Kino gehen?«

»Ja«, antwortete Phyllis.

»Wollen wir uns zusammen den neuen Pierce-Brosnan-Film ansehen?«

»Okay. Holst du mich ab?«

»Ich möchte deinem Vater lieber noch nicht begegnen«, sagte Doris Delveccio vorsichtig.

»Hast du etwa Angst vor ihm?«

»Er hat Harry ziemlich übel zugerichtet.«

»Er würde dir bestimmt nichts tun.«

»Es ist mir lieber, wenn du mich abholst«, gab Doris zurück.

Kurz nachdem Phyllis gegangen war, rief Keith Gallant an, und er hatte eine ziemlich unerfreuliche Nachricht für Delbert Clegg: Er hatte herausgefunden, daß Mark Ekman in die eigene Tasche wirtschaftete.

»Er kassiert von manchen Leuten mehr, als wir mit ihnen vereinbart haben, und bringt die Differenz mit leichten Weibern durch«, sagte Gallant.

»Mark?« Delbert Clegg staunte. »Mir fällt es schwer, das zu glauben.«

»Willst du Beweise?«

»Nein. Wenn du es sagst, dann stimmt es auch. Ich hätte Mark nur niemals soviel Mut zugetraut.« Wut und Haß kochten wie Magma in Clegg hoch. Mark Ekman mußte den Verstand verloren haben. Wie kam er dazu, sich eine solche Frechheit zu erlauben?

»Was machen wir nun, Delbert?« wollte Keith Gallant wissen. Wichtige Entscheidungen überließ er stets Clegg, denn der war der Boß.

Cleggs Stimme klirrte wie Eis. »Wir müssen ihm das abstellen.«

»Du mußt mit ihm reden.«

»Weiß er, daß du weißt ...«

»Nein«, antwortete Gallant. »Er hat keine Ahnung.«

»Ruf ihn an – und Chuck auch. Wir treffen uns in einer Stunde.«

»Okay. Und wo?«

»Erinnerst du dich an diesen aufgelassenen Supermarkt in Springfield Gardens?« Sie hatten da vor zwei Monaten einen Mann, der gemeint hatte, ihren Schutz nicht zu brauchen, zur Vernunft gebracht. Seither zahlte er anstandslos und immer pünktlich.

»In Springfield Gardens? Natürlich«, antwortete Gallant.

»Da kommt ihr hin«, sagte Clegg und legte auf.

Wenn Ekman jetzt sein Gesicht gesehen hätte, er hätte gewußt, was ihn in Springfield Gardens erwartete, und er wäre nie im Leben da hingegangen.

Clegg holte seinen Revolver, lud ihn und machte sich auf den Weg. Er wollte vor seinen Komplizen da sein.

Der einstige Supermarkt war ein Labyrinth von Gängen, Treppen, leeren Lagerräumen, unbenutzten Kühlkammern und ausgeräumten Verkaufsflächen.

Als Keith Gallant, Chuck Vitali und Mark Ekman eintrafen, saß Delbert Clegg auf einer Holzkiste. Er wirkte völlig entspannt und gelassen.

Langsam erhob er sich.

»He, Mann, was liegt an?« wollte Ekman wissen. »Keith tat so geheimnisvoll ...«

»Wir haben ein Problem«, sagte Clegg finster.

»Wir?« Ekman sah ihn überrascht an.

Clegg nickte. »Wir müssen reden.«

»Wir haben die Dinge doch bestens im Griff«, sagte Vitali.

»Sollte man meinen«, erwiderte Clegg. »Es ist aber leider nicht so.«

»Was läuft falsch?« wollte Vitali wissen.

»Ihr kennt mein Ziel.« Clegg sah seine Männer der Reihe nach an. »Ich will nach ganz oben, möchte in Manhatten die Nummer eins werden. Ihr habt versprochen, mich dabei uneingeschränkt und mit ganzer Kraft zu unterstützen.«

»An dieses Versprechen fühle ich mich nach wie vor gebunden«, sagte Vitali.

»Für mich gilt dasselbe«, behauptete Ekman.

»Für mich selbstverständlich auch«, sagte Gallant.

»Wir können dort oben alle unvorstellbar reich werden«, fuhr Clegg fort. »So reich, daß wir mit goldenen Löffeln von silbernen Tellern essen können, wenn wir wollen. So reich, daß es nichts mehr gibt, was wir uns nicht leisten können.«

Er ließ seinen Blick wieder über die Gesichter seiner Komplizen schweifen.

»Zur Zeit hält noch Ethan De Lance das Zepter in der Hand. Noch ist er der unumstrittene König von Manhattans Unterwelt. Noch müssen alle nach seiner Pfeife tanzen. Noch fließen täglich unglaubliche Summen in seine Taschen und machen ihn reich und reicher. Aber seine Tage sind gezählt, denn ich werde ihn schon bald von seinem prächtigen Thron stürzen und seinen heißbegehrten Platz einnehmen. Und ich werde die, die mich auf meinem Weg treu und ehrlich begleitet haben, nicht vergessen, werde mit ihnen Spitzenpositionen besetzen und dafür sorgen, daß der Geldregen auch auf sie unaufhörlich niederprasselt.«

»Das ist der Grund, weshalb ich mich dir angeschlossen habe«, sagte Chuck Vitali. Er grinste, und sein goldener Augenzahn funkelte.

»Wir waren uns einig, so viel Geld wie möglich in die Gemeinschaftskasse zu legen, um das erforderliche Startkapital in kürzester Zeit zusammenzukriegen«, sagte Delbert Clegg.

»So machen wir's ja auch«, meinte Vitali.

Clegg richtete seinen Blick auf Mark Ekman. »Machen wir es so?«

Ekman lachte meckernd, wie es seine Art war. »He, Delbert, was soll der Scheiß? Wieso siehst du mich so komisch an?«

Cleggs Augen durchbohrten ihn. »Mir kam zu Ohren, daß du mich bestiehlst, Mark.«

»Was?« Dem Aufschrei folgte wieder meckerndes Gelächter. Diesmal aber klang dieses Meckern anders. Heiser. Übertrieben. Angsterfüllt.

»Dir reicht dein Anteil nicht«, sagte Clegg anklagend. »Du wirtschaftest heimlich in die eigene Tasche.«

»Das ist eine niederträchtige Lüge!« stieß Ekman nervös hervor. »Wer behauptet das?«

»Ich behaupte das!« meldete sich Keith Gallant mit schneidender Stimme. »Und ich kann es auch beweisen.« Er zählte ein paar Namen auf, und Ekman wurde blaß.

Chuck Vitali starrte Ekman entgeistert an. Er hatte Delbert Clegg diesen Typen als vierten Mann empfohlen – mutig, kaltschnäuzig und zuverlässig.

Nun, da Ekman Mist gebaut hatte, befürchtete er, daß das auf ihn zurückfallen könnte. Aber er war absolut nicht erpicht darauf, Clegg zum Feind zu haben.

»Ist das wahr, Mark?« fragte er mit belegter Stimme. »Ist das wahr, was Keith und Delbert sagen?«

Ekman schüttelte den Kopf. »Ich habe Delbert nicht bestohlen. Das Geld, das ich abholen sollte, kam immer in die Kasse. Es fehlte nicht ein Cent davon.«

»Du hast mehr als vereinbart verlangt«, sagte Keith Gallant.

»Von denen, die's bezahlen konnten«, gab Ekman zu.

»Es hätte ebenfalls in die Kasse gehört«, sagte Gallant.

»Wieso denn?« fragte Ekman. »Das sehe ich anders.«

»Je eher die Kasse voll ist, desto früher können wir loslegen«, sagte Gallant.

Vitali schüttelte langsam den Kopf. »Mensch, du bist ein riesengroßes Arschloch, Mark.«

Delbert Clegg zog seinen Revolver.

Ekman riß entsetzt die Augen auf. »Meine Güte, Delbert, du wirst doch nicht ...«

»Ich kann Leute wie dich nicht gebrauchen, Mark«, sagte Clegg kalt.

»Laß uns reden, Delbert«, bettelte Ekman.

»Es ist alles gesagt«, erwiderte Clegg. Frost klirrte in seiner Stimme.

»Ich – ich dachte mir nichts dabei«, sprudelte es aus Ekman heraus. »Ehrlich nicht. Ich war der Meinung, es wäre alles in Ordnung, wenn ich den festgesetzten Betrag abliefere. Wenn ich gewußt hätte ...«

Cleggs Augen verengten sich zu schmalen Schlitzen. »Du hättest es wissen müssen.«

»Ja«, gab Ekman ihm recht. »Vielleicht hätte ich es wissen müssen.« Er starrte mit ängstlichem Blick auf Cleggs Revolver. »Du kriegst das einbehaltene Geld wieder, Delbert«, versprach er aufgewühlt. »Ich bin kein Dieb. Du kannst es mir von meinen künftigen Anteilen abziehen. He, Delbert, ich bin dein Mann!«

»Bist du nicht mehr.«

»Du wirst mich doch nicht wegen einer so unbedeutenden Verfehlung ...«

»Ich kann dir nicht mehr trauen.«

Ekman schaute verzweifelt zu Vitali hinüber. »Chuck, sprich du mit ihm. Ich mach' alles wieder gut.«

»Delbert ...«, begann Vitali gepreßt.

»Halt dich da raus, Chuck!« herrschte Clegg ihn gereizt an.

»Er ist ein guter Mann, Delbert«, sagte Vitali eindringlich. »Du bist wütend. Wir alle können das verstehen. Ich habe auch eine Stinkwut auf ihn. Aber ist es richtig, ihn wegen einer solchen Bagatelle gleich zu erschießen? Verprügle ihn. Er hat eine kräftige Abreibung verdient – aber nicht gleich eine Kugel.«

»Ich möchte nicht mehr mit ihm arbeiten«, sagte Clegg.

»Na schön, dann schick ihn in die Wüste«, schlug Vitali vor.

»Damit er uns verpfeift?«

»Das wird er nicht.«

»Ganz bestimmt nicht«, beteuerte Mark Ekman mit schweißglänzendem Gesicht. »Ich gebe dir mein Ehrenwort.«

Clegg schwieg.

»Delbert?« sagte Ekman unsicher.

Clegg sagte nichts.

»Darf ich gehen, Delbert?« fragte Ekman angstbebend.

Clegg schien noch einen Augenblick zu überlegen, dann nickte er langsam. »Okay, mach dich vom Acker.«

Ekman atmete auf. Ein riesengroßer Stein fiel ihm vom Herzen. »Danke, Delbert«, stieß er heiser hervor. »Danke, das werde ich dir nie vergessen.« Er drehte sich rasch um und ging.

Clegg schenkte ihm drei Sekunden.

Dann hob er die Waffe und schoß ihm feige und hinterhältig in den Rücken.

3

Man fand Mark Ekmans Leiche vier Tage später. Die Nase eines Obdachlosen entdeckte ihn, und als er schreiend aus dem ehemaligen Supermarkt floh, kamen gerade zwei Cops des Weges, denen er direkt in die Arme lief.

Die Zeitungen brachten ein Foto von Ekman, und kurz darauf läutete bei uns das Telefon. Ein Mann, der seinen Namen – aus welchen Gründen auch immer – nicht nennen wollte, behauptete, der Tote sei einer der Schutzgeldgangster gewesen, die wir suchten, Klick. Aus. Ende.

Wir setzten uns daraufhin mit Lieutenant Kelly in Verbindung. Der aufgelassene Supermarkt, in dem der Tote gefunden worden war, fiel nämlich in seinen Zuständigkeitsbereich.

In einem Fast-Food-Restaurant, bei Hamburger und Cola, unterhielten wir uns mit dem Kollegen. »Leider kann ich euch mit fast gar nichts dienen, Jungs«, sagte Kelly mit vollem Mund. »Ich hab' nichts weiter als 'ne Leiche. Und die Kugel, an der der Mann gestorben ist.«

Ich zupfte ein angewelktes Salatblatt aus meinem Brötchen und legte es aufs Tablett. »Was hat die Obduktion ergeben?«

»Daß der Mann schon vier Tage tot war«, gab Lieutenant Kelly zur Antwort, »und daß Mark Ekman feige von hinten erschossen wurde. Die Kugel traf ihn mitten ins Herz.«

»Wessen Kugel?« fragte Phil.

Kelly zuckte mit den Achseln.

»Eine Auseinandersetzung unter Gangstern?« fragte ich.

»Wäre denkbar.«

»Wie sah der Tatort aus?« fragte Phil.

»Ging dem Mord ein Kampf voraus?« präzisierte ich.

Kelly schüttelte den Kopf. »Keine Kampfspuren.«

»Was hatte der Tote bei sich?« wollte ich wissen.

Kelly zählte auf: »Führerschein, Bargeld, mehrere Kreditkarten, Wohnungsschlüssel, eines von diesen Taschenmessern, die alles können, Kondome, ein Adreßbuch mit einem Dutzend Namen von ... na, sagen wir *leichten* Mädchen und den dazugehörigen Telefonnummern ...«

»Ich interessiere mich aus rein beruflichen Gründen für die Girls«, gab Phil betont zurück.

»Toller Job, den du da hast«, sagte ich.

»Ich habe euch eine Kopie von den Adressen mitgebracht«, sagte Kelly.

Ich nickte anerkennend. »Der Mann denkt mit. Das ist was wert. Gibt es von Ekman ein Sündenregister?«

Lieutenant Kelly nickte.

»Wie sieht es aus?« wollte ich wissen.

Kelly schob sich den restlichen Hamburger in den Mund, kaute, gurgelte mit Cola und schluckte. »Einbruch, Diebstahl, Raub ... Aber die Beweise reichten nie aus, um ihn in den Knast zu bringen.«

»Irgendwelche Hinweise auf die Typen, die sich mit ihm die Schutzzollmasche einfallen ließen?« erkundigte ich mich.

»Daran arbeiten wir noch«, sagte Lieutenant Kelly. Er griff in die Innentasche seines Jacketts und gab uns die Fotokopien von allem, was zum Mordfall Mark Ekman gehörte. Autopsiebericht, Aussage des Obdachlosen, der die Leiche gefunden hatte, Ballistikbefund, Bericht des Spurensicherungsteams – und natürlich die Adresse, nach denen Phil vorhin gefragt hatte.

Es störte Lieutenant Kelly nicht, daß sein Fall ab sofort auch unser Fall war. Er sah in uns keine Gegner, keine Rivalen – wie andere das so häufig taten –, denn im Grunde genommen wollten wir ja alle dasselbe: daß das Gesetz respektiert wird und daß jene, die es mißachten, vor Gericht kommen und bestraft werden. Wer dieses Ziel zuerst erreichte, war von zweitrangiger Bedeutung.

Am Abend dieses Tages ließen wir uns mal wieder in Ben O'Flahertys ›Irish Pub‹ blicken.

Unser Freund sah wie neu aus. Die Spuren des Zusammenstoßens mit den Verbrechern im Hinterhof waren verblaßt. Ben wirkte frisch und agil, und ich glaubte in seinen Augen so etwas wie Erleichterung darüber zu sehen, daß es nun einen Schutzgeldgangster weniger gab.

»Manche Dinge erledigen sich mit der Zeit von selbst«, sagte er kryptisch. »Diese Erfahrung habe ich schon oft gemacht.«

»Hat sich für dich irgend etwas geändert?« fragte ich. »Ich glaube nicht. Ob du von vier oder von drei Gangstern zur Kasse gebeten wirst, macht keinen Unterschied. Letzten Endes wirst du weiter geschröpft, und wir können es nicht verhindern, weil du dich weigerst, mit uns zu kooperieren.«

Ben zeigte auf mein Glas. »Trink dein Bier, bevor es warm wird, Jerry.«

Chuck Vitali war seit jenem Vorfall im aufgelassenen Supermarkt in Springfield Gardens nicht besonders gut auf Delbert Clegg zu sprechen.

Okay, was Mark getan hatte, das war nicht richtig gewesen, aber Delbert hätte ihn deswegen nicht gleich erschießen müssen.

Nachdem Mark Ekman tödlich getroffen zusammengebrochen war, hätte Vitali beinahe die Nerven weggeschmissen und ebenfalls zur Waffe gegriffen.

Immerhin war Mark sein Freund gewesen. Ihn so sterben sehen zu müssen, das war ihm natürlich ziemlich unter die Haut gegangen.

Und er war noch immer nicht darüber hinweg. Deshalb auch ging er Clegg tunlichst aus dem Weg. Er mied nicht nur seine Nähe, sondern sprach auch nur das Nötigste mit ihm.

Was geschehen war, hatte ihm die Augen geöffnet. Er sah Delbert Clegg zum erstenmal so, wie er wirklich war.

Es war später Abend. Vitali war allein zu Hause. Der Fernseher lief. Ein uralter Western mit Kirk Douglas. Vitali hatte ihn schon mindestens sechsmal gesehen, aber er gefiel ihm immer wieder. Und er versäumte nichts, wenn er nebenbei Probleme wälzte.

Wir bedeuten Delbert nicht das geringste. Zu dieser Erkenntnis war Vitali nach Mark Ekmans Tod gekommen. Ihm ist nur eines wichtig: sein Ziel. Hemmen wir seinen Vormarsch oder tun etwas, das ihm nicht in den Kram paßt, schießt er uns eiskalt über den Haufen. Man kann ihm nicht trauen. Und man darf nicht, wie Mark es getan hat, ihm den Rücken zuwenden. Jedenfalls nicht, wenn man ihn verärgert hat, denn diese Chance läßt er sich nicht entgehen.

Kirk Douglas nahm Jean Simmons in die Arme und küßte sie wild …

Chuck Vitali überlegte ernsthaft, auszusteigen. Aber würde Delbert Clegg ihm das erlauben? Würde dieser Mistkerl das nicht als Verrat ansehen und bei der erstbesten Gelegenheit hinterrücks die Waffe auf ihn richten?

Kirk Douglas versprach Jean Simmons die Ehe. Zuerst aber müsse er noch mit seinem Widersacher abrechnen …

Er betrachtet uns doch nur als seine Steigbügelhalter, ging es Chuck Vitali durch den Sinn, während er auf die Mattscheibe blickte. Sobald wir ihm in den

Sattel geholfen haben, kriegen wir einen Tritt von ihm, und er reitet ohne uns davon. Spitzenpositionen will er mit uns besetzen. Dafür sorgen will er, daß der Geldregen auch auf uns unaufhörlich niederprasselt. Daß ich nicht lache. Alles Geschwafel. Leere Versprechungen. Nichts wird er tun. Keinen Finger wird er für uns rühren, wenn er erst mal oben ist. Man ist in seiner Nähe seines Lebens nicht sicher. Er ist es nicht wert, daß man sich für ihn den Arsch aufreißt. Man sollte …

Es läutete an der Tür.

Kirk Douglas streckte seinen Erzfeind im großen Showdown nieder, befreite damit die Stadt von einem grausamen Tyrannen, die Menschen atmeten auf, Douglas schwang sich auf seinen Rappen und ritt der untergehenden Sonne entgegen. The End.

Chuck Vitali verließ widerwillig das Wohnzimmer. Wer wollte um diese Zeit noch was von ihm?

Es läutete wieder, hörte nicht mehr auf.

»Ja, verdammt!« rief Vitali ärgerlich. »Ich komm' ja schon!«

Es läutete weiter.

»Das darf ja wohl nicht wahr sein!« schrie Vitali. Er öffnete aber nicht gleich die Tür. »Wer ist da?«

Röcheln.

»Wer?«

»K-e-i-t-h …«, klang es undeutlich durch die Tür.

Vitali riß sie auf.

Keith Gallant lehnte mit der Schulter am Klingelknopf.

»Bist du bescheuert oder was?« fuhr Vitali ihn an.

Gallant sah ihn mit glasigen Augen an.

»Total besoffen«, konstatierte Chuck Vitali.

Er packte den Komplizen und zerrte ihn vom Klingelknopf weg. Der Nachbar streckte den Kopf zur Tür heraus und protestierte: »Was ist denn das für ein Lärm – mitten in der Nacht!«

»Halt's Maul, sonst gibt's was auf die Glocke!« fauchte Vitali unfreundlich.

Gallant sank ihm in die Arme, und Vitali schleifte ihn in seine Wohnung, schloß die Tür mit einem kräftigen Fußtritt.

»Wie kann man sich nur so fürchterlich besaufen?« knirschte Vitali verständnislos. »Was gab's denn zu feiern? Junge, wenn du mir die Bude vollkotzt, ertränke ich dich in der Badewanne.«

Gallant rutschte ihm aus den Händen und plumpste auf das Sofa. Sein Mantel öffnete sich – und gab den Blick auf einen Blutfleck frei, der einen Durchmesser von mehr als dreißig Zentimetern hatte!

Vitali riß die Augen auf. »Ach, du Scheiße …«

Wir hatten uns in Mark Ekmans Wohnung umgesehen, aber da waren bereits Lieutenant Kellys Männer gewesen und hatten nichts von Bedeutung gefunden – und unsere Nachlese hatte auch zu keinem besseren Ergebnis geführt. Nichts wies darauf hin, mit wem Mark Ekman in der Schutzgeldangelegenheit gemeinsame Sache gemacht hatte, und nichts gab Aufschluß darüber, wessen Zorn sich Ekman zugezogen hatte.

Also gingen wir daran, die Girls abzuklappern, die in seinem Notizbuch standen. Die ersten drei hüllten sich in Schweigen. Auch dann, als wir ihnen mit großem Ärger drohten, falls sie nicht mit uns redeten.

Eine von ihnen sagte frostig: »Ich rede nur im Beisein meines Anwalts.«

Die andere: »Ich habe nichts zu sagen.«

Und die dritte: »Verpißt euch!«

Nummer vier war dermaßen stoned, daß sie unser Klopfen nicht hörte. Ich drehte versuchsweise den Türknauf, die Tür ging auf, und wir traten ein.

»Dolores?« Meine Stimme verlor sich in ihrem modern ausgestatteten Vier-Zimmer-Apartment. Das Mädchen schien mit seinem Körper reichlich Geld zu verdienen.

Aus einem der Räume kam ein schleppendes »Ich bin hier, Süßer!«

Wir fanden sie fast nackt im Schlafzimmer. Sie versuchte den Kopf zu heben. Es gelang ihr nicht. Sie war sehr hübsch und sehr blond. Sie trug teure weinrote Dessous, hätte unter normalen Umständen außergewöhnlich sexy gewirkt, doch im Moment war sie so fertig, daß sie einem nur leid tun konnte.

Sie sah uns unsicher an. »Schiele ich, oder seid ihr tatsächlich zu zweit?« Ihre Stimme klang kraftlos und schläfrig. Sie hatte Mühe, die Augen offenzuhalten.

»Wir sind zu zweit«, antwortete ich.

»Okay. Ich nehm's mit euch beiden auf.« Sie schaffte es irgendwie, sich aufzusetzen. Um nicht umzukippen, lehnte sie sich an die Wand. Sie legte ihre schmalen Hände auf ihre üppigen Brüste und sagte: »Ich bin Dolores – und wie heißt ihr?«

»Ich heiße Phil«, sagte mein Freund und Kollege.

»Ich heiße Jerry«, sagte ich.

Dolores nickte. »Macht euch frei, Tom und Jerry.«

Wir behielten unsere Sachen an.

»Na, los.« Dolores kicherte. »Nur keine falsche Scham. Legt ein bißchen Bares auf den Nachttisch, und dann kann es losgehen. Ich bin heute besonders gut drauf. Ihr werdet euer blaues Wunder erleben. Die Engel werdet ihr singen hören. Alle beide. Wer hat euch zu mir geschickt?«

»Mark«, antwortete Phil.

»Ekman?« fragte Dolores.

»Ja«, sagte Phil.

Ihre Hand glitt unter das Kopfkissen. Sie schien etwas zu suchen. Wollte sie uns ebenfalls eine Dröhnung anbieten?

Als ihre Hand wieder zum Vorschein kam, lagen ihre Finger um den Griff eines verchromten Colts, und sie war high genug, um ohne Skrupel auf uns zu schießen!

»Hier wird man aber heiß bedient«, raunte Phil.

Vitali starrte auf den riesigen Blutfleck, in dessen Mitte sich ein dunkles, fast schwarzes Einschußloch befand.

»Du mußt mir helfen, Chuck«, stöhnte Keith Gallant. Sein Gesicht war wächsern und schweißbedeckt.

»Was ist passiert?«

»Es hat mich erwischt.«

»Das sehe ich. Wie ist das passiert?«

Über den Bildschirm flimmerte ein Sexfilm. Ein Mann und eine Frau trieben es seufzend, keuchend und stöhnend auf dem Dach eines Wohnhauses – heimlich durch ein Fernrohr beobachtet von einem Spanner. Die Frau lag auf einem schrägen Dachfenster, und die erotische Sequenz bestand aus einem Zusammenschnitt von zwei Kameraeinstellungen. Man sah das Pärchen mal von oben, aus der Vogelperspektive, und mal von unten, durch das Fenster.

Vitali griff nervös nach der Fernbedienung und machte den Kasten aus. Es herrschte schlagartig Stille. Nur Keith Gallants schmerzvolles Röcheln war zu hören.

Vitali holte den Erste-Hilfe-Kasten und riß das bluttränkte Hemd des Komplizen auf. Blut sprudelte unaufhörlich aus der Wunde. »Verdammt«, krächzte Vitali, »hat man mit 'ner schweren Flak auf dich geschossen? Das sieht ja ... schrecklich aus.«

Gallant rutschte langsam zur Seite.

Vitali setzte ihn wieder gerade. »Mann, Keith, du hast doch nicht etwa vor, hier bei mir abzunippeln?«

»Ich ... will nicht sterben, Chuck.«

»Wer will das schon? Verflucht noch mal, was mach' ich mit dir? Warum mußtest du ausgerechnet zu mir kommen? Lag's irgendwie auf'm Weg?« Vitali lief zum Telefon. »Delbert soll sich was einfallen lassen. Er ist schließlich der Boß.«

Hastig wählte er Cleggs Nummer. Es läutete x-mal am anderen Ende, bis sich endlich eine schläfrige Mädchenstimme meldete.

»Hallo?«

»Ist Delbert da?«

»Ich glaube nicht«, sagte Phyllis Clegg.

»Sieh nach!«

»Wer spricht denn da?«

»Hol deinen Vater ans Telefon, verdammt! Aber schnell!«

Phyllis legte den Hörer weg. Vitali hörte sie an eine Tür klopfen und »Dad! Dad!« rufen. Dann kam sie wieder an den Apparat.

»Hallo?«

»Ja.«

»Dad ist nicht da.«

»Scheiße!« Vitali legte wütend auf.

Phil wollte dem unzurechnungsfähigen Mädchen die Waffe wegnehmen.

Sie schoß sofort, und die Kugel riß ein Aktgemälde von der Wand.

Es wäre purer Zufall gewesen, wenn Dolores meinen Partner getroffen hätte, denn sie hatte überhaupt nicht auf ihn gezielt.

Ehe sie mit einer zweiten Kugel größeren Schaden anrichten konnte, riß ihr Phil endlich die Knarre aus der Hand.

»Warum hast du das getan?« herrschte Phil sie an.

Sie schwieg.

»Warum hast du auf mich geschossen?«

»Du hast mich belogen«, behauptete Dolores müde.

»Wieso?«

»Du hast gesagt, Mark Ekman hat euch zu mir geschickt.« Ihre Lider begannen zu flackern.

»Na und?«

»Mark ... ist tot!« Dolores schloß die Augen.

Phil griff nach ihren Schultern und schüttelte die drogenbedingte Müdigkeit aus ihr. »Habe ich gesagt, wann Mark uns zu dir geschickt hat? Habe ich das?«

»Nein.«

»Also hattest du keinen Grund, auf mich zu schießen.«

»Doch, den hatte ich.«

»Welchen?«

»Ihr ... ihr habt Mark umgelegt, und nun wollt ihr mich killen.«

Ihr umnebeltes Hirn gebar einen Schwachsinn nach dem anderen.

Was mochte sie geschluckt, geschnupft oder gedrückt haben, daß sie auf so bescheuerte Ideen kam?

»Hör zu, Dolores«, sagte ich eindringlich und hoffte, daß sie mir geistig halbwegs folgen konnte. »Wir sind nicht hier, um dir etwas anzutun, sondern weil wir von dir ein paar Informationen brauchen.«

»Seid ihr ... Bullen?« Sie wirkte mit einemmal etwas wacher.

»FBI«, sagte ich.

»Ich rede nicht mit Bullen!« Sie bekam auch ihren Körper allmählich besser unter Kontrolle.

»Du kannst gern in unserem Büro mal darüber nachdenken, ob es nicht doch vernünftiger wäre, uns ein paar Fragen zu beantworten«, erklärte ich ihr.

»Habt ihr einen Haftbefehl?«

»Brauchen wir einen?«

»Ich hab' nichts ausgefressen.«

Phil sah mich an und fragte: »Wird Geheimprostitution nicht mehr strafrechtlich geahndet, Jerry?«

»Es geht niemanden etwas an, mit wie vielen Männern ich schlafe«, sagte Dolores bissig. »Das ist allein meine Sache.«

»Richtig«, pflichtete ich ihr bei. »Solange du dich dafür nicht bezahlen läßt.«

»Ich nehme Geschenke von Freunden an«, erklärte Dolores angriffslustig. »Das darf ich.«

»Aber du darfst nicht auf Leute schießen«, hielt Phil dagegen. »Und dann auch noch auf Polizisten – Mädchen, das gibt Ärger!«

»Komm schon, Mädchen«, sagte ich einlenkend. »Wir wollen uns nicht streiten. Du möchtest deine Ruhe haben, und wir möchten dir nicht länger als unbedingt nötig auf den Geist gehen. Also machen wir uns doch nicht gegenseitig das Leben schwer. Wenn du uns sagst, was wir wissen wollen, bist du uns in fünf Minuten los und siehst uns – mit ein bißchen Glück – niemals wieder. Mark Ekman war ein Kunde von dir, ja?«

»Er ... er war kein Kunde, sondern ein ... ein Freund«, stellte Dolores richtig.

Am Fußende des Bettes lag ihr Negligé. Sie zog es an. Für gewöhnlich geizte sie bestimmt nicht mit ihren Reizen, aber für die Augen von G-men waren sie ihrer Ansicht nach offenbar zu kostbar.

»Na schön«, sagte ich, »er war ein Freund. Hat er dich oft besucht?«

»Hin und wieder.«

»Nicht regelmäßig?«

»Nein. Wenn ihm danach war, rief er mich an.«

»War er großzügig?« fragte ich.

Sie antwortete ausweichend: »Ich werde ihn vermissen.«

»Weißt du, auf welche Weise er sein Geld verdiente?«

»Nein.«

»Hat er nie darüber gesprochen?«

»Es hat mich nicht interessiert«, sagte Dolores.

»Er hatte Freunde. Komplizen. Hat er mal ihre Namen erwähnt?«

»Warum hätte er das tun sollen?«

Ich hob die Schultern. »Manche Männer werden im Bett sehr gesprächig.«

Dolores schüttelte den Kopf. Sie versuchte so vorsichtig wie möglich zu sein, kämpfte merklich gegen die starke Wirkung der Droge an und ließ sich nur das aus der Nase ziehen, was unbedingt nötig war. »Zu dieser Sorte gehörte Mark Ekman nicht«, erklärte sie kühl.

Ich erwähnte das Notizbuch, in dem ihr Name stand, und zählte dann die anderen Namen auf, die Ekman sonst noch schriftlich darin festgehalten hatte.

Sie gab zu, einige dieser Mädchen zu kennen, und als Sahnehäubchen bekamen wir von ihr die Information, daß Mark Ekman eine Favoritin gehabt hatte: Holly Mulligan, ein Girl, das sich als Model und Nachwuchsschauspielerin versucht hatte, ehe es erkannt hatte, daß es zu anderem berufen war …

Keith Gallant rutschte wieder zur Seite, und Chuck Vitali setzte ihn erneut gerade.

Inzwischen hatte Gallant erzählt, wie er sich die Kugel eingefangen hatte. Er hatte bei einem Restaurantbesitzer abkassieren wollen. Der Mann hatte ihn in sein Büro gebeten, die Schreibtischlade geöffnet, jedoch kein Geldkuvert herausgenommen, sondern eine Pistole und geknurrt: »Hier gibt's für euch Bastarde nichts mehr zu holen. Entweder ihr bleibt in Zukunft meinem Lokal fern, oder ich knalle euch alle über den Haufen.«

Gallant hatte sich zum Schein friedlich gegeben, dann aber blitzschnell zur Waffe gegriffen. Er hatte den Mann überrumpeln wollen.

Es war ihm aber nicht gelungen.

Bevor er seine Kanone auf den Restaurantbesitzer hatte richten können, hatte dieser abgedrückt, und Gallants Bauch war von einem harten Schlag getroffen worden, der ihn gegen die Wand geworfen hatte.

Torkelnd hatte er die Flucht ergriffen. Erst viel später hatte er gemerkt, daß er schwer verletzt war und eine Menge Blut verlor.

Als die Schmerzen eingesetzt hatten, hatte er befürchtet, es nicht mehr bis zu Vitali zu schaffen.

Und nun saß er auf diesem Sofa und konnte sich kaum noch gerade halten.

Vitali glaubte, daß Gallant sterben würde. Er war sich da sogar sicher.

Aber nicht bei mir! dachte er.

»Du hättest nicht hierherkommen dürfen, Keith«, sagte er kopfschüttelnd.

»Wohin ... hätte ich denn ... sonst sollen?« gurgelte Gallant.

»Ich kann nichts für dich tun. Du brauchst einen Arzt.« Vitali holte ein großes Handtuch. »Hier. Drück das gegen deinen Bauch und komm.«

»Wohin ... willst du ... mit mir? Mit einer Schußverletzung ... kann ich ... kann ich mich in keinem Krankenhaus blicken lassen.«

»Ich bringe dich zu Liam Conway.«

»Das ist kein ... kein Arzt.«

»Aber fast«, sagte Vitali. »Er ist Sanitäter. Und er hat ein paar Semester Medizin studiert. Er kann dir bestimmt mehr helfen als ich.«

»Ich ... kann nicht zu ihm gehen.«

»Du mußt.«

»Ich schaff' das nicht mehr, Chuck.«

»Quatsch. Du stehst das schon durch. Liam holt dir die Kugel aus dem Bauch und flickt dich wieder zusammen. Der Knabe hat was auf dem Kasten. Er lebt ja auch nicht schlecht davon, Leuten wie uns Projektile aus dem Pelz zu schneiden, wenn sie mal Pech gehabt haben.«

»Ruf ihn ... ruf ihn an. Er soll herkommen.«

»Soll er dich auf meinem Küchentisch operieren? Er ist zu Hause für Eingriffe jeglicher Art bestens ausgerüstet. Hier hat er doch nichts von all dem, was er braucht. Nun komm schon.«

»Ich ... habe ... keine Kraft ... mehr.«

Vitali legte sich einen Arm des Komplizen um die Schultern und stemmte ihn hoch. »Keine Sorge, ich schleppe dich schon irgendwie zu ihm. Kneif jetzt bloß nicht den Arsch zu, Kumpel. Beiß die Zähne zusammen. Du wirst schon wieder. Das ist nur eine Frage der Zeit und des Wollens.«

Er schleppte Gallant aus der Wohnung. Der Schwerverletzte blutete in das Handtuch und konnte kaum noch gehen.

»Weiter«, keuchte Vitali. »Weiter. Reiß dich zusammen, Keith. Du bist ein zäher Hund. Dich bringt doch so eine idiotische Kugel nicht um. Weißt du, was wir tun, wenn du wieder auf dem Posten bist? Wir kaufen uns das Schwein, das auf dich geschossen hat, und, o Mann, dann möchte ich nicht in seiner Haut stecken.«

Gallant sackte zusammen.

»Keith?«

Gallant antwortete nicht.

»Keith?«

Gallant reagierte nicht.

»Keith, verflucht noch mal!«

Gallant tat einen röchelnden Atemzug.

»Mensch, mach das nicht noch mal«, blaffte Vitali. »Hast du mir vielleicht einen Schreck eingejagt. Ich dachte schon, du wärst abgehauen.«

Der Lift brachte sie in die Tiefgarage.

»Ich – kann – nicht – mehr – Chuck …«, ächzte Gallant.

»Ich kann nicht, heißt, ich will nicht. Denn man kann alles, wenn man wirklich will. Mein Wagen steht gleich da drüben. Du wirst doch noch die paar lächerlichen Meter schaffen. Das wäre ja gelacht.«

Sie erreichten das Fahrzeug, und Vitali hievte den Komplizen hinein. Hoffentlich versaut er mir nicht die Polsterung, dachte er, während er um den Wagen herumlief und hastig einstieg.

Er schob den Schlüssel ins Zündloch und drehte ihn. »Siehst du, daß ich dir nichts Unmögliches zugemutet habe? Du kannst mir vertrauen.«

»Was … was ist, wenn … wenn Liam Conway nicht zu Hause ist?« fragte Keith Gallant tonlos.

»Dann hab' ich noch 'ne andere Adresse«, gab Vitali zur Antwort. »Mach dir keine Sorgen.« Er fuhr los. »Du brauchst dir wirklich keine Sorgen zu machen. Ich rufe Liam an, während wir zu ihm unterwegs sind, damit er schon mal alles vorbereitet.«

Sie verließen die Garage. Sobald sie auf der Straße waren, nahm Chuck Vitali sein Mobiltelefon zur Hand und wählte Liam Conways Nummer.

Hoffentlich ist er nicht gerade wieder sternhagelvoll, dachte er, während er darauf wartete, daß sich Conway meldete. Der Alkohol war nämlich Liams allergrößter Freund, und mit dem war er fast jeden Tag zusammen.

»Yeapp!« tönte es endlich durch den Draht.

»Liam, hier ist Chuck.« Vitali lenkte das Auto mit der Linken.

»Hi, Chuck, wie geht's?« fragte Liam Conway.

»Beschissen.«

»Weshalb?«

Vitali sagte es ihm.

»Ist Keith noch bei Bewußtsein?« fragte Conway.

»Ja, aber ich weiß nicht, wie lange noch.« Vitali warf einen nervösen Blick auf seinen Komplizen, dessen Gesicht immer wächserner wurde.

»Hat er viel Blut verloren?«

»Ziemlich.«

»Hoffentlich bringt ihn der Schock nicht um. Bei sehr großem Blutverlust reagiert der menschliche Körper mit einem lebensbedrohlichen Schock.«

»Mal den Teufel nicht an die Wand, Liam.«

»Wann seid ihr hier?« wollte Liam Conway wissen.

»In fünf Minuten«, antwortete Vitali. »Bist du einigermaßen nüchtern?«

»Ich bin seit einer Woche trocken.«

»Gratuliere. Bis gleich.« Vitali steckte das Telefon ein und sagte zu Keith Gallant: »Liam freut sich auf dich. Halt die Ohren steif, Junge. Wir sind gleich da.«

Sie erreichten das Haus, in dem der Sanitäter wohnte. Conway hatte das große Tor der Einfahrt geöffnet.

Chuck Vitali ließ seinen Wagen hineinrollen, und Conway schloß das Tor hinter dem Fahrzeug wieder.

»Hilf mir beim Ausladen!« verlangte Vitali.

»Ist er noch ansprechbar?« wollte Conway – ein breitschultriger, rotblonder Mann mit Sommersprossen – wissen.

»Vor einer Minute hatte er noch die Augen offen.«

»Hallo, Keith«, sagte Conway.

»Ich schlage vor, du plauderst drinnen mit ihm«, murrte Vitali.

Sobald Gallant auf dem Untersuchungsbett in Conways illegaler ›Praxis‹ lag, sah sich der Sanitäter die Verletzung genauer an, dann preßte er mit finsterem Blick die Lippen zusammen.

»Kannst ... du ... mir ... helfen?« fragte Gallant stockend.

»Sicher, Buddy«, antwortete Liam Conway. »Sicher.« Er sah Vitali an und hob die Schultern.

»Ich … habe Angst«, kam es tonlos über Gallants blutleere Lippen.

»Ich geb' dir was gegen die Schmerzen«, sagte Conway. Und sein Blick sagte: *Das ist alles, was ich noch für dich tun kann.*

Er zog eine Spritze auf und stach die Kanüle in Gallants Vene.

Der Schwerverletzte riß die Augen auf, ein Zittern ging durch seinen Körper …

… und dann tat er seinen letzten Atemzug!

»Verdammt, was hast du ihm gegeben?« schrie Chuck Vitali bestürzt.

»Die Injektion hat ihn nicht umgebracht«, behauptete Liam Conway.

Vitali musterte ihn argwöhnisch. »Es sah aber ganz danach aus.«

»Er hat den enormen Blutverlust nicht verkraftet.«

Das mußte Vitali wohl oder übel glauben. »So ein Mist aber auch«, knirschte er. »Ich hab' ja befürchtet, daß er es nicht schafft.«

»Du hättest ihm die Fahrt hierher ersparen können.«

»Ich wollte nicht, daß er in meiner Wohnung den Löffel abgibt.« Vitali kratzte sich am Hinterkopf. »Was machen wir jetzt?«

»Wir?« fragte Liam Conway. Er schüttelte den Kopf. »Ich hab' mit deinem Freund nichts zu schaffen.«

»Er war nicht mein Freund!«

»Meiner noch viel weniger«, sagte Conway. »Er muß weg. Hier kann er nicht bleiben. 'ne Leiche in meiner Wohnung ist nicht gut für mein Image.«

»Du mußt mir helfen, ihn verschwinden zu lassen.«

»Ich helfe dir, ihn zu deinem Wagen zurückzutragen«, sagte Liam Conway. »Alles Weitere ist dann deine Sache. Damit möchte ich nichts zu tun haben. Wenn die Bullen mich fragen … Du warst nie hier.«

»Ich hätte nicht gedacht, daß du so ungefällig bist«, sagte Vitali ärgerlich. Er ballte die Hände zu Fäusten, und seine Augen wurden schmal. »Wenn ich sicher sein könnte, daß ich deine Dienste niemals in Anspruch zu nehmen brauche, ich würde dich …«

Liam Conway sah ihm furchtlos ins Gesicht. »Was?«

Chuck Vitali bleckte die Zähne und ließ seinen goldenen Augenzahn blitzen. »Ach, vergiß es.«

Bevor er mit Gallant losfuhr, versuchte er, noch einmal Delbert Clegg zu erreichen.

»Hallo?« Wieder Phyllis' schläfrige Stimme.

»Ist Delbert endlich nach Hause gekommen?«

»Nein.«

Vitali unterbrach die Verbindung und maulte: »Verdammt, wo treibt sich der Mistkerl nur rum?«

Er fuhr mit der Leiche im Kofferraum spazieren und wußte nicht, wie er sich ihrer entledigen sollte. Nichts war ihm als Versteck für den Toten sicher genug.

Es war nicht klug gewesen, sich mit Delbert Clegg zusammenzutun. Sobald genügend Geld vorhanden war, wollte Clegg einen überraschenden Senkrechtstart hinlegen und sich an die Spitze von Manhattans Unterwelt katapultieren.

Vitali hatte Clegg anfangs geglaubt, als dieser behauptet hatte, es wäre nicht nur möglich, sondern sogar verhältnismäßig leicht, den derzeitigen Unterweltkönig Ethan De Lance zu entthronen, doch inzwischen war Vitali davon nicht mehr sosehr überzeugt. Er fing an zu bezweifeln, daß Clegg das Zeug dazu hatte, ein Heer von gefährlichen Gaunern, Betrügern und Mordbuben zu regieren, und wenn Clegg Schiffbruch erlitt, hatte er, Vitali, absolut keine Lust, an seiner Seite zu stehen und mit ihm unterzugehen.

Ich werde ihn rechtzeitig verlassen, überlegte Chuck Vitali. Diese Schutzgeldgeschichte hat sowieso keine Zukunft mehr. Nicht, nachdem wir zwei Männer verloren haben. Ich hab' verdammt keinen Bock drauf, mir für diesen Ehrgeizling die Pfoten zu verbrennen. No, Sir. Ich mach' nicht länger mit. Ich bin nicht länger dein Mann, Delbert Clegg.

Er sah sich neugierig um, war so in Gedanken gewesen, daß er im Augenblick nicht wußte, wo er sich befand.

War das Brooklyn? Oder Queens?

Es war Brooklyn, und er fuhr direkt auf einen großen, finsteren Güterbahnhof zu. Endlich machte es klick bei ihm. Ja, hier wollte er Gallants sterbliche Hülle loswerden.

Er stieg aus, lief die Waggonreihen entlang und versuchte, eine der Türen aufzuschieben. Nach vier Mißerfolgen bewegte sich endlich eine.

Vitali kehrte um. Er eilte zu seinem Wagen zurück und holte den Toten aus dem Kofferraum. Es war kalt. Vitali stieß hellgraue Atemwolken aus.

Er warf sich die Leiche über die Schulter und stolperte durch die Dunkelheit. Er kippte Gallant in den Güterwaggon, schloß die schwere Schiebetür und atmete erleichtert auf.

Geschafft. Die Leiche hatte er vom Hals, und darüber war er erleichtert, obwohl ihn der Tod des Komplizen weiß gott nicht kalt gelassen hatte.

Er blickte sich gespannt um. Hatte ihn auch bestimmt niemand beobachtet? Er konnte weit und breit keine Menschenseele entdecken.

Zurück zum Wagen und nichts wie weg! sagte er sich. Was für eine Nacht!

Mark war tot und jetzt auch Keith. Das war schon eine schlimme Sache. Wohin hatte diese Schutzgeldgeschichte sie nur gebracht? Und wo würde es enden?

Er brauchte jetzt einen Drink. Oder zwei. Oder drei. Oder eine ganze Flasche.

Er kippte einen doppelten Bourbon in einer schmuddeligen Bar und wurde von einer schmuddeligen Professionellen angequatscht. Seine Nerven lagen nach dem Ärger mit Keith Gallant noch blank, deshalb reagierte er ziemlich unfreundlich.

Sie war auch nicht gut drauf und biß so rotzfrech zurück, daß er sie am Hals packte und ihr das Leben aus dem mageren Leib zu schütteln drohte.

Das rief ihren ebenso schmuddeligen Beschützer auf den Plan. Chuck Vitali ließ daraufhin das Mädchen los und verprügelte ihren Macker.

Doch der hatte in dieser Bar ein paar gute, kräftige Freunde, die ihm mit grimmigen Mienen und geballten Fäusten zu Hilfe kamen.

Die Abreibung, die sie ihm verpaßten, fiel verdammt schmerzhaft für ihn aus. Ein letzter Tritt beförderte ihn zur Tür hinaus.

Sie brüllten ihm nach, er solle sich hier nie mehr blikken lassen, sonst würden sie Hackfleisch aus ihm machen.

Er taumelte halb blind und taub auf die Fahrbahn und wäre beinahe von einem Wagen plattgewalzt worden. Reifen quietschten. Das Auto kam zwei Zentimeter vor Vitalis Kniescheiben zum Stehen, und der Lenker brüllte wütend: »Besoffenes Schwein!«

Vitali torkelte weiter und ließ sich ächzend in seinen Wagen fallen. Was für eine beschissene Nacht.

Er fuhr nach Hause, leerte eine Flasche Gin und fiel betäubt ins Bett.

Am nächsten Morgen ging es ihm ziemlich mies. Er hatte arge Kopfschmerzen, und das Tageslicht tat ihm in den Augen weh.

Nach einer Wechseldusche (warm, kalt, warm, kalt, warm, kalt – eiskalt!) und einem Liter schwarzen Kaffees, der so stark war, daß er Keith Gallant hätte aufwecken können, fühlte er sich eine Spur besser, aber noch lange nicht gut.

Als das Telefon viel zu laut anschlug, zuckte er heftig zusammen. Er zog die Luft scharf ein, sein Gesicht verzerrte sich, und er stöhnte gepeinigt.

»Hast du vergangene Nacht zweimal angerufen?« fragte Delbert Clegg, als sich Vitali mit schleppender, kraftloser Stimme gemeldet hatte.

»Ja.«

»Was wolltest du?«

»Ich hätte deine Hilfe gebraucht.«

»Wobei?«

»Möchte ich nicht am Telefon sagen.«

»Du redest wie dein eigener Urgroßvater«, stellte Clegg fest.

»So fühle ich mich auch.«

»Was ist los mit dir?«

»In meinem Schädel hocken ein paar Hundert Zwerge – und jeder tut was anderes.«

»Hast du gesoffen?«

»Wie ein Loch.«

»Und heute hast du einen Kater.«

»Einen riesigen.«

»Selber schuld«, sagte Delbert Clegg mitleidslos. »Weißt du, wo Keith ist? Ich kann ihn nirgendwo erreichen.«

»Ich weiß, wo er ist.«

»Wo?«

»Nicht am Telefon.«

»Was soll das, Chuck? Gibt's Probleme?«

»Ja. Wir sollten uns treffen, Delbert.«

»Ich hab' den ganzen Vormittag zu tun. Essen wir zu Mittag bei Valentino?«

»Einverstanden.« Chuck Vitali legte auf.

Eine Stunde später läutete das Telefon wieder, und eine kratzige Männerstimme sagte: »Ich habe einen Kumpel, der hat einen Freund bei der City Police, und von dem habe ich deinen Namen und deine Telefonnummer.«

Vitali kannte die Stimme nicht. »Und?« fragte er frostig. »Was weiter?« Er witterte Ärger.

»Ich hab' mir das Kennzeichen deines Wagens gemerkt.«

»Was soll dieses Gequatsche?«

»Güterbahnhof. Brooklyn.«

Vitali rieselte es eiskalt über den Rücken. »Ich ... ich habe keine Ahnung, wovon du redest, Mann.«

»So?« höhnte der Anrufer. »Wirklich nicht? Dann muß ich dir ein bißchen auf die Sprünge helfen. Ich bin zur Zeit ohne Job und festen Wohnsitz. Das Schicksal hat mir ein Bein gestellt. Kann passieren. Ich komm' schon wieder hoch. Aber vorläufig bin ich gezwungen, meine Nächte in Güterwaggons zu verbringen. Na, klingelt es nun bei dir?«

In Vitalis Kopf überschlugen sich die Gedanken.

»Du hast 'ne Leiche in meinen Schlafwagen gelegt«, sagte die kratzige Stimme. »Und dann bist du abgehauen. Ich bin dir gefolgt, habe mir die Nummer deines Wagens eingeprägt, und ich rufe dich heute an, weil ich dir helfen möchte.«

»Du? Mir helfen?« Vitali wischte sich mit einer fahrigen Handbewegung über die Augen.

Der Anrufer sagte: »Dir ist sicher nicht damit gedient, wenn ich überall herumerzähle, was ich gesehen habe, und ich habe nicht das geringste Interesse daran, dich in den Knast zu bringen. Ich denke, uns beiden wäre mehr geholfen, wenn wir uns auf einen Deal einigen würden: Du gibst mir Geld – und ich vergesse, was ich gesehen habe.

»Geld.« Hitze stieg in Vitalis Wangen. »Wieviel Geld?«

»Wieviel ist die deine Freiheit wert?«

»Wieviel willst du haben?«

»Hast du schon mal in einem Güterwaggon gepennt? Ist nicht gerade gemütlich, das kann ich dir sagen. Und jetzt, wo der Winter vor der Tür steht ... Kannst du fünfzigtausend Bucks auftreiben?«

»*Fünfzigtausend?*«

»Damit könnte ich meinen gestrandeten Kahn wieder flottkriegen, und du brauchst nicht für den Rest deines Lebens gesiebte Luft zu atmen. Du hörst wieder von mir. Sieh inzwischen zu, daß du die Lappen beschaffst.«

4

Holly Mulligan war nicht nur Mark Ekmans Favoritin gewesen, wie sich herausstellen sollte. Das Ex-Model und die Ex-Nachwuchsschauspielerin – ich erinnerte mich, sie in zwei unbedeutenden Rollen in zwei unbedeutenden Filmen gesehen zu haben – hatte ein Penthouse direkt am Central Park. Das konnte man sich nur leisten, wenn man sehr gut verdiente.

Als ich in der Nähe des feudalen Apartmenthauses aus meinem Jaguar steigen wollte, mit dem ich damals noch regelmäßig fuhr, hielt mich Phil zurück, indem er seine Hand auf meine Schulter legte und »Augenblick, Jerry!« sagte.

»Was gibt's?« fragte ich.

»Sieh mal, wer da vor dem Haus wachen Auges auf und ab schlendert.«

Jetzt fiel mir der bullige Typ ebenfalls auf. Der Mann war fast zwei Meter groß. Sein schwarzes Haar war so lang, daß er es zu einem dicken Zopf zusammenfassen konnte. Er war elegant gekleidet – wie ein Banker aus der Wall Street.

Aber er war kein Banker, sondern ein Gangster. Er schwang für Ethan De Lance die Kanone, war dessen

Leibwächter *numero uno.* Michael Nunn – des ›Königs‹ bester Bodyguard. Ein Mann, der für seinen Boß jederzeit in die Hölle ging und furchtlos gegen den Teufel persönlich antrat, wenn es sein mußte. In seinen Händen war De Lances Leben bestens aufgehoben.

»Ethan De Lance – hier zu Besuch«, sagte Phil neben mir.

Michael Nunn machte auf den Hacken kehrt. Er legte die Hände auf sein Ohr und führte ein Selbstgespräch. So sah es jedenfalls aus. In Wirklichkeit aber sprach er bestimmt mit jenen Leibwächtern, die zu De Lances Schutz im Haus postiert waren.

»De Lance zu Besuch bei Holly Mulligan«, murmelte Phil.

In dem Apartmenthaus wohnten zwar noch etliche andere Leute, aber auch ich war davon überzeugt, daß Ethan De Lance hier war, um sich mit der schönen Holly zu amüsieren.

Der Gangsterkönig von Manhatten war dem FBI schon lange ein Dorn im Auge, und immer wieder bemühten sich einige unserer Kollegen, ihm was anzuhängen. Leider war der Bursche dermaßen aalglatt, daß das bisher noch keinem gelungen war. Nicht mal beim Falschparken ließ sich der gerissene Ethan De Lance erwischen.

Unzählige Fäden liefen in seinen fetten Händen zusammen. Er hatte seine dicken Finger in nahezu allen illegalen Geschäften. Erpressung, Drogen, Falschgeld, Raub, Menschenhandel, Prostitution, Pornographie … In Manhattan lief so gut wie nichts ohne sein Wissen und sein Einverständnis, und er schöpfte bei allen profitablen Deals den Rahm mit ab.

An Coups, die ihm besonders am Herzen lagen, machte er nach wie vor persönlich mit.

Das war dem FBI zwar bekannt, aber solange man es nicht beweisen konnte, lachte der Bursche jedem, der ihn dingfest machen wollte, frech und unbekümmert ins Gesicht.

Wenn er zu Holly Mulligans ›Stamm*freunden*‹ zählte, hatte sie mit Sicherheit keine Mühe, die hohe Miete für ihr Nobel-Penthouse zu bezahlen, denn er ging mit dem Geld, das so reichlich in seine großen, tiefen Taschen floß, recht verschwenderisch um.

Leben und leben lassen, lautete seine Devise. Daß er so manchen, der ihm nicht paßte, sterben ließ, war eine andere – und ebenfalls nicht belegbare – Sache.

»Im Moment können wir nicht zu Holly«, sagte mein Partner. »De Lances Leibwächter würden uns nicht zu ihr lassen.«

Michael Nunn machte wieder einmal kehrt und schlenderte in die Richtung zurück, aus der er gerade gekommen war. Wenn er noch eine Weile so weitermachte, würde er eine Furche in den Asphalt laufen.

Phil zeigte auf einen Hot-Dog-Stand. »Schieben wir uns inzwischen etwas zwischen die Zähne?«

»Gute Idee«, sagte ich.

Phil stieg aus und kam mit zwei Hot Dogs wieder. Wir aßen und warteten, während sich Michael Nunn die Hacken seiner teuren Schuhe schieflief. Als ich den halben Hot Dog verputzt hatte, rammte Phil mir den Ellenbogen in die Seite.

»Da!« zischte er. »De Lance!«

Michael Nunn sicherte aufmerksam nach allen Seiten, und eine große schwarze Limousine mit dunkelgrün getönten Scheiben fuhr vor. Zwei weitere Bodyguards traten aus dem Haus, und nachdem sie sich davon überzeugt hatten, daß die Luft rein war, erschien ihr Boß.

Klein wie Napoleon, übergewichtig, mit wulstigen Lippen, tiefen Lachfalten und einem Gesichtsausdruck, als würde er die ganze Welt verachten.

Er und seine Schutzengel stiegen rasch in die Limousine, und dann rollte der Wagen davon.

»Jetzt ist Holly frei«, sagte ich mit vollem Mund.

»Gönnen wir ihr ein paar Minuten, um sich von diesem Alptraum zu erholen«, gab Phil zurück.

»Wieso Alptraum?«

Phil rümpfte die Nase. »Mir kann keiner erzählen, daß es einem so hübschen Mädchen wie Holly Mulligan Spaß macht, mit einem so unattraktiven Kerl wie Ethan De Lance ins Bett zu gehen.«

»Hast du 'ne Ahnung, was manchen Leuten Spaß macht«, sagte ich, aber wahrscheinlich hatte Phil recht.

Wir aßen unsere Hot Dogs auf – und dann wurde wieder nichts aus dem Aussteigen, denn plötzlich trat Holly, in einen langen Nutriapelzmantel gehüllt, aus dem Haus und winkte einem Taxi.

Ich startete den Motor meines Jaguars und folgte der brünetten Schönheit …

Der Buchladen gehörte offiziell einer Frau namens Lisa Robinson. Der wahre Besitzer aber war Ed Verducci, ein ehemaliger Gangster, der von Ethan De Lances Männern so schwer zusammengeschossen worden war, daß niemand mehr damit gerechnet hatte, daß er durchkommen würde.

Aber er hatte es geschafft. Ein Wunder, hatten die Ärzte gesagt. Ein Wunder? Ed Verducci mußte sieben Operationen über sich ergehen lassen. Heute hatte er eine Silberplatte im Kopf, einen Knochensplitter so nahe beim Herzen, daß es riskant war, ihn zu entfernen, ein Glasauge, sein rechtes Bein war nicht mehr so lang wie das linke, er hatte mit sporadischen Sehstörungen zu kämpfen und durfte wegen fallweise auftretender Gleichgewichtsstörungen nicht mehr Auto fahren.

Seine miserable körperliche Verfassung hatte ihn gezwungen, seine Gangsterkarriere zu beenden und ein anständiges Leben anzufangen.

Als Delbert Clegg das Buchgeschäft betrat, fragte Lisa Robinson freundlich: »Was kann ich für Sie tun, Sir?«

Clegg kannte ihre Geschichte. Sie war zehn Jahre mit einem Säufer verheiratet gewesen, war von ihm geschlagen, gedemütigt und immer wieder vergewaltigt worden.

Er hatte sich schließlich mit ihr umbringen wollen, die Gasexplosion in der Wohnung hatte aber nur ihn getötet, und sie war erlöst gewesen. Begreiflich, daß sie seither von Männern nichts mehr wissen wollte.

Und da Ed Verducci seit jener Nacht, in der ihn so viele Kugeln getroffen hatten, auch kein richtiger Mann mehr war, war er der einzige, mit dem sie leben konnte.

All das wußte Delbert Clegg von Ed. Lisa Robinson sah er heute zum erstenmal. Sie war nicht sein Typ, aber das war ihm egal. Er wollte ihr ja schließlich keinen Heiratsantrag machen.

»Ist Ed da?« fragte er.

»Mr. Verducci ist beschäftigt. Kann ich Ihnen ...«

Clegg zeigte auf ihren flachen Busen. »Lisa Robinson, nicht wahr?«

»Ja.« Sie musterte ihn mißtrauisch.

»Ich bin ein Freund von Ed.«

»Wie ist Ihr Name?«

»Delbert Clegg.«

Es blitzte kurz in ihren Augen, also hatte sie schon von ihm gehört. »Ed ist im Lager«, sagte sie, auf eine Tür weisend. »Ich hole ihn.«

Er hob die Hand. »Nicht nötig«, sagte er kopfschüttelnd. »Ich möchte ihn überraschen.«

Lisa Robinson nickte. »Okay.«

»Sie sind sehr nett, Lisa«, schmeichelte er ihr – nicht ohne Grund.

Sie errötete und senkte rasch den Blick. Ganz verloren schien sie für die Männerwelt doch noch nicht zu sein. Auf jeden Fall prallten Komplimente nicht ganz wirkungslos an ihr ab.

Clegg begab sich ins Lager. Der Raum hatte keine Fenster. Neonlicht erhellte ihn. Ed Verducci saß, von Büchern umgeben, auf einem Stuhl und versah die Werke mit Rabattaufklebern.

»Mach 'ne Pause, Ed. Besuch ist da«, sagte Clegg grinsend.

Verducci drehte sich um. »Delbert, du verdammter Hurensohn! Wo hast du so lange gesteckt?« Er freute sich wirklich, Clegg zu sehen.

»Ich hab' viel um die Ohren.« Clegg ging zu ihm und umarmte ihn. »Wie geht's, Alter?«

Verducci zuckte mit den Achseln. »Man lebt.« Er betrachtete Clegg. »Du siehst gut aus.«

Clegg grinste. »Bist du sicher, daß du das mit nur einem Auge auch zuverlässig feststellen kannst?«

»Was führt einen Analphabeten wie dich in einen Buchladen? Hast du etwa auf deine alten Tage noch lesen gelernt?«

»Klar.« Clegg feixte. »Und ich hab' auch schon ein Buch von vorne bis hinten durchgelesen, ohne dabei meine Lippen zu bewegen.«

»Welches Buch?«

»Die Memoiren der Lady Chatterley.«

»Hast du's auch verstanden?«

Clegg blinzelte. »Ich bin ein erwachsener Mann, Ed.«

»Mit einer fast schon erwachsenen Tochter«, sagte Verducci. »Wie geht es Phyllis?«

»Sehr gut. Ihretwegen bin ich hier. Tust du mir einen Gefallen, Ed?«

»Kommt darauf an.«

»Nichts Ungesetzliches«, versicherte Clegg dem Buchhändler. »Ich wäre dir sehr dankbar, wenn du Phyllis unter deine Fittiche nehmen würdest. Sie hängt zuviel daheim herum. Es gibt zu viele Leerläufe in ihrem Leben. Da kann man leicht auf dumme Gedanken kommen, und das möchte ich rechtzeitig verhindern. Kannst du sie nicht für dich arbeiten lassen? Sie ist ein fleißiges Mädchen, und sie wird dir auch ganz bestimmt nichts aus der Kasse klauen. Ich möchte, daß sie beschäftigt ist, verstehst du? Und wenn sie dabei auch noch ein bißchen Geld verdient, wird ihr das sicher großen Spaß machen.«

»Lisa und ich kommen zwar ganz gut ohne Hilfe über die Runden, aber ...« Verducci nickte. »Okay, schick Phyllis zu mir. Sie kriegt den Job.«

»Danke, Ed«, sagte Clegg. »Ich wußte, daß du mich nicht im Stich läßt.«

Er verließ den Buchladen und traf zwanzig Minuten später bei ›Valentino‹ ein. Chuck Vitali war bereits da. Ein leeres Grappaglas stand vor ihm.

Clegg wies darauf. »Du säufst schon wieder?«

»Ich habe allen Grund dazu«, ächzte Vitali.

»Wieso hast du am Telefon so geheimnisvoll getan?« wollte Clegg wissen.

»Bestell dir erst mal einen Grappa«, empfahl Vitali dem Komplizen. »Du wirst ihn brauchen.«

Valentino, der wieselflinke Wirt, kam an ihren Tisch.

»Zwei Grappa«, sagte Vitali. »Doppelte.«

»Und was essen wir?« fragte Clegg.

»Ich nichts.« Vitali schüttelte den Kopf und schürzte die Unterlippe. »Ich ernähr' mich bis auf weiteres flüssig.«

Clegg bestellte eine große Portion Spaghetti carbonara, ein Gericht, das nirgendwo besser schmeckte als bei Valentino.

Nachdem sie ihren Schnaps bekommen hatten, sagte Vitali: »Trinken wir auf das Leben.«

Clegg nickte. »Auf das Leben.«

»Auf das kurze«, brummte Vitali.

Clegg kniff die Augen zusammen und musterte sein Gegenüber angespannt. »Macht dir Marks Tod noch immer zu schaffen?«

»Ich hab' jetzt nicht an Mark gedacht.«

»Sondern an wen?«

»An Keith. Der lebt nämlich auch nicht mehr.«

»Was?« fuhr Clegg überrascht auf.

Vitali erzählte ihm, was sich in der Nacht zugetragen hatte. »Deshalb habe ich zweimal bei dir angerufen«, erklärte er.

Clegg zog die Augenbrauen zusammen. »Ich habe auswärts übernachtet.«

»Bei wem?«

»Ich wüßte nicht, was dich das angeht.«

Ärger rumorte in Vitalis Eingeweiden. Clegg wollte immer alles wissen, war selbst aber bis obenhin zugeknöpft.

Schluß zu machen, auszusteigen war aber für Vitali im Augenblick nicht mehr drin. Die Lage hatte sich geändert. Er brauchte Clegg jetzt.

Er kippte seinen Grappa. »Delbert ...«

Valentino kam mit den Spaghetti. Ein riesiger Pasta-Berg.

»Den schaffst du nie«, sagte Vitali.

»Wetten, daß?« Clegg machte sich hungrig über die Nudeln her. »Wir müssen uns den Knaben, der Keith umgelegt hat, vornehmen«, sagte er. »Wir müssen ein Exempel statuieren, verstehst du? Sonst sind wir beim Abkassieren bald unseres Lebens nicht mehr sicher. Und wir werden in Zukunft immer zu zweit erscheinen.«

»Ich bin mit meiner Geschichte leider noch nicht fertig, Delbert«, sagte Vitali gepreßt.

»Du hast Keith in diesen Güterwaggon gelegt und bist abgehauen«, sagte Clegg. »Was kann da noch kommen?«

»Einiges.« Vitali ächzte.

Clegg drehte die Gabel und stopfte sich einen großen Spaghettiknäuel in den Mund.

Vitali sah ihm beim Essen zu. Er selbst hatte keinen Appetit. »Man hat mich gesehen, Delbert.«

Clegg spuckte die Spaghetti, die er im Mund hatte, auf den Teller zurück. »Wie … wie war das?« Er schob den Teller von sich. Jetzt hatte plötzlich auch er keinen Appetit mehr.

»In dem Waggon, in den ich Keith gelegt habe, war ein Obdachloser.«

»Das darf ja wohl nicht wahr sein!«

»Es war finster wie in 'nem Affenarsch. Ich hab' den Kerl nicht gesehen.«

»Und was weiter?«

»Der Typ hat mich ausgeforscht.«

»Und nun erpreßt er dich.«

»Richtig«, bestätigte Vitali.

»Wieviel will er haben?«

»Fünfzigtausend.«

Clegg pfiff durch die Zähne.

Valentino kam. »Hat es nicht geschmeckt?« wollte er wissen.

»Doch, doch«, gab Clegg zurück. »Meine Augen waren bloß größer als mein Magen.«

Valentino nahm den Teller mit. Clegg wiegte den Kopf. »Junge, Junge, jetzt sitzt du aber ganz schön in der Scheiße.«

Zorn wallte in Vitali auf. »Ich? Wieso ich? Verdammt, Delbert, das Paar Schuhe ziehe ich mir nicht alleine an. Ich habe Keith kein Loch in den Bauch geballert. Er kam zu mir, und ich habe getan, was möglich war, um ihm zu helfen. Daß er trotzdem abkratzte, ist nicht meine Schuld.«

»Du warst auf dem Güterbahnhof nicht vorsichtig genug«, sagte Clegg leise. »Diesen Vorwurf kann ich dir leider nicht ersparen.«

»Ich sage dir doch, es war stockdunkel.«

»Hatte der Penner bessere Augen als du?«

»Delbert«, sagte Vitali eindringlich, »ich habe Keith *geholfen.* Ich hatte *Pech.* Nun brauche ich deine Hilfe. Wir sitzen im selben Boot. Wenn ich untergehe, nehme ich dich mit. Das sollte dir doch eigentlich klar sein. Ich bade das nicht allein aus!«

»Ich kann dir nicht helfen«, erklärte Clegg kühl.

»Natürlich kannst du«, sagte Vitali leidenschaftlich. »Ich brauche Geld. Wir haben eine Kasse ...«

Cleggs Miene wurde hart. »Du weißt, wofür dieses Geld bestimmt ist«, fiel er dem Komplizen rauh ins Wort. »Das dürfen wir nicht anrühren.«

»Was nutzt dir der Zaster, wenn du in den Knast mußt? Unsere Freiheit kostet fünfzigtausend Dollar, Delbert. Daran führt kein Weg vorbei.«

Clegg starrte Vitali einen Moment aggressiv in die Augen, und sein Körper glich einer gespannten Stahlfeder. Für einen Sekundenbruchteil sah es so aus, als wollte sich Clegg vor allen Leuten auf den Komplizen stürzen und ihn erwürgen.

Doch dann entspannte er sich, schlug einen friedlichen Ton an und sagte: »Okay, okay.« Er seufzte. »Scheint so, als hätten wir beide dasselbe Problem.«

Vitali atmete auf. »Wirst du mir das Geld geben?«

»Nein.«

Enttäuschung breitete sich über Vitalis Gesicht. »Aber ...«

»Aber ich werde dir helfen, den Bastard, der dich erpreßt, loszuwerden«, versprach Clegg.

Obwohl sie es nicht nötig hatte, suchte Holly Mulligan einen noblen Beauty Salon auf. Nur für Ladies. Wir konnten da nicht hinein, mußten warten. Zwei Stunden lang ließ sich die Superfrau drinnen verwöhnen.

»Ich frage mich, was es an der noch zu verschönern gibt«, seufzte Phil. »Ihr Aussehen ist doch schon perfekt.«

Endlich erschien sie wieder auf der Straße.

»Irgendwie sieht sie jetzt noch eine Nuance toller aus«, stellte ich fest. »Findest du nicht?«

Phil schüttelte sich. »Und diese Aphrodite macht mit Ethan De Lance rum.« Er zog die Mundwinkel nach unten. »Sie ist nichts weiter als eine wunderschöne, leere Hülle. Es ist nichts von Wert in ihr.«

Wir gingen auf sie zu. Sie bemerkte uns, beachtete uns aber nicht. Sie war es begreiflicherweise gewöhnt, von Männern beachtet, angestarrt oder gar verfolgt zu werden.

»Holly Mulligan?« sprach ich sie an.

Sie blieb stehen und drehte sich um. Sie hatte große, sanfte rehbraune Augen, mit denen sie mich so unschuldig ansah, daß es überhaupt nicht zu ihrem lasterhaften Lebenswandel paßte.

»Ja?« sagte sie abweisend.

»Dürfen wir Sie zu einem Drink einladen?«

»Selbstverständlich nicht.«

»Oh, entschuldigen Sie. Ich vergaß zu erwähnen, daß wir vom FBI sind. Ich bin Special Agent Jerry Cotton. Das ist mein Kollege Phil Decker.« Ich zeigte ihr meinen Ausweis, und etwas an ihrer Schönheit erblaßte.

»FBI?« fragte sie mit belegter Stimme. »Was … was habe ich verbrochen?«

»Ich hoffe, nichts«, erwiderte ich lächelnd.

Wir nahmen den Drink in einer Bar, gleich neben dem Beauty Salon, und ich sagte: »Sie nehmen es uns hoffentlich nicht übel, daß wir unseren Job tun.«

Sie war zuerst kurz außer Fassung gewesen, hatte sich aber jetzt wieder voll im Griff, wie mir schien. Sie wirkte sehr selbstsicher und vertraute auf ihre umwerfende Wirkung auf Männer. »Was will der FBI von mir?« erkundigte sie sich.

»Ihr Name steht in einem Notizbuch.«

Sie lächelte bezaubernd. »Mein Name steht mit Sicherheit in vielen Notizbüchern.«

»Das kann ich verstehen.«

»Von wessen Notizbuch sprechen Sie, Mr. Collo.«

»Cotton«, stellte ich richtig.

Sie lächelte – wieder ungemein bezaubernd. »Entschuldigen Sie. Ich sage wohl besser Jerry zu Ihnen – wenn ich darf?«

»Aber natürlich dürfen Sie«, erwiderte ich.

»Danke, Jerry.« Noch nie hatte eine Frau meinen Namen sinnlicher auf ihrer Zunge zergehen lassen.

Holly wandte sich zu meinem Partner. »Und zu Ihnen sage ich Phil, ja?«

»Ich habe nichts dagegen – Holly«, erwiderte mein Freund und Kollege.

»Ich spreche von Mark Ekmans Notizbuch«, nahm ich den Gesprächsfaden wieder auf.

Holly hob die dunklen Augenbrauen. Nichts an ihr war mittelmäßig. Mutter Natur hatte sie geradezu verschwenderisch mit makelloser Schönheit überhäuft. »Der gute Mark …«, sagte sie.

»Sie waren angeblich seine Favoritin«, sagte Phil.

Holly richtete ihre großen Rehaugen auf ihn. »War? Ich bin es noch immer.«

Phil lächelte dünn. »Das wird sehr schwer möglich sein.«

»Wieso?«

»Mark Ekman ist tot«, erklärte Phil.

»Jemand hat ihn feige in den Rücken geschossen, und wir möchten herausfinden, wer«, fügte ich hinzu.

Holly Mulligan musterte mich überrascht. »Und … und da kommen Sie zu mir? Ich wußte nicht mal, daß Mark nicht mehr lebt.«

»Es hat in der Zeitung gestanden«, sagte Phil.

»Ich muß die Meldung übersehen haben«, erklärte Holly. »Ich bin eine vielbeschäftigte Frau. Ich habe manchmal wirklich 'ne Menge um die Ohren.«

Phil schmunzelte. »Nicht nur um die Ohren.«

Holly warf ihm einen tadelnden Blick zu. »Wie bitte?«

Phil räusperte sich verlegen. »Entschuldigen Sie.«

»Sie zählen Ethan De Lance zu Ihren Freunden?« sagte ich.

Sie sah mich vorsichtig an und erwiderte nichts.

Ich hob die Schultern. »Wir haben ihn aus Ihrem Haus kommen sehen. Er war bei Ihnen.«

»Ist das verboten?« Ihre Stimme war merklich abgekühlt.

»Oh, nein.« Ich schüttelte den Kopf. »Nein.«

»Ich dachte, es ginge hier um Mark Ekman«, sagte Holly Mulligan.

Ich nickte. »Das tut es.«

Auch in ihren Augen glitzerte jetzt Kälte. »Ethan und ich sind tatsächlich gute Freunde«, sagte sie mit eigenartig drohendem Unterton. »Wenn Sie mich schlecht behandeln …«

»Wir werden uns bemühen, uns nichts zuschulden kommen zu lassen«, versprach ich mit einem entwaffnenden Lächeln.

»Waren Sie und Mark Ekman auch – gute Freunde?« erkundigte sich mein Partner.

»Mark war in mich verliebt.« Sie zupfte den Saum ihres eleganten Kleides in Richtung Knie. Ihre Beine waren ebenso sehenswert wie alles andere an ihr. Kein Wunder, daß sich De Lance diese Klassefrau als Gespielin ausgesucht hatte. Es wunderte mich nur, daß er sie nicht für sich allein haben wollte.

»Und Sie?« fragte ich. »Wie war Ihre Beziehung zu Mark Ekman?«

»Ich war nicht in Mark verliebt«, gab Holly nüchtern zur Antwort.

»Gibt es jemand anderen, in den Sie ...?«, begann Phil vorsichtig.

Sie bedachte ihn mit einem scharfen Blick. »Ich beantworte nur Fragen, die mit Mark Ekman in Zusammenhang stehen, okay?«

Phil nickte. »Okay.«

»Wer könnte ihn so feige ermordet haben?« fragte ich, um Sachlichkeit bemüht. Ich wollte mich nicht zu sehr von Hollys Schönheit ablenken lassen. »Haben Sie irgendeine Idee?«

»Ich kann Ihnen leider mit keinem Verdacht dienen, Jerry.« In ihrer Stimme war jetzt wieder Wärme.

»Wissen Sie, auf welche Weise er zu seinem Geld kam, Holly?« fragte ich.

»Werden Sie mir Schwierigkeiten machen, wenn ich es Ihnen sage?« Sie war ein sehr cleveres, vorsichtiges Mädchen.

Ich lächelte. »Wenn Sie nett zu uns sind, sind wir nett zu Ihnen.«

Holly senkte den Blick und dachte eine Weile nach. Schließlich sagte sie: »Mark erwähnte mal, daß er mit seinen Freunden Schutzgelder kassieren würde. Ich habe ihm das natürlich nicht geglaubt.«

»Natürlich nicht«, sagte Phil.

»Sonst hätte ich ihn ja anzeigen müssen«, sagte Holly.

Ich nickte. »Das wäre Ihre Pflicht gewesen.«

»Aber da Sie's für ein Märchen oder reine Angeberei hielten ...« Phil zuckte mit den Achseln.

»Wie heißen diese Freunde?« wollte ich wissen. »Hat Mark Ekman mal den einen oder anderen Namen erwähnt?«

Holly schüttelte den Kopf. »Tut mir leid.«

»Sind Sie daran interessiert, daß wir den Mann finden, der Mark erschossen hat, Holly?«

»Aber sicher doch, Jerry.«

Ich gab ihr meine Karte. »Lassen Sie sich unser Gespräch noch mal in Ruhe durch den Kopf gehen, und rufen Sie uns an, wenn Ihnen dazu noch etwas einfallen sollte.«

Sie nahm die Karte und las mit gefurchter Stirn. Es hatte den Anschein, als wollte sie alles, was darauf stand, auswendig lernen.

Wir wollten uns verabschieden. Da sagte Holly Mulligan plötzlich: »Sekunde noch. Ich glaube, ich habe einen Namen für Sie.«

Ich sah sie erfreut und erwartungsvoll an. »Ja?«

»Mark verabredete sich an meinem Telefon mal mit einem Freund.« Sie schnippte mit den Fingern. »Wie hieß er doch gleich? Jack – nein … Jock – nein … Chuck – ja. Chuck Vitali.«

Delbert Clegg fuhr mit Chuck Vitali nach Hause. Er wollte den Komplizen nicht mehr aus den Augen lassen. Chuck war für ihn zu einem bedrohlichen Risikofaktor geworden, und er überlegte angestrengt, auf welche Weise dieses Problem am einfachsten und am schnellsten aus der Welt zu schaffen war.

Es gab zwei Möglichkeiten: Entweder er schaffte sich Vitali vom Hals, oder er half ihm, den obdachlosen Erpresser für immer zum Schweigen zu bringen.

Vitali hätte er jetzt gleich kaltmachen können. Ob sie den Penner erwischen würden, war ungewiß. Clegg hätte auch nicht gezögert, sich des Komplizen zu entledigen, wenn er danach nicht allein dagestanden hätte. Mark und Keith waren tot. Er hatte nur noch Chuck, und das ließ ihn zögern und grübeln.

Sie betraten Vitalis Wohnung. Das Lämpchen des Anrufbeantworters blinkte. Vitali drückte auf den

Wiedergabeknopf, und eine kratzige Stimme sagte: »He, Chuck, wo treibst du dich herum, verdammt?«

»Das ist er!« zischte Vitali.

Delbert Clegg trat näher an das Gerät heran.

»Ich rufe in einer halben Stunde noch mal an«, sagte der Erpresser. »Wenn du dann wieder nicht zu Hause bist, sehe ich mich gezwungen, den Bullen einen Wink zu geben.«

»Er blufft«, sagte Clegg. »Er läßt sich doch nicht fünfzigtausend Dollar durch die Lappen gehen. Wenn er dich verpfeift, kann er sich das Geld von der Backe streichen.«

Vitali starrte auf das Sofa. »Hier hat Keith gestöhnt und geröchelt. Verfluchte Scheiße.«

»Wir werden den Mann, der Keith gekillt hat, bestrafen, sobald wir diesen Bastard umgelegt haben«, sagte Clegg und wies auf den Anrufbeantworter.

»Was soll ich ihm sagen?«

»Daß du weg warst, um das Geld zu besorgen, daß zu den Zaster jetzt hast und wissen möchtest, wohin du ihn bringen sollst. Wir schicken ihn am Übergabeort zur Hölle.«

»Was, wenn das ein belebter Platz ist?«

»Dann machen wir den Burschen eben etwas später fertig«, sagte Clegg.

»Und wenn er sich irgendwie abgesichert hat?«

»He, er ist mit Sicherheit kein Einstein, sonst wäre er wohl kaum in der Gosse gelandet«, erwiderte Clegg grinsend, aber Chucks Einwände gaben ihm zu denken. »Wenn er anruft, schalt den Lautsprecher ein, damit ich mithören kann«, verlangte er.

»Ich muß was trinken«, ächzte Vitali.

»Schon wieder?«

»Keine Sorge. Ich kippe nach 'nem Scotch nicht gleich aus den Latschen. Für dich auch einen?«

Clegg verneinte. »Wenigstens einer von uns beiden sollte einen klaren Kopf behalten.«

Kaum hatte Vitali den Scotch getrunken, schlug das Telefon an. Er biß sich auf die Lippen und starrte wie hypnotisiert auf den Apparat.

»Was ist?« sagte Clegg. »Willst du nicht abheben?«

Vitali griff nach dem Hörer und schaltete den Lautsprecher ein. »Ja«, meldete er sich.

Eine kratzige Stimme erklang. »Wo warst du, Chuck?«

Vitali sah Clegg an. Der nickte auffordernd, und Vitali sagte: »Ich hab' das Geld beschafft.«

»Die ganzen Fünfzigtausend?«

»Die ganzen Fünfzigtausend.«

»Wo hast du die Flocken aufgetrieben?«

»Meine Sache«, knurrte Vitali.

»He, du hast doch nicht etwa vor, mich zu linken?«

»Sei unbesorgt.«

Der Erpresser lachte hart. »Das würde nämlich mächtig ins Auge gehen, mein Junge. Ich bin ein äußerst mißtrauischer Mensch, mußt du wissen. Deshalb habe ich einige sehr wirksame Vorkehrungen getroffen. Sollte ich auch bloß das Gefühl haben, daß du ein falsches Spiel mit mir treibst, kannst du dir dein Geld in den Hintern schieben und dich auf eine Menge Ärger gefaßt machen.«

»Wohin soll ich die fünfzig Riesen bringen?«

»Grand Central Station.«

»Dort wimmelt es vor Menschen.«

Der Anrufer lachte wieder. »Ich bin gern unter Leuten. Du nicht?«

»Wie soll ich dich da finden?«

»Ich werde dich beobachten. Du läufst einfach ein bißchen im Kreis. Worin befindet sich das Geld?«

»In einer Sporttasche.«

»Okay. Irgendwann wird jemand an dich herantreten und dich bitten, ihm die Tasche zu geben.«

»Jemand? Nicht du?«

Höhnisches Lachen am anderen Ende. »Ich bin nicht blöd. Ich werde einen Boten schicken.«

»Wird er wissen, was sich in der Tasche befindet?«

»Selbstverständlich nicht. Er kriegt von mir einen Zehner aus der Portokasse und wird mir den Zaster bringen. Solltest du versuchen, ihm zu folgen ...«

»Hör auf, mir zu drohen, verdammt!« rief Vitali ärgerlich.

»Du mußt doch wissen, was du riskierst, wenn du auf superschlau machen willst.«

»Ich weiß es«, sagte Vitali unwirsch. »Aber wie weiß ich, daß der, der die Tasche verlangt, dein Bote ist. Es könnte ebensogut irgendein anderer Kerl sein.«

»Er wird dich mit deinem Namen ansprechen und dir Grüße vom Güterbahnhof bestellen.«

»Und wann soll ich zur Grand Central Station kommen?«

»Ich schlage vor, du machst dich gleich auf die Socken. Ich möchte nämlich nicht länger als unbedingt nötig auf mein Geld warten.«

Vor dem Haus, in dem Chuck Vitali wohnte, spielten Kinder Fußball. Nachdem wir den Namen von Mark Ekmans Komplizen bekommen hatten, war es nicht schwierig gewesen, uns seine Adresse zu beschaffen. Der Plastikfußball der spielenden Kinder flog in hohem Bogen auf uns zu, und Phil blamierte sich, indem er ihn volley übernahm und eine Kerze produzierte, die bis zum dritten Stock hochstieg.

»Typischer Fall von schlecht gekickt«, zog ich meinen Partner auf. »Wenn ich Coach wäre, würde ich dich nicht mal auf der Ersatzbank Platz nehmen lassen.«

»Diese Plastikbälle sind sehr schwer zu berechnen«, erwiderte Phil. »Der kleinste Lufthauch genügt, um ihre Flugbahn zu verändern.«

Ich rümpfte die Nase und schüttelte den Kopf. »Bitte keine faulen Ausreden.«

»Es stimmt, was ich sage.«

»Es herrscht Windstille«, erklärte ich grinsend und betrat das Haus.

Phil folgte mir. »Du hättest es nicht besser gekonnt.«

»Doch, das hätte ich. Ich hätte den Ball nämlich zuerst aufspringen lassen und dann erst zurückgeschossen. Aber du wolltest ja unbedingt zeigen, daß du für die Auswahl der besten elf Fußballer der Welt qualifiziert bist, und das ging natürlich in die Hose.«

Ich holte den Fahrstuhl per Knopfdruck ins Erdgeschoß, und während wir auf das Eintreffen der Kabine warteten, zog ich meinen Revolver, drehte die Trommel, um nachzusehen, ob alle Kammern geladen waren. (Damals benutzten Phil und ich noch den 3g Police Special von Smith & Wesson, inzwischen sind wir auf die SIG Sauer P226 umgestiegen.)

Noch heute würden sich unsere Vernehmungsspezialisten mit Chuck Vitali beschäftigen, und dann war es wohl nur noch eine Frage der Zeit, bis wir die Namen seiner Komplizen erfuhren und sie ebenfalls aus dem Verkehr ziehen konnten.

Vitali legte auf. »Alles mitgekriegt?« fragte er grimmig.

Clegg nickte. »Der Bursche kommt sich besonders schlau vor, aber das ist er nicht.«

»Er wird mich aus sicherer Entfernung beobachten.«

»Ja«, sagte Clegg. »Dich. Aber nicht mich. Auch ich werde dich aus sicherer Entfernung beobachten. Und seinen Boten, sobald er an dich herantritt und die Tasche von dir übernimmt. Der dämliche Stromer wird nicht mitkriegen, daß ich seinem Boten folge. Sobald er die Tasche hat, hefte ich mich an seine Fersen. Der Rest ist dann ziemlich leicht. Ich mache den Knaben schneller kalt, als er begreift, daß etwas schiefgelaufen ist, und wir haben keine Sorgen mehr.«

Vitali seufzte. »Ich fühle mich nicht wohl bei dieser Geschichte, Delbert.«

Clegg legte ihm beruhigend die Hand auf die Schulter. »Laß dir wegen dieses Penners keine grauen Haare wachsen. Wir schaffen ihn uns vom Hals. Anschließend legen wir den Restaurantbesitzer um, der Keith auf dem Gewissen hat. Und dann machen wir in gewohnter Manier weiter. Vielleicht heuere ich noch einen dritten Mann an. Mal sehen. Hol die Sporttasche. Es ist Zeit zu gehen.«

Vitali ging ins Schlafzimmer und kam mit einer hellgrauen Nike-Tasche wieder.

»Leg ein paar Zeitungen rein«, sagte Clegg.

Vitali holte die Zeitungen und stopfte sie in die Tasche. »Was ist, wenn er sich gleich in der Grand Central Station vergewissert, daß das Geld wirklich drin ist?«

»Er wird bestimmt glauben, daß er dich genügend eingeschüchtert hat und deshalb wenig mißtrauisch sein. Nervös und ängstlich genug hast du ja am Telefon geklungen.«

»Und wenn er doch einen Blick in die Tasche wirft?« fragte Vitali unsicher.

Clegg zuckte gleichgültig mit den Schultern. »Dann stirbt er eben gleich in der Grand Central Station.«

»Vor so vielen Menschen?«

»Ein Schuß wird die Leute so verstören, daß sie erst reagieren, wenn ich längst über alle Berge bin.«

Vitali schüttelte verdrossen den Kopf. »Und das alles nur, weil Keith noch zu mir kam, obwohl er garantiert wußte, daß niemand ihm mehr helfen konnte und er abkratzen würde.«

»Es ist nun mal so gelaufen, und wir müssen nun sehen, so bald wie möglich wieder auf Erfolgskurs zu segeln.«

Vitali stieß einen tiefen Seufzer aus. »Ich wünschte, wir hätten diese Geschichte mit dem Pennbruder schon hinter uns.«

»Dann mal los«, sagte Delbert Clegg und wies auf die Tür.

Im selben Moment läutete es.

Durch Vitalis Körper ging ein Ruck. »Ja?« rief er nervös.

»FBI«, sagte jemand draußen.

Vitali erstarrte. »FBI?« stieß er gepreßt hervor und sah Clegg verwirrt an. »Wie ...?«

Clegg zog seinen Revolver und trat zwei Schritte zurück. Jemand klopfte an die Tür. »Mr. Vitali, machen Sie auf!«

Chuck Vitali glotzte auf die Waffe in Delbert Cleggs Hand. »Willst du mit denen einen Krieg anfangen?«

»Nein«, antwortete Clegg frostig. »Ich muß lediglich umdisponieren.«

»Umdisponieren?«

»Du warst eine recht brauchbare Figur in meinem Spiel, mein Junge, aber nun muß ich meine Strategie leider ändern – und dich opfern.« Clegg richtete die Waffe auf Vitali.

Chuck Vitali riß die Augen auf. »Delbert, bist du ...«

Clegg zog den Stecher durch ...

5

Als in der Wohnung der Schuß krachte, dachte ich zuerst, Vitali wollte uns durch die geschlossene Tür treffen, aber wir standen nicht davor, weil solche Kurzschlußhandlungen immer wieder mal vorkamen.

Phil stand links neben der Tür, ich rechts. Und es flog keine Kugel durch das Holz.

Ich spannte meine Muskeln und Sehnen und nickte Phil mit zusammengepreßten Kiefern zu. Es ist stets eine haarige Angelegenheit, eine Wohnung zu stürmen, in der sich ein bewaffneter Mann befindet, der noch dazu beschlossen hat, auf alles zu schießen, was sich bewegt.

Deshalb war es von unschätzbarem Wert, daß Phil und ich seit Jahren bestens aufeinander eingespielt waren. Ein kurzes Zeichen genügte.

Phil wußte, was zu tun war. Er öffnete die Tür mit einem kraftvollen Fußtritt, und ich sprang mit schußbereiter Waffe in die Wohnung.

Phil folgte mir. Wir paßten aufeinander auf.

Im Wohnzimmer lag ein Mann auf dem Boden. Er zitterte heftig, und Blut rann ihm aus dem Mund. Niemand war bei ihm.

»Wer hat auf Sie geschossen?« fragte Phil.

»E-s w-a-r ...« Mehr konnte der Mann nicht sagen.

Er riß die Augen auf. Sein Blick brach.

Es war vorbei.

Eines der Fenster war offen. Ich beugte mich hinaus und bemerkte einen Kerl, der sich als Fassadenkletterer versuchte. Sein Kopf war gesenkt. Ich konnte sein Gesicht nicht sehen.

Ich hätte auf ihn schießen können, dann wäre er abgestürzt, doch er hätte sich dabei den Hals brechen können, und das wollte ich nicht. Ich wollte ihn lebend haben, deshalb wirbelte ich herum und stürmte aus der Wohnung.

Im Vorbeilaufen rief ich: »Kümmer dich hier um alles, Phil! Ich versuche, den Killer zu kriegen!«

Dann raste ich die Treppen hinunter.

Als ich aus dem Haus fegte, hatte der Fliehende das unwahrscheinliche Glück, daß ausgerechnet jetzt ein Lastwagen vorbeifuhr.

Er sprang und landete auf dem Dach.

Ich hetzte zu meinem Jaguar, sprang hinein und verfolgte den Laster mit Rotlicht und Sirene.

Ich brauchte fünf Minuten, um den Truck einzuholen, ihn zu überholen und dann zu stoppen. Der Fahrer streckte seinen Kopf zum Fenster heraus und rief ärgerlich: »Was ist, Mann? Ich hab's eilig!«

»Ich auch!« gab ich zurück und ließ ihn meine Dienstmarke sehen. »FBI«.

»Mit meiner Ladung ist alles in Ordnung.«

»Sie haben einen blinden Passagier an Bord.«

»Ehrlich?«

Ich kletterte am Wagen hoch und schaute vorsichtig auf das Dach, bereit, zurückzuschießen, falls der Kerl das Feuer auf mich eröffnen sollte.

Aber er war nicht mehr da!

Er mußte in einem Augenblick, wo ich den Truck gerade nicht sehen konnte, abgesprungen sein und das Weite gesucht haben ...

Delbert Clegg kam nach Hause, duschte und zog sich um.

»Heute abend gibt es Gemüseeintopf«, sagte Phyllis.

»Und was dazu?«

»Butterbrote«, antwortete seine Tochter. Sie trug einen knallgelben Rollkragenpullover, einen schwarzen Minirock und rauchgraue Strumpfhosen.

Clegg nickte. »Okay.« Er setzte sich auf die breite Sitzbank und klopfte mit der flachen Hand auf die Polsterung. »Komm her. Setz dich zu mir, ich möchte mit dir reden.«

Phyllis nahm neben ihrem Vater Platz.

»Ich habe einen Freund«, erzählte Clegg. »Sein Name ist Ed Verducci. Man kann sich auf ihn verlassen. Er sieht aus wie Frankensteins Monster, aber du brauchst keine Angst vor ihm zu haben. Ich habe Ed gebeten, dich unter seine Fittiche zu nehmen. Ihm gehört ein Buchladen. Ich schreibe dir die Adresse nachher auf. Ich möchte, daß du da arbeitest. Die Frau, mit der Ed zusammen ist, heißt Lisa Robinson. Du wirst von ihr lernen, wie man Bücher beurteilt, wie man mit Kunden umgeht – und was sonst noch so alles dazugehört, um eine gute Buchverkäuferin zu werden. Wenn du genug gelernt hast und dir dieser Beruf Spaß macht, richte ich dir vielleicht irgendwann mal deinen eigenen Buchladen ein. Was hältst du von dieser Idee?«

Phyllis sah ihren Vater überrascht an. »Ich ... ich soll arbeiten gehen?«

Er strich ihr eine Strähne ihres blonden Haares aus dem Gesicht. »Du mußt lernen, auf eigenen Beinen zu stehen.«

»Hast du etwa vor, mich aus dem Nest zu stoßen, sobald ich flügge bin?«

»Nein.« Clegg schüttelte den Kopf. »Natürlich nicht. Du kannst selbstverständlich hier bleiben, so lange du willst. Ich wünsche mir das sogar. Es ist nur ... Nun ja, es wäre mir ganz recht, wenn ich wüßte, daß du – falls nötig – jederzeit auch für dich selbst sorgen kannst.« Er lächelte schmal. »Ich werde nicht ewig für dich dasein.«

Phyllis lachte. »He, was soll das, Dad? Du bist achtunddreißig. Machst du dir etwa schon Gedanken über den Tod?«

Clegg hob die Schultern. »Es kann immer was passieren. Jedem von uns. Niemand kann sicher sein, daß er hundert Jahre alt wird. Einige schaffen es, die meisten aber nicht.«

Phyllis musterte ihn ernst. »Du hörst dich an, als kämen finstere Zeiten auf uns zu.«

Er schüttelte lächelnd den Kopf. »Damit rechne ich nicht.« Er schaute sie aufmunternd an. »Im Gegenteil«, sagte er optimistisch, »es wird mit uns schon sehr bald ganz steil aufwärtsgehen. Aber ich möchte dennoch gegen alle Eventualitäten gewappnet sein, weil immer irgend etwas schiefgehen kann. Im Leben gibt es nun mal keine zuverlässigen Sicherheitsgarantien.«

»Ich lese gern«, sagte der Teenager. »Ich mag Bücher.«

»Ich weiß. Deshalb habe ich auch heute mit Ed Verducci über dich gesprochen.«

»Wann soll ich zu ihm gehen?« fragte Phyllis.

»Wann immer du möchtest. Lisa und Ed werden dich jederzeit mit offenen Armen empfangen.« Er holte Kugelschreiber und Papier und schrieb die Adresse auf.

Vierundzwanzig Stunden nach Chuck Vitalis Tod betraten wir Ben O'Flahertys ›Irish Pub‹. Der dickschädelige Ire stellte zwei alkoholfreie Gratisdrinks vor uns hin und sagte: »Ich habe euch angerufen, weil ich mit euch reden muß.«

»Wir kommen immer wieder gern zu dir«, erwiderte ich.

»Wie ist das werte Befinden?« erkundigte sich mein Partner. »Bist du wieder topfit?«

»Es geht. Ich bin zufrieden.«

»Und mit der Familie ist auch alles in Ordnung?« fragte Phil.

Ben nickte mit gekräuselter Stirn. »Ich habe sehr lange und sehr gründlich nachgedacht«, sagte er.

»Und was ist dabei herausgekommen?« wollte Phil wissen.

»Daß ich sehr stur und uneinsichtig war.«

Phil griente. »Das wissen wir schon lange.«

»Ich war der Meinung, ein Mann müsse in der Lage sein, alle seine Probleme selbst zu lösen. Wer Hilfe braucht, ist schwach, sagte ich mir, und ich wollte vor meiner Familie nicht als Schwächling dastehen. Maureen sollte sehen, daß ich Manns genug bin, sie, unser Kind, unsere Existenz und alles, was damit zusammenhängt, auch zu beschützen.«

»Diese Einstellung hätte dich beinahe um dein Augenlicht gebracht«, sagte ich.

Ben nickte verlegen. »Ja, ich weiß. Und ich bin zu der Einsicht gekommen, daß ich keine Schwäche zeige, wenn ich euch um Hilfe bitte.«

»Das ist der Ben, den wir mögen«, sagte Phil.

Ben O'Flaherty zog die Augenbrauen grimmig zusammen. »Ich will keinen Schutzzoll mehr an diese Gangster zahlen. Ich möchte mit euch kooperieren, damit ihr diese Parasiten endlich aus dem Verkehr ziehen könnt.«

»Warum bist du nicht zu uns ins Büro gekommen?« fragte ich.

Ben schaute auf die Jim-Beam-Uhr, die über der Bar hing. »In einer halben Stunde vertritt mich hier Maureen. Dann komme ich mit euch.«

Ich schlug ihm erfreut auf die Schulter. »So gefällst du mir, mein Freund.«

Maureen erschien sogar etwas früher. »Hab' ich nicht einen weisen Mann?« strahlte sie. »Es hat zwar lange gedauert, aber nun hat er doch die richtige Entscheidung getroffen.«

Wir nahmen Ben mit ins FBI-Building und zeigten ihm eine Menge Fotos von Leuten, die schon mal mit Schutzgelderpressung zu tun gehabt hatten. Auch ein Bild von Chuck Vitali legten wir ihm vor. Ben erkannte ihn sofort wieder.

Ein anonymer Anrufer informierte uns nur ein paar Minuten später, daß sich Vitali kürzlich nachts auf einem Güterbahnhof in Brooklyn einer Leiche entledigt hätte. Sobald uns der Name des Toten bekannt war, zeigten wir unserem irischen Freund ein Foto von ihm, und Ben identifizierte ihn als dritten Schutzgeld-Gangster.

Plötzlich war nur noch einer von ihnen übrig.

Wir suchten Peiker, unseren ›Zeichner‹, auf. Ben O'Flaherty beschrieb den vierten Mann so genau wie möglich, und unser Kollege setzte nach Bens Angaben am Computer aus vielen Einzelzeilen ein Phantombild des Gesuchten zusammen, das die Kollegen vom Erkennungsdienst anschließend mit einem elektronischen Spezialprogramm abtasteten.

Wieder einmal zeigte sich, wie wertvoll der Computer für die polizeiliche Ermittlungsarbeit geworden war. Wir bekamen die gewünschten Informationen innerhalb kürzester Zeit auf den Bildschirm – drei Fotos (en face, linkes Profil, rechtes Profil), Name, Geburtsdatum, Adresse, Sündenregister.

Ben zeigte aufgewühlt auf die Bilder. »Das ist der Kerl. Der Kopf der Bande. Er hatte das Sagen.«

Ich nickte zufrieden. »Danke, Ben, du warst uns eine große Hilfe.«

»Schnappt ihr euch den Bastard jetzt?« fragte der Ire mit funkelnden Augen.

»Na, klar doch. Was dachtest du denn?« antwortete ich.

»Wir hätten ihn schon längst, wenn du dich früher entschlossen hättest, mit uns zusammenzuarbeiten«, sagte Phil.

Ben machte ein betretenes Gesicht. »Tut mir leid, Freunde. Ich werd' versuchen, mich zu bessern.«

Ich wandte mich an meinen Partner. »Komm, wir holen uns den Haftbefehl.«

Delbert Cleggs Tochter öffnete uns. Wir wiesen uns aus und fragten nach ihrem Vater. Sie rief ihn.

Wir zeigten ihm den Haftbefehl.

Phyllis wurde blaß. Ihr Vater reagierte jedoch mit stoischer Gelassenheit.

»Sei unbesorgt, Kleines«, sagte er beruhigend. »Das kann sich nur um eine Verwechslung handeln. Ich habe nichts verbrochen.«

»Sind Sie bewaffnet, Sir?« fragte Phil.

»Nein.«

»Darf ich nachsehen?«

»Von mir aus.« Clegg hob die Arme.

Phil tastete ihn ab. Er fand keine Waffe.

»Können wir gehen?« fragte ich.

Clegg nickte. Er wandte sich an seine Tochter, deren Augen sich mit Tränen gefüllt hatten. »Nicht weinen, Baby«, sagte er sanft. »Der Irrtum wird sich rasch aufklären. Ich bin bald wieder zu Hause.« Er wirkte sehr zuversichtlich. »Solltest du allein nicht klarkommen, wende dich an Lisa und Ed, okay?«

»Okay, Dad.«

»Braves Mädchen.« Er tätschelte ihre Wange und gab ihr einen Kuß auf die Stirn.

Dann verließ er mit uns lammfromm und hoch erhobenen Hauptes die Wohnung. Man hätte wirklich meinen können, wir hätten den falschen Mann abgeholt.

Mal sehen, wie er reagiert, wenn ihn Ben O'Flaherty bei der Gegenüberstellung identifiziert, dachte ich. Ob er dann auch noch so gelassen sein wird?

Widerstandslos ließ sich Clegg zu meinem Wagen führen. Ich fragte mich, ob er auch der Mann war, der Chuck Vitali erschossen hatte. Leider hatte ich das Gesicht des fliehenden Killers nicht gesehen. Aus freien Stücken würde Delbert Clegg die Tat wohl kaum zugeben und …

Gerade schloß ich den Jaguar auf, als der Bursche plötzlich explodierte. Sein Tritt traf Phils Unterleib. Mir schlug er die Faust kraftvoll in den Nacken, und dann sprintete er los.

Mein Partner krümmte sich mit schmerzverzerrtem Gesicht – unfähig in diesem Moment, einen Schritt zu tun.

»Phil!« Ich warf ihm die Wagenschlüssel zu.

Er fing sie irgendwie auf, und ich rannte hinter Delbert Clegg her. Er hatte uns geschickt getäuscht, hatte den Fügsamen gespielt, hatte so getan, als würde er nie im Leben an Flucht denken, und nun lief er wie ein Olympiateilnehmer um seine Freiheit.

Die ersten hundert Meter legte er schneller zurück als ich, aber dann holte ich allmählich auf. Als er das bemerkte, schlug er einen Haken, sprang auf die Fahrbahn und hielt den erstbesten Wagen an.

Er zerrte die Frau, die seinetwegen scharf gebremst hatte, aus dem Fahrzeug. Sie schrie um Hilfe und schlug wie von Sinnen um sich.

Er stieß sie zu Boden, warf sich in das Auto und raste los.

Bereits nach zehn Metern knallte er gegen einen Chevrolet, der Vorfahrt gehabt hätte. Die Fahrzeuge verkeilten sich ineinander. Clegg konnte nicht weiterfahren.

Passanten kümmerten sich um die verstörte Frau. Ich riß meinen Dienstrevolver aus dem Leder und sah eine reelle Chance, Clegg noch zu kriegen.

Clegg tobte in dem Wagen, den er sich geschnappt hatte. Er gab Vollgas.

Die Reifen drehten rauchend durch, aber die Fahrzeuge kamen nicht voneinander los.

Ich verließ den Bürgersteig und rannte auf der Straße weiter. Die Rückfahrlichter des gestohlenen Wagens leuchteten auf – und im nächsten Augenblick machte der Wagen einen Satz zurück!

Er verlor die vordere Stoßstange und einen Teil des Kotflügels – hing nicht länger am Chevy fest, war wieder frei.

Clegg drosch sogleich den ersten Gang ins Getriebe und setzte seine Flucht fort

Schießen konnte ich nicht. Es befanden sich zu viele Unbeteiligte auf der Straße, und ich wollte niemanden in Gefahr bringen.

Der Chevy-Fahrer sah die Waffe in meiner Hand und brüllte mit zornrotem Kopf: »Kommen Sie! Wir holen uns den Wahnsinnigen!«

Ich sprang in seinen ramponierten Wagen. »FBI!« keuchte ich.

»Wir kriegen ihn!« schrie der Mann. »Wir kriegen diesen verdammten Irren, G-man!«

Er raste hinter Clegg her.

Die Distanz schrumpfte erfreulich rasch, weil Clegg den schwächeren Wagen hatte. Er versuchte, dieses Manko wettzumachen, indem er auf volles Risiko setzte.

Mit röhrendem Motor fuhr er durch eine schmale Straße. Links und rechts parkten Autos. Er beschädigte etliche davon, und als sich vor ihm unvermittelt eine Wagentür öffnete, bremste er nicht, sondern preßte die Kiefer grimmig zusammen, ließ den Fuß auf dem Gaspedal und krachte mit unverminderter Geschwindigkeit gegen das Hindernis.

Die Tür wurde aus den Scharnieren gerissen und flog über die Motorhaube eines Sportwagens.

Der Chevy-Fahrer öffnete per Knopfdruck das Schiebedach und schrie: »Schießen Sie, G-man! Schießen Sie ihm die Gummis von den Felgen! Stoppen Sie den gemeingefährlichen Vollidioten, bevor er noch mehr Schaden anrichtet – oder mit seiner unverantwortlichen Raserei gar jemanden umbringt!«

Ich stand auf. Sobald ich den Kopf durch die Öffnung steckte, fuhr mir der kalte Fahrtwind ins schweißnasse Gesicht und nahm mir kurz den Atem.

Ich eröffnete das Feuer auf den Wagen, in dem Clegg saß. Der Chevrolet wackelte und schaukelte.

Meine Kugeln stanzten Löcher in das Blech des Fluchtfahrzeugs.

Ein Präzisionsschuß war unter diesen miserablen Bedingungen unmöglich. Erst die vierte Kugel saß.

Ein großes schwarzes Stück Gummi löste sich von der Felge.

Cleggs Auto schwänzelte unter die Stelzen eines Highways. Er verlor die Kontrolle über den Wagen und prallte seitlich gegen einen kantigen Betonpfeiler.

»Wir haben ihn!« jubelte der Chevy-Fahrer. »Wir haben den schwachsinnigen Kretin!«

Clegg kletterte benommen aus dem Wagen. Er erwartete mich mit erhobenen Händen und sagte heiser: »Tut mir leid, Sir. Ich wollte das alles gar nicht tun. Ich hatte einen Blackout. Mir gingen die Nerven durch. Ich bedauere aufrichtig und aus tiefstem Herzen, was passiert ist.«

6

Die Gegenüberstellung dauerte nur wenige Minuten. Wir ließen Clegg mit fünf weiteren Männern in einer Reihe Aufstellung nehmen, und Ben O'Flaherty zeigte sofort auf ihn. Er war sich seiner Sache absolut sicher, brauchte keinen Moment nachzudenken.

Damit war die Sache für uns gelaufen. Wir konnten den Fall abschließen und zufrieden zu den Akten legen.

Was nun folgte, war Angelegenheit von Staatsanwalt und Richter. Wir hatten unseren Job getan, hatten die Facts beschafft, die nötig waren, um Delbert Clegg hinter Gitter zu bringen, und konnten uns neuen Aufgaben zuwenden.

Ich hoffte, daß wir mit Clegg nie wieder zu tun haben würden, doch mein frommer Wunsch sollte sich nicht erfüllen, denn der clevere Bursche schaffte es, bereits nach zweieinhalbjähriger Haft wieder entlassen zu werden.

Das lag zum einen an seiner mustergültigen Führung und zum anderen an einem As, das er nach dreißig Monaten Haft urplötzlich aus dem Ärmel zauberte ...

Seiner Tochter gegenüber blieb er bei der Behauptung, unschuldig zu sein. »Ich wurde bedauerlicherweise das Opfer eines Justizirrtums«, versicherte er ihr stets, wenn sie ihn im Gefängnis besuchte. »Das passiert hin und wieder. Dagegen ist man als kleiner Mann völlig machtlos. Irgendwo da draußen läuft ein Doppelgänger von mir herum, und ich muß für seine Missetaten büßen. Wenn ich Glück habe, erwischen sie eines Tages den Richtigen. Dann müssen sie mich freilassen. Wenn nicht ...« Er zuckte mit den Achseln. »Ich stehe das hier drinnen schon irgendwie durch.«

Während seiner erzwungenen Abwesenheit kümmerten sich Lisa Robinson und Ed Verducci wie pflichtbewußte Verwandte um seine Tochter.

Es beruhigte ihn, Phyllis in guten Händen zu wissen. Lisa und Ed feierten den achtzehnten und neunzehnten Geburtstag mit ihr, und Clegg behauptete ihr gegenüber mit großer Zuversicht, bis zu ihrem zwanzigsten wieder draußen zu sein.

Wenn bestimmte Kriterien gegeben waren, war eine vorzeitige Haftentlassung für ihn tatsächlich drin, und darauf arbeitete er klug und geduldig hin.

Er freundete sich mit seinem Zellengenossen Jordan Wood an, sobald er festgestellt hatte, daß er und dieser Typ die gleiche Wellenlänge hatten.

Ganz besonders schätzte Delbert Clegg an dem windhundschmalen Jordan Wood, daß dieser Ethan De Lance nicht ausstehen konnte. Wood hatte eine

Zeitlang für den Big Boss von Manhattan gearbeitet. Daß er nun im Zuchthaus saß, hatte er De Lance zu verdanken, und das würde er ihm nie verzeihen.

Seit der Gangsterkönig von Manhattan ihn verraten und verkauft hatte, wünschte sich Woold nichts sehnlicher, als ihm das eines Tages heimzahlen zu können, und damit war er genau der richtige Mann für Delbert Clegg.

Nachdem Clegg den schlanken, pockennarbigen Zellengenossen für okay befunden hatte, weihte er ihn in seine Pläne ein. Er hatte sein Ziel, Ethan De Lance zu entthronen und dessen Platz einzunehmen, noch lange nicht aufgegeben.

Clegg sah in Jordan Wood einen nützlichen Wegbegleiter, deshalb bot er ihm die Partnerschaft an, und Wood, bis in die Haarspitzen von Rachegelüsten durchsetzt, nahm die angebotene Partnerschaft auch mit großer Begeisterung an.

Ein neues Dreamteam war geboren. Clegg und Wood – Männer, die aus demselben Holz geschnitzt waren. Und die denselben Feind hatten: Ethan De Lance.

Wood wußte sehr viel von De Lance, und dieses Wissen wollte sich Clegg zunutze machen. Wood kannte den Aufbau von De Lances Gang. Ihm war bekannt, welche Leute für De Lance wichtig waren und wie man seine Gangsterhierarchie zunächst einmal unbemerkt untergraben und schwächen konnte.

Wood war für Clegg deshalb von unschätzbarem Wert. Es war für ihn die glücklichste Fügung in seinem Leben, daß man ihn mit Jordan Wood in eine Zelle gesperrt hatte. Einen größeren Dienst hätte man ihm nicht erweisen können. Mit Woods Hilfe und dem Geld, das er mit Mark Ekman, Keith Gallant und Chuck Vitali beschafft hatte, würde er sich noch in diesem Jahr darauf vorbereiten, in Manhattans Unterwelt die Macht zu übernehmen.

Alles im Leben hat einen Sinn, sagte er sich zufrieden. Selbst wenn man in den Knast gesteckt wird, kann das noch ein wahrer Segen sein, wie man sieht.

Jordan Woods Entlassung stand kurz bevor. Bei Clegg konnte davon noch keine Rede sein. Dennoch sagte er zu seinem neuen Freund und Partner: »Ich komm' vielleicht noch vor dir raus.«

»Willst du abhauen?« fragte Wood.

»Man wird mich ganz offiziell entlassen.«

»Wood lachte. »Ich hätte nicht gedacht, daß du ein Träumer bist.«

»Bin ich nicht«, stellte Clegg nüchtern fest. »Ich habe einen Plan.«

»Erzähl!« verlangte Jordan Wood gespannt, und Delbert Clegg sprach zum erstenmal mit jemandem über seine Idee.

Was Clegg sich ausgedacht hatte, hörte sich so simpel an, daß es klappen konnte. Wood nickte und meinte: »Ich drücke dir die Daumen.«

»Danke«, erwiderte Clegg. »Das kann auf keinen Fall schaden.«

In der Nachbarzelle saß ein schwerer Junge, der für Bares alles machte. Sein Name war Sonny Patterson, und Delbert Clegg kam mit ihm sehr schnell ins Geschäft.

Bereits zwei Tage nach Cleggs Angebot sagte Patterson: »Heute steigt die Sache.«

»Großartig«, erwiderte Clegg zufrieden.

Zu Mittag provozierte Patterson im Speisesaal einen Aufseher, und als dieser ihm eine drakonische Strafe androhte, sah er urplötzlich rot und drehte durch.

Er griff den Aufseher an, packte ihn, riß ihn herum und setzte ihm einen Löffel, den er spitz zugeschliffen hatte, an die Halsschlagader.

Als zwei Wärter ihrem Kollegen zu Hilfe eilen wollten, brüllte Patterson: »Zurück, oder ich steche dieses Schwein vor euren Augen ab!«

Die Uniformierten erstarrten. Nervöse Spannung herrschte im Saal.

Delbert Clegg trat vor. »He, Sonny, was soll das?«

»Halt dich da raus, Mann!« schnauzte Patterson ihn an.

»Laß den Aufseher los, Sonny.«

»Ich hasse diesen Kerl! Ich hasse ihn!«

Clegg machte einen weiteren vorsichtigen Schritt. »Er kann nichts dafür, daß du hier drin bist«, sagte er eindringlich. »Das hast du dir selbst zuzuschreiben. Sei vernünftig, Junge. Der Mann tut doch nur seinen Job.«

»Verdammt, auf wessen Seite stehst du?«

»Ich stehe auf meiner Seite, Sonny. Nur auf meiner. Ich möchte nicht, daß die Haftbedingungen allgemein verschärft werden, weil sich ein durchgeknalltes Arschloch plötzlich einbildet, den wilden Mann spielen zu müssen.«

Clegg wagte sich noch einen Schritt vor.

»Zurück!« schrie Patterson wütend. »Zurück!«

»He, was geht in deinem leeren Schädel eigentlich vor? Kannst du mir das erklären? Was bezweckst du mit dieser Scheiße?«

»Ich will, daß man mich respektiert.«

Clegg zog verächtlich die Mundwinkel nach unten. »Dich?«

»Ich will, daß man mich nicht wie den letzten Dreck behandelt.«

»Aber du bist der letzte Dreck«, behauptete Clegg. »Der allerletzte Dreck bist du.«

»Halt die Fresse, du Arschkriecher!« plärrte Patterson. »Willst du dir einen Heiligenschein aufsetzen, indem du dich für diesen Schweinepriester stark machst? Wem möchtest du damit imponieren?«

Clegg kniff die Augen gefährlich zusammen. »Du wirst diesem Mann kein Haar krümmen, sonst ...«

»Sonst?« höhnte Patterson. »Was ist sonst? Nun sag schon. Willst du mir Angst einjagen? Oho, sieh nur, wie ich zittere. Ich habe so viel Schiß vor dir, daß ich diesen Löffel kaum noch halten kann.«

»Wenn du deine Aggressionen abbauen willst, stelle ich mich dir gern zur Verfügung.«

»Du kommst später dran.«

»Warum tragen wir's nicht gleich aus?« forderte Clegg den Häftling heraus.

»Weil ich erst mal mit dem da …

»Feiger Hurensohn!« fiel ihm Clegg ins Wort.

»Wie war das? Wie hast du mich genannt?«

»Nicht nur total bescheuert, sondern auch noch stocktaub«, spottete Clegg. »Komm her, ich reiß' dir die Ohren ab. Du hast ohnedies keine Verwendung dafür.«

»Du wirst bluten, Delbert Clegg, das schwör' ich dir, und zwar gleich nach diesem Bastard.«

Clegg griff unvermittelt an.

Es gelang ihm, unter Einsatz seines Lebens – so zumindest sah es für alle aus – den Aufseher aus seiner bedrohlichen Lage zu befreien.

Sonny Patterson stach zu und verletzte Clegg mit seinem rasiermesserscharfen Löffel.

Daraufhin brach ihm Clegg den Arm und entwaffnete ihn.

Was Clegg getan hatte, fand seinen Weg nach draußen – auch daran hatte er gedacht. Die Zeitungen berichteten von seiner heldenhaften Tat und forderten eine Begnadigung dieses mutigen Mannes.

Und er wurde begnadigt.

Nach zweieinhalb Jahren Haft war Delbert Clegg wieder ein freier Mann. Er kam tatsächlich noch vor Jordan Wood raus, und Sonny Patterson wurde, wie insgeheim vereinbart, das Geld, das Clegg ihm für seine Unterstützung versprochen hatte, auf seinem privaten Bankkonto gutgeschrieben.

Phyllis war glücklich, ihren Dad endlich wiederzuhaben, und sie war mächtig stolz auf ihn, weil sein Name in so vielen Zeitungen gestanden hatte.

7

Auch wir lasen von Delbert Cleggs vorzeitiger Entlassung. Wegen vorbildlicher Führung und weil er sich so selbstlos für einen Aufseher eingesetzt hätte. Sogar sein Leben hätte er dabei riskiert.

»Hättest du ihm diese Läuterung zugetraut?« fragte Phil.

Ich schüttelte den Kopf. »Eigentlich nicht.«

»Sieht ihm irgendwie nicht ähnlich.«

Ich war ganz seiner Meinung und nickte.

»Aber er hat es getan. Vor Hunderten von Augen. Und er wurde dabei sogar verletzt. Ob aus dem Saulus ein Paulus geworden ist?«

»Das wäre vor allem seiner Tochter zu wünschen!«

Mein Telefon läutete. Ich nahm den Hörer ab.

»Cotton.«

»Hallo, Jerry«, sagte Helen, die Sekretärin unseres Chefs.

»Hallo!« rief ich erfreut. »Wieder zurück aus dem Urlaub?«

»Ja.«

»Und wie war es?«

»Phantastisch«, antwortete Helen. »Mr. High möchte dich sehen«, sagte sie. »Ist Phil da?«

»Selbstverständlich«, antwortete ich.

»Bring ihn mit.«

»Kriegen wir zwei Tassen vom Besten?«

»Er läuft bereits durch.«

»Du bist ein Schatz, Helen.«

»Ich weiß.«

Ich legte auf und sagte zu Phil: »Der Chef hat Sehnsucht nach uns.«

Mein Partner stand auf. »Dann wollen wir ihn nicht warten lassen.

Im Vorzimmer von Mr. Highs Büro erwartete uns eine Helen, die eine Frischzellenkur hinter sich zu haben schien.

»Du siehst großartig aus«, sagte ich voller ehrlicher Bewunderung.

»Sie hat etwas mit ihrem Haar gemacht«, sagte Phil zu mir. »Paßt dir gut, die neue Frisur«, sagte er zu Helen.

»Was hat die Verjüngungskur alles in allem gekostet?« fragte ich lächelnd, winkte dann aber ab und fügte hinzu: »Wie teuer sie auch immer gewesen sein mag, sie hat sich gelohnt.«

Helen lachte. »Liebe Güte, ich muß ja vor meinem Urlaub grauenvoll ausgesehen haben.«

»Aber überhaupt nicht«, widersprach ich. »Ich ...«

Ihre Gegensprechanlage schnarrte.

»Helen.« Mr. Highs Stimme.

»Ja, Chef?«

»Sind Jerry und Phil schon da?«

»Ja, Chef.«

»Schicken Sie sie herein.«

»Sofort, Chef.« Die tüchtige Sekretärin deutete mit dem Kopf auf die Tür, die in John D. Highs Allerheiligstes führte, und wir begaben uns nach nebenan.

Delbert Clegg feierte seine wiedergewonnene Freiheit mit seiner Tochter Phyllis, mit Lisa Robinson und Ed Verducci und mit seinem neuen Freund Jordan Wood in einem schicken Restaurant. Sie leerten drei Flaschen

Sekt, und Clegg fiel auf, daß sich sein einstiger Zellengenosse an Phyllis nicht satt sehen konnte.

Er beugte sich zu Wood hinüber und raunte ihm ins Ohr: »Kann ich dich kurz sprechen?«

Wood nickte.

Sie standen auf und zogen sich in den Waschraum zurück.

»Dir gefällt meine Tochter, stimmt's?« fragte Clegg seltsam heiser.

»Sie sieht großartig aus.« Woods dunkle Augen leuchteten.

Clegg stieß ihm seinen Finger hart gegen das Brustbein. »Du läßt die Finger von ihr, klar? Ich habe nur einen einzigen wunden Punkt, und das ist Phyllis. Wenn du also Wert darauf legst, daß wir Freunde bleiben, kommst du meinem Mädchen nicht zu nahe. Haben wir uns verstanden?«

Jordan Wood hob die Hände. »Ich habe mit der Kleinen nichts im Sinn.«

Clegg funkelte ihn kriegerisch an. »Das möchte ich dir auch nicht geraten haben.«

Wood lächelte. »Irgendwann wird einer kommen und sie dir wegnehmen.«

»Irgendwann – okay. Aber jetzt noch nicht! Sie ist noch nicht mal zwanzig. Ich werde entscheiden, wann sie alt genug ist, um ...«

Die Tür öffnete sich, und ein kurzatmiger Mann betrat den Waschraum.

Clegg unterbrach sich, warf dem Mann einen ärgerlichen Blick zu, stieß Wood mit dem Ellenbogen an und sagte: »Gehen wir.«

Sie kehrten zu Phyllis, Lisa Robinson und Ed Verducci zurück, und Jordan Wood verschlang die Tochter seines Freundes nicht mehr mit den Augen, blieb auf Distanz und behandelte sie mit Respekt.

John D. High empfing uns mit Kummerfalten auf der Stirn. Er forderte uns auf, Platz zu nehmen, Helen brachte uns ihren köstlichen Kaffee, verließ den Raum gleich wieder und ließ uns mit dem Special Agent in Charge allein.

»Irgendein Problem, das wir bereinigen können, Chef?« erkundigte sich Phil. »Wer oder was macht Ihnen Sorgen?«

»Sieben Tote in zwölf Stunden«, sagte Mr. High ernst. »Die machen mir Sorgen.« Er sah uns finster an. »Gestern nacht ging eine Autobombe in Brooklyn hoch – drei Tote. Heute früh explodierte eine Autobombe in Queens – vier Tote.«

Wir hatten davon gehört. Angeblich hatte ein Mann namens Chico Lamas geglaubt, sich mit seinen Freunden in Manhattans Unterwelt breitmachen zu können. Angeblich hatte Ethan De Lance das nicht gefallen, und angeblich waren Lamas' Freunde nun deshalb alle tot und Chico Lamas ebenfalls seines Lebens nicht mehr sicher.

Die Töpfe der Gerüchteküche quollen wieder einmal über, und kaum einer vermochte zu sagen, was Wahrheit und was Erfindung war.

Deshalb bekamen wir von Mr. High den schwierigen Auftrag, Licht in dieses Dunkel zu bringen und dafür zu sorgen, daß man Ethan De Lance zur Rechenschaft ziehen konnte, falls die sieben Tote tatsächlich auf sein Konto gingen.

De Lance hatte seine Machtposition weiter ausgebaut, gut abgesichert und klug gefestigt, während Delbert Clegg im Gefängnis gewesen war.

Wer es wagte, sich mit ihm anzulegen, setzte sein Leben aufs Spiel, wie sich gestern und heute sehr deutlich gezeigt hatte.

Chico Lamas hatte binnen zwölf Stunden all seine Leute verloren, stand nun allein da, und wenn er sich nicht gut versteckte, war auch seine Überlebenschance gleich Null.

Aber wie sollten wir beweisen, daß De Lance für die Toten verantwortlich war, die zum Teil bis zur Unkenntlichkeit zerfetzt im Leichenschauhaus lagen?

Und wie würde Ethan De Lance reagieren, wenn er merkte, daß wir ihm die Bombenmorde anhängen wollten?

Bestimmt nicht mit gelassenem Wohlwollen.

Die zweieinhalb Jahre Gefängnis waren für Delbert Clegg ein Rückschlag gewesen, das versuchte er erst gar nicht zu leugnen. Aber er war ein Mann, den jeder Mißerfolg nur noch stärker, hungriger und gefährlicher machte.

Jordan Wood brachte ihn mit jemandem zusammen, der jahrelang für Ethan De Lance die Kastanien aus dem Feuer geholt hatte. Eines Tages war er beim Big Boss in Ungnade gefallen, und es gab ihn nur deshalb noch immer, weil er – als Lebensversicherung – seine Memoiren geschrieben und an einem geheimnisvollen Ort deponiert hatte.

Sein Name war Horace McFee – ein zotteliger Koloß mit struppigem Vollbart, der mit Hoa-Minh, einer zierlichen Vietnamesin, in einem Haus am Hudson River wohnte.

Die zierliche Frau ließ Clegg und Wood ein, brachte Bier und zog sich anschließend auf leisen Sohlen zurück.

»Sind die angenehmsten Frauen, diese Asiatinnen«, sagte McFee schmierig grinsend. »Immer verfügbar, wenn man sie braucht, und sofort weg, wenn sie merken, daß sie stören. Mit Emanzipation und all dem Scheiß haben sie nichts am Hut. Sie betrachten es als ihre vordringlichste Aufgabe, ausschließlich für das

Vergnügen und das Wohlbefinden eines Mannes da zu sein.«

Jordan Wood lachte dreckig. »Hört sich gut an.« Er rieb sich gierig die Hände. »Vielleicht lege ich mir auch mal so ein unkompliziertes Weibchen zu. Hat Hoa-Minh eine Schwester?«

»Sie hat sieben Schwestern, und jede wäre glücklich, dir dienen zu dürfen.«

»Mal sehen«, sagte Wood. »Kann sein, daß ich schon bald darauf zurückkomme.«

Die Männer stießen mit den Bierflaschen an und tranken. Danach hörte sich Wood an, wie es McFee zur Zeit so ging. Der Bärtige hatte Langeweile. Das traf sich gut.

»Ich könnte mal wieder ein bißchen Action brauchen«, sagte McFee grinsend. »Ich fühle mich noch zu jung fürs Rentnerleben.«

»Möchtest du dich uns anschließen?« fragte Wood.

»Was habt ihr vor?« erkundigte sich McFee.

Wood zeigte mit dem Daumen auf Clegg. »Delbert möchte Ethan De Lance entthronen und seinen Platz einnehmen, und wenn du mich fragst, er schafft das auch. Jeden andern würde ich für verrückt erklären, wenn er mir so was erzählt, aber an Delbert glaube ich. Er ist der einzige Mann, der dieses hochgesteckte Ziel erreichen kann.«

Horace McFee musterte Delbert Clegg eingehend und fragte dann Jordan Wood: »Wieso bist du sosehr von ihm überzeugt?«

Wood zuckte mit den Achseln. »Ich habe zweieinhalb Jahre mit ihm in derselben Zelle gesessen. Da lernt man einen Menschen so gut kennen wie sich selbst.«

»De Lance ist in letzter Zeit sehr mächtig geworden«, sagte der zottelige Koloß.

Wood lächelte. »Hast du Angst vor ihm?«

»Ich? Vor De Lance?« McFee schüttelte heftig den Kopf. »Niemals.«

»Wir bauen eine schlagkräftige Truppe auf. Wir werben Ethans beste Männer ab, um ihn zu gegebener Zeit mit seinen eigenen Waffen zu schlagen«, sagte Wood.

Clegg ließ ihn reden. Er sagte vorläufig kein Wort.

»Hört sich gut an«, meinte McFee grinsend.

Wood fuhr fort: »Wir steigen in Ethans Geschäfte ein, unterbieten seine Preise, ziehen seine Kunden für uns an Land.«

McFee nickte bedächtig. Er leerte seine Bierflasche, stellte sie auf den Tisch, rülpste laut und fragte: »Sagt euch der Name Chico Lamas etwas?«

»Nein«, gab Wood zur Antwort. »Wer ist das?«

»Er hatte ähnliche Träume.«

»Und?«

»Man sagt, Ethan hat sie zerplatzen lassen. Gestern nacht und heute früh. Mit zwei Autobomben. Die beiden Anschläge haben Lamas die ganze Mannschaft gekostet. Es hat sieben Tote gegeben, und Chico Lamas wird wohl auch nicht mehr lange unter den Lebenden weilen. Das nur zu eurer Information. Wenn wir gegen Ethan De Lance antreten wollen, müssen wir verdammt vorsichtig ans Werk gehen, sonst erstickt er unsere großen Ambitionen im Keim.«

Delbert Clegg meldete sich erstmals zu Wort. »Ich könnte mir vorstellen, daß dieser Chico Lamas jetzt fürchterlich sauer auf De Lance ist«, sagte er.

Horace McFee nickte bestätigend. »Das kannst du laut sagen. Wenn er könnte, würde er Ethan auf der Stelle den Schädel abreißen und als Bowlingkugel benutzen.«

»So einen Mann können wir in unseren Reihen gut brauchen«, erklärte Clegg.

»Das finde ich auch«, pflichtete Jordan Wood ihm bei. Er wandte sich an McFee. »Kannst du ihn für uns auftreiben, Horace?«

»Ich werd's versuchen.«

»Sag ihm, wenn er sich uns anschließt, kriegt er vielleicht sogar die Chance, den Tod seiner sieben Freunde persönlich zu rächen.«

»Ich sag's ihm.« McFee hob den Zeigefinger. »Vorausgesetzt, ich finde ihn vor Ethans Männern, denn die suchen ihn auch.«

8

Wir kontaktierten die zuständigen Mordkommissionen, sprachen in Brooklyn mit Lieutenant Kramer und in Queens mit Lieutenant Kelly.

Beide waren so sehr mit Arbeit überlastet, daß sie sehr froh darüber waren, daß wir uns der Bombenmorde annahmen. Auch für sie stand fest, daß Ethan De Lance dahintersteckte, doch beweisen konnten sie es nicht. Noch bemühten sich die Spezialisten der City Police vergeblich, herauszufinden, wer die Höllenmaschinen gebaut hatte.

Wir veranlaßten unsere Sprengstoffexperten, sich in diesen schwierigen Ermittlungsprozeß einzuschalten und hofften, daß beide Teams zusammen schon bald zu einem brauchbaren Ergebnis kamen. Inzwischen wollten wir die Routinejobs erledigen: Tatorte besichtigen, mit Augenzeugen reden, nach Hinweisen suchen, die uns auf die Spur des Täters – oder der Täter – brachten ...

In Brooklyn war die Bombe vor einer Topless-Bar hochgegangen. Der Sprengsatz hatte den Asphalt aufgerissen und die Hausfassade beschädigt. Der Vierundzwanzig-Stunden-Betrieb der Bar war davon jedoch nicht beeinträchtigt.

Wir betraten das schummrige Lokal. Gedämpftes Rotlicht über intimen Nischen. Gäste, die sich mit halbnackten Mädchen zwar vergnügen, aber dabei tunlichst nicht beobachtet werden wollten. Hämmernde Rhythmen. Rauchschwaden. Der Geruch nach Alkohol und billigem Parfüm. Und überall Girls mit nackten Brüsten. Vor dem Tresen, hinter dem Tresen, an den Tischen, auf der gläsernen Tanzfläche ... Ausgesuchte Schönheiten mit makelloser Figur.

Wir setzten uns auf zwei Messinghocker, bestellten jeder einen Orangenjuice und klärten gleich zu Beginn die Situation mit unseren Dienstausweisen, damit sich die Damen keine falschen Hoffnungen machten. Die Girls neben mir und Phil verdrückten sich daraufhin.

»Ihr seid wegen der Bombengeschichte hier, nicht wahr?« fragte die große schlanke Schwarzhaarige, von der wir unsere Säfte bekamen. Auch sie war oben ohne, und ehrlich, bei ihr hatte ich tatsächlich Mühe, nicht ständig auf ihre wohlgeformten runden Brüste zu starren. Verdammt – manchmal wird einem der Job wirklich nicht leicht gemacht.

Ich nickte. »Hatten Sie gestern nacht Dienst?«

»Ja.«

Ich bezahlte die Drinks und fragte: »Wie ist Ihr Name?«

»Saundra Lockman«, antwortete das attraktive Girl. »Die Jungs, die später draußen in die Luft flogen, waren unheimlich gut drauf. Sie machten eine Riesenzeche. Als sie gingen, waren zwei von ihnen sternhagelvoll. Der Dritte konnte noch gerade gehen. Er hätte den Wagen fahren sollen. Als es draußen rumste, dachte ich, die Welt würde untergehen.«

Ich trank von meinem Juice. »Worüber haben diese Männer gesprochen?«

»Worüber so gut wie alle reden, wenn sie zu uns kommen«, sagte Saundra Lockman. »Über Frauen und Sex.«

»Erwähnte einer von ihnen den Namen Ethan De Lance?

»Nein.«

»Fiel Ihnen irgendeine verdächtige Person auf?« forschte ich weiter. »Jemand, der sich für diese drei Männer interessierte, der ihnen möglicherweise die Bombe unters Autor gepackt haben könnte?«

Saundra schüttelte den Kopf. »Mit einer solchen Beobachtung kann ich leider nicht dienen.«

Phil legte mir die Hand auf die Schulter, um mich auf etwas aufmerksam zu machen. Er schaute – was für ihn eigentlich ungewöhnlich war – an der barbusigen Saundra Lockman vorbei.

Ich folgte seinem Blick und entdeckte im Spiegel eine aufgetakelte Blondine. Sie stand vor den Toiletten, starrte zu uns herüber, machte auf ihren High Heels unvermittelt kehrt und suchte unseretwegen hastig das Weite.

Ein solches Verhalten weckte natürlich den Jagdtrieb in mir.

Delbert Clegg und Jordan Wood stellten Bruce Bannister eine Verdoppelung seiner Provision in Aussicht, wenn er die nächsten Geschäfte nicht für den Big Boss, sondern für sie einfädelte. Bisher arrangierte Bruce Bannister nämlich für Ethan De Lance recht lukrative Drogendeals.

Bannister überlegte kurz, dann siegte seine Geldgier über die Angst vor De Lance. Er willigte ein, die Weichen so zu stellen, daß die nächste Lieferung an De Lance vorbeifuhr und zu ihnen gelangte, ohne daß der große Boss etwas davon bemerkte.

Als nächster stand Basil Wheeler auf ihrer Wunschliste. »Er ist Ethans wichtigster Stratege und Koordinator«, erklärte Jordan Wood. »Wenn es uns gelingt, ihn auf unsere Seite zu ziehen, kommen wir unserem Ziel einen beträchtlichen Schritt näher.«

»Warum sollte er wechseln?« fragte Delbert Clegg. »De Lance behandelt ihn doch sicher nicht schlecht.«

»Wir werden ihn mit Geld ködern.«

»Und wenn er nicht anbeißt?«

Wood zuckte mit den Achseln. »Dann hat er eben Pech gehabt.« Mit zwei Fingern fuhr er sich über die Kehle und grinste schmierig.

Auch Clegg grinste. »Du sprichst haargenau meine Sprache, mein Junge.«

Wood war ihm sympathisch. Ekman, Vitali und Gallant waren ihm gleichgültig gewesen, doch für Jordan Wood empfand er so etwas wie Freundschaft. Mit ihm an meiner Seite kann mein Aufstieg nicht mißlingen, dachte Clegg zufrieden und voller Zuversicht.

»Wenn Wheeler uns die kalte Schulter zeigt, haben wir keine andere Wahl«, sagte Wood rauh. »Dann müssen wir ihn killen, weil er sonst zu Ethan rennt und ihm alles brühwarm erzählt. Der Knabe muß sich entscheiden. Entweder er macht bei uns mit – oder es geht ihm an den Kragen.«

Als die aufgetakelte Blondine Fersengeld gab, rutschten wir augenblicklich von den Messinghockern. Phil verließ die Topless-Bar durch die Vordertür, während ich mich an die Hacken des Girls heftete.

Das Mädchen stürmte mit wehenden Haaren durch einen düsteren Gang, riß eine Tür auf und wollte sich hinter verbeulten Blechmistkübeln verstecken, doch ich war so knapp hinter ihr, daß das nicht klappte.

Daraufhin warf sie mit den Kübeln nach mir. Kraftvoll stemmte sie sie hoch und schleuderte sie mir wild entgegen.

Die ungewöhnlichen Wurfgeschosse prallten mal gegen meine linke, mal gegen meine rechte Schulter, und ihr stinkender Inhalt verteilte sich ringsherum auf dem Boden.

Ich versuchte, das tollwütige Girl zu überwältigen. Sie trat mit der Härte britischer Fußballstars gegen mein Schienbein und versetzte mir einen Faustschlag, der einem Mann zur Ehre gereicht hätte.

Damit zwang sie mich, sie etwas fester anzupacken. Phil bog gerade im Laufschritt um die Ecke, als ich Blondie unsanft gegen ein Maschendrahtgitter stieß. Sie wurde zurückgeschleudert als hätte ich sie gegen eine Gummiwand geworfen. Ich bekam das Girl irgendwo zu fassen. Es gab einen kurzen Ruck, und dann prasselte etwas auf den Boden.

Ich dachte zuerst, daß ich ihr eine Perlenkette abgerissen hätte, doch dann sah ich, daß Dutzende bunter Pillen um uns herumlagen.

Ecstasy! Der BH der Kleinen war voll davon gewesen.

Deshalb war sie abgehauen.

Und sie versuchte noch einmal zu entkommen.

Meine Finger krallten sich in ihr Haar. Im nächsten Moment hielt ich ihren Blondschopf in der Hand – und ein rasierter Männerschädel glänzte in der schummrigen Beleuchtung!

Ich ließ die erbeutete Perücke fallen und wirbelte herum, doch es gab nichts mehr für mich zu tun – denn das Girl, das ein Kerl war, war meinem Partner direkt in die Arme gelaufen!

Basil Wheeler hatte ein schönes Haus in Nassau. Die Nachbarn hielten ihn für einen erfolgreichen Finanzmakler. Daß Ethan De Lance sein Brötchengeber war, wußte niemand. Er lebte unauffällig und zurückgezogen. Sein gepflegtes Grundstück war von einer hohen Backsteinmauer umgeben. Sie bot Schutz vor Straßenlärm und neugierigen Blicken.

In Wheelers Garage standen ein chromblitzender Oldtimer, ein großer BMW und ein fabrikneues Chrysler-Sondermodell – bis zum Dach mit High-Tech-Firlefanz aufgerüstet.

Der Mann liebte die alten Songs von Willie Nelson, June Carter und Johnnie Cash, wenn sie laut aus seiner großen Super-Stereoanlage dröhnten. Er liebte das satte Röhren von Motoren und das leise Seufzen der Frauen, die er in seinem komfortablen Schlafzimmer glücklich machte.

Hier war er gerade keuchend zugange, während sich Delbert Clegg und Jordan Wood heimlich Einlaß in sein Haus verschafften. Geräusche, die nur einen Schluß zuließen, drangen an das Ohr der Eindringlinge.

Wood verzog sein schmales Gesicht zu einem breiten Grinsen, deutete mit dem Daumen nach oben und sagte: »Er hat mal wieder eine Mieze in der Mangel. Frauen sind für ihn wie eine Droge und aus seinem Leben nicht wegzudenken. Er braucht täglich eine. Wie Julio Iglesias.«

Clegg kniff die Augen zusammen. »Hoffentlich schickt er die Kleine danach weg.«

»Darauf kannst du dich verlassen«, sagte Wood. »Wenn er fertig ist, interessiert sie ihn nicht mehr.«

»Bezahlt er jedesmal dafür?«

»Nicht jedesmal. Aber häufig. Er ist nicht gerade ein Märchenprinz.«

Sie sahen sich im Erdgeschoß um, während das Haus von erotischen Endspurtgeräuschen erfüllt war. Wood öffnete in der Küche den Kühlschrank und bediente sich. Er biß in eine kalte Hähnchenkeule und nahm sich eine Dose Bier.

»Auch eine?« fragte er den Freund und Komplizen.

Clegg schüttelte den Kopf.

Basil Wheeler und das Mädchen erreichten den Gipfel.

Wood schloß den Kühlschrank und riß den Dosenverschluß auf.

Im Schlafzimmer herrschte nun die Ruhe nach dem Sturm. Wood aß und trank und warf den abgenagten Knochen anschließend in die Spüle.

Stimmen.

Wood stellte die leere Bierdose weg.

»Sie kommen runter«, sagte Clegg leise.

»In wenigen Minuten haben wir Wheeler für uns allein«, gab Wood ebenso leise zurück.

Der kahlrasierte Schädel war mir nicht fremd, und als ich mir den Burschen in Frauenkleidern ohne Makeup und falsche Wimpern vorstellte – erkannte ich ihn wieder.

Das war Conrad Twitty, ein alter Bekannter von uns!

»Nun sieh mal, wen wir da haben«, sagte ich zu meinem Freund und Kollegen. Ich machte ein beeindrucktes Gesicht, während ich den Dealer vom kahlen Kopf bis zum schmalen Damenschuh musterte. »Schicker Fummel. Wo hast du den gekauft? Gibt's ihn auch in meiner Größe?«

Conrad Twitty hing unglücklich in Phils eisernem Griff.

»Ich hätte dich beinahe nicht erkannt«, sagte ich. »Du hingegen wußtest sofort, wer da am Tresen saß. Deshalb bist du auch gleich wie der Blitz davongesaust.« Ich zupfte an seinem Kleid. »Bist du unter die Transvestiten gegangen? Oder hast du eine Geschlechtsumwandlung hinter dir?« Ich wies auf die vielen bunten Pillen. »Ecstasy im Büstenhalter. Gutes

Versteck. Irgend etwas muß man in so einen BH ja reintun, wenn man keinen Busen hat, nicht wahr?«

Twitty schwitzte.

»Wie gehen die Geschäfte, Conrad?« erkundigte sich Phil.

»We-welche Geschäfte?« stotterte er.

»Der Handel mit diesen Halluzinogenen.«

Twitty schüttelte heftig den kahlen Kopf. »Ich ... ich handle nicht damit.«

»Ach? Nicht mehr? Früher hast du. Und du hast nicht schlecht davon gelebt, soweit ich mich erinnere.«

»Ich habe damit aufgehört«, versuchte er uns weiszumachen. Wir glaubten ihm natürlich kein Wort. Der Junge log jedesmal, wenn er den Mund aufmachte. »Das ... das ist alles nur für mich«, beteuerte er. »Ei-eigenbedarf.«

»Ach so. Ei-eigenbedarf.« Ich zertrat eine Menge Pillen. »Wenn du die alle wirklich schlucken würdest, würdest du abheben und nicht wiederkommen.«

»Wieso hast du so ein schlechtes Gewissen, Conrad?« wollte Phil wissen.

»Hab' ich ja gar nicht.«

»Warum bist du dann vor uns davongerannt?« fragte Phil. Er lockerte den Griff etwas, hob die Perücke auf und setzte sie dem Dealer verkehrtherum auf den kahlen Schädel.

»Macht der Gewohnheit«, sagte Twitty durch das blonde Gestrüpp. »Das habe ich noch von früher in mir drin.«

Phil drehte die Perücke um, damit man wieder Twittys übertrieben geschminktes Gesicht sehen konnte. »Bist'n Fluchttier.«

»So ungefähr.«

»Wie'n Hase.«

»Könnte man sagen, ja«, stimmte Twitty meinem Partner zu.

Ich sagte: »Gehen wir.«

Conrad Twitty sah mich mit großen, ängstlichen Augen an. »Wohin?«

»FBI-Building«, antwortete ich knapp.

»Was soll ich denn da?« fragte der Dealer schrill.

»Ich habe dir die Träger deines Büstenhalters abgerissen.«

»Das macht nichts.«

»Wir werden eine Kollegin finden, die das mit Zwirn und Nadel wieder in Ordnung bringt.«

»Das ist nicht nötig.«

»Ich bestehe darauf. Und während die Kollegin den Schaden repariert, werden wir Gelegenheit zu einem ausführlichen Gespräch haben.«

»Kö-können wir nicht hier reden? Vergessen Sie den BH, Mr. Cotton. Stellen Sie mir gleich hier Ihre Fragen.« Twitty sah Phil an. »Würden Sie mich bitte loslassen, Sir? Ich laufe bestimmt nicht noch mal weg. Großes Ehrenwort.«

Phils Finger lösten sich aus Twittys Frauenklamotten.

Twitty brachte sein feminines Outfit in Ordnung. »Sie sind nicht meinetwegen hier, richtig?«

»Richtig«, sagte mein Partner.

»Sondern wegen der drei Toten von gestern nacht.«

»Schon wieder richtig«, sagte Phil.

»Warst du gestern ebenfalls hier?« fragte ich.

Twitty nickte. »War ich.«

»Hast du was gesehen?« wollte ich wissen.

»Schon möglich«, antwortete Twitty vorsichtig.

»Spuck's aus!« verlangte Phil.

»Können Sie dafür das hier vergessen?« Twitty wies auf die zertretenen Pillen.

Ich schüttelte mit dem Kopf. »An dem Zeug sind schon 'ne Menge Leute auf scheußliche Weise krepiert, Twitty. Ist 'n verdammt grauenhafter Tod, wenn plötzlich irgendwas in deinem Gehirn umschaltet und nicht wieder richtig will. Aber du tust dir selbst 'nen Gefallen, wenn du den Mund aufmachst. Macht 'nen guten Eindruck, wenn wir beim Richter ein Wort für dich einlegen.«

»Die Typen haben mächtig einen geschluckt«, erzählte Conrad Twitty daraufhin aufgeregt.

»Das wissen wir bereits von Saundra«, sagte Phil. »Haben sie irgend etwas gefeiert?«

»Keine Ahnung. Kann sein.«

»Hast du mit ihnen gesprochen?« fragte ich.

»Nein«, antwortete Twitty. »Ich mußte kurz weg.«

»Wegen eines Geschäfts?« fragte Phil.

Twitty ging nicht darauf ein. »Als ich aus der Bar trat, interessierte sich gerade jemand für den Wagen, der später in die Luft flog. Ich habe nicht gesehen, daß er sich daran zu schaffen machte. Ich sah nur, wie er durch das Seitenfenster guckte, als wollte er herausfinden, wie viele Meilen der Wagen schon auf dem Zähler hatte.«

»Wie sah der Mann aus?« wollte ich wissen.

»Breites Gesicht, schiefe Nase, Blumenkohlohren, schütteres Haar ...«

Ich sah Phil an. »Terence Ritter?«

Mein Partner nickte. »Wollte ich auch gerade sagen.«

Delbert Clegg und Jordan Wood verhielten sich in der Küche mucksmäuschenstill. Durch einen schmalen Spalt beobachteten sie Basil Wheeler, den Mann, der für Ethan De Lance so eminent wichtig war.

Clegg sah, daß sein Freund recht hatte. Wheeler war wirklich kein Märchenprinz. Er hatte eine große Hakennase, dicke graue Tränensäcke, und unter seinem Kinn baumelte die Haut hin und her wie bei einem Rindvieh.

Er trug einen rabenschwarzen Seidenkimono. Seine Hände steckten in den großen Taschen, und er machte einen sehr zufriedenen Eindruck.

Das Mädchen, das neben ihm die Treppe herunterkam, war noch sehr jung. Sie hätte Wheelers Tochter sein können. Groß, langbeinig, hübsch und sexy.

Clegg verglich sie mit seiner Tochter, und seine Züge wurden hart. Wenn er Phyllis hier die Stufen hätte heruntersteigen sehen, Basil Wheeler wäre ein toter Mann gewesen.

Das Girl schlüpfte in eine silbergraue Kunstpelzjacke. Wheeler war ihr dabei nicht behilflich. Wozu sollte er jetzt noch den Kavalier spielen? Die Sache war für ihn zufriedenstellend verlaufen, und morgen würde er mit einer anderen Frau die Laken zerwühlen.

»Du warst großartig«, sagte er zu dem jungen Girl.

»Ruf mich an, wenn du's mal wieder nötig hast«, erwiderte sie nur.

»Mach' ich.«

Sie öffnete die Tür.

»Ciao, Baby.«

Sie ging mit wiegenden Hüften hinaus, er drückte die Tür zu und schloß ab.

Wood stieß Clegg mit dem Ellenbogen an und flüsterte: »Jetzt hat der Oberrammler für uns Zeit.«

In Queens war die Autobombe auf dem Parkplatz eines Mega-Drugstores hochgegangen. Wir sprachen mit dem Geschäftsführer und unterhielten uns mit drei Kassiererinnen. Sie hatten alle nichts gesehen, waren erst durch den Knall auf den Wagen aufmerksam geworden. Eine vierte Kassiererin hatte sich nach dem Mordanschlag krank gemeldet.

Angeblich hatte das blutige Attentat einen schweren Nervenschock bei ihr ausgelöst. Wir konnten das verstehen. Der Gründlichkeit halber wollten wir aber auch mit ihr reden.

Wir bekamen vom Geschäftsführer ihren Namen und ihre Adresse und machten uns auf den Weg zu ihr. Sie war dem Vernehmen nach die einzige gewesen, die zufällig in Richtung Wagen geschaut hatte, als es passierte.

Kein Wunder, daß sie fix und fertig war. Sie hatte immerhin vier Menschen auf grauenvolle Weise sterben sehen.

Ihr Name war Alicia Shipp, und sie wohnte mit ihrem Mann und mit ihrem achtjährigen Sohn in einer schmucklosen Mietskaserne. Daß sie über unseren Besuch nicht eben begeistert war, war klar. Aber wir brauchten ihre Aussage. Sie sah das zum Glück ein und schickte uns nicht weg.

Sie war allein. Ihr Mann war zur Arbeit, und ihren Jungen hatte sie bei einer Nachbarin untergebracht. Sie hatte im Bett gelegen, als wir läuteten, hatte ein paar Beruhigungsmittel zuviel geschluckt und war nun sehr schläfrig und geistig nicht besonders aufnahmefähig.

»Diese vier Männer waren an meiner Kasse«, erzählte Alicia Shipp schleppend. Ich schätzte sie auf fünfunddreißig. Sie neigte zum Dickwerden.

»Was haben sie gekauft?« fragte Phil.

»Vitaminpräparate, Rasierschaum, Haargel, Kondome. Einer scherzte: ›Hätten Sie Lust, einen von diesen Parisern mit mir zu testen, Lady?‹ Ich ging auf den Spaß ein und erwiderte: ›Wenn Sie mich das vor acht Jahren gefragt hätten, hätte ich vielleicht ja gesagt.‹ Er wollte wissen: ›Was hat sich seit damals geändert?‹ Ich antwortete: ›Ich habe einen tollen Mann geheiratet und einen süßen kleinen Jungen bekommen.‹ Daraufhin murmelte er eine Entschuldigung, ging mit seinen Freunden hinaus und …« Sie schlug die Hände vors

Gesicht. »Ich sah sie sterben. Alle vier. Es war grauenvoll.«

Wir ließen ihr Zeit, sich zu fassen.

Es dauerte eine Weile, bis sie weitersprechen konnte. »Sie gingen zu ihrem Wagen, stiegen ein, scherzten, lachten – und plötzlich verwandelte sich ihr Auto in einen Feuerball. Diese entsetzliche Kraft hob das Fahrzeug hoch und zerfetzte es. Ich traute meinen Augen nicht, sah Blech und Körperteile durch die Luft fliegen, fing an zu schreien, schrie, schrie, schrie ohne Unterlaß, konnte nicht aufhören – bis ich ohnmächtig wurde …« Tränen rannen ihr über die blassen Wangen.

»Soll ich Ihnen ein Glas Wasser holen, Mrs. Shipp?« fragte Phil.

Sie antwortete nicht, starrte vor sich auf den Boden und krächzte: »Junge, gesunde, kräftige Männer … Sie hatten keine Ahnung, daß sie in wenigen Sekunden tot sein würden, als sie in den Wagen stiegen …«

»Ging das Fahrzeug in die Luft, als der Fahrer den Zündschlüssel drehte, Mrs. Shipp?« fragte ich so behutsam wie möglich. »Oder hat jemand die Sprengladung per Funk gezündet?«

Die Frau hob die Schultern. »Das … das weiß ich nicht. Ihre Kollegen von der City Police haben mich das auch schon gefragt. Ich habe keine Ahnung.«

»Sie haben einen schlimmen Schock erlitten«, sagte ich. »In solchen Situationen kommt es sehr häufig vor, daß der Mensch irgend etwas unbewußt verdrängt und sich deshalb eine Zeitlang nicht daran erinnert. Man kann es als eine Schutzmaßnahme unseres sensiblen Gehirns bezeichnen. Wenn jemand etwas so Schreckliches erlebt, knallt bei ihm eine Sicherung durch, damit er nicht den Verstand verliert. Erfahrungsgemäß kommt das Verdrängte aber irgendwann, wenn man alles einigermaßen verarbeitet hat, wieder an die Oberfläche. Sollte das bei Ihnen der Fall sein, rufen Sie uns an, okay?« Ich gab ihr meine Karte. »Links steht meine Privatnummer. Sie können mich auch nachts anrufen.«

Alicia Shipp schaute auf die Karte und nickte geistesabwesend.

Basil Wheeler ging ins Wohnzimmer, zündete sich eine lange, dicke Zigarre an und nahm sich einen Drink. Während er im Schlafzimmer seinen Hormonhaushalt in Ordnung gebracht hatte, hatte jemand angerufen, doch wenn er mit einer schönen Frau beschäftigt war, interessierten ihn keine Geschäfte. Nun drückte er auf den Wiedergabeknopf des Anrufbeantworters, und Ethan De Lances Stimme drang aus dem Lautsprecher.

»Ich möchte mit dir reden«, sagte De Lance. »Projekt Moneymaker. Ruf mich an, sobald du wieder zu Hause bist.«

Wheeler wählte De Lances Nummer. Am anderen Ende meldete sich Michael Nunn, der oberste Schutzengel des Gangsterbosses. Er leitete Wheelers Anruf sofort weiter.

»Hallo, Ethan«, sagte Wheeler. »Was gibt's?«

»Ich möchte, daß du das Projekt Moneymaker vorantreibst«, schnarrte De Lance.

»Die Vorbereitungen laufen.«

»Leg einen Zahn zu!« verlangte De Lance.

»Wir dürfen nichts überstürzen, Boß.«

»Mach, was möglich ist.«

»Das tue ich.«

»Denk daran: Geduld war noch nie meine Stärke.«

»Das ist mir bekannt, Boß«, sagte Basil Wheeler.

»Ich möchte endlich Scheine knistern hören. Du weißt, wie sehr ich dieses Geräusch liebe. Es ist Musik in meinen Ohren.«

»In meinen auch«, gab Wheeler lachend zurück und legte auf.

Er zog an seiner Zigarre und ließ sich den Bourbon schmecken – während Delbert Clegg und Jordan Wood unbemerkt aus seiner Küche traten.

»Halt's Maul, Paul!« keifte eine Frau hinter der Tür, vor der wir standen.

»Ich rede, wann ich will!« gab Paul zurück.

»Verdammt, wenn du nicht sofort still bist, ziehe ich dir eins mit der gußeisernen Bratpfanne über – mit der heißen, du versoffenes Schwein!« drohte die Frau.

Der Mann lachte. »Das möchte ich sehen!«

»Das wirst du gleich sehen – und spüren!« schrillte die Frau.

Damit sie ihre Drohung nicht wahr machte, klopfte ich kräftig.

Die Frau riß die Tür auf und spie mir – die Bratpfanne in der Rechten – giftig ins Gesicht: »Was ist?«

Phil versuchte seinen Charme spielen zu lassen: »Hallo, Ma'am …«

»Verzieh dich, Blödmann!« unterbrach sie ihn feindselig. Sie war größer als ich und hatte den Körper eines Wrestling-Stars. »Seid ihr von 'ner Sekte? Ich will nicht gerettet werden, und ich bin auch ohne euren brüderlichen Beistand glücklich. Stimmt's, Paul? Wehe, du sagst was anderes!«

Paul kam angewackelt. »Ja, mein Mäuschen«, flötete er mit glasigen Augen und speichelglänzenden Lippen. »Alles, was du sagst, ist richtig.«

Er war nur halb so groß wie sie. Ein sehenswertes Pärchen. Es wäre ihm wirklich nicht gut bekommen, wenn er sich gegen sein ›Mäuschen‹ gestellt hätte.

Phil zeigte ihr seine ID-Card, um sie friedlich zu stimmen. »FBI. Ich bin Special Agent …«

»Schert euch zum Teufel!« schnitt ihm die Frau das Wort ab. »Wir haben nichts verbrochen! Wir sind anständige Leute!«

Sie schmetterte uns die Tür auf die Nasen.

»Mäuschen, das sind Bullen«, redete Paul ihr ins Gewissen.

»Das ist mir scheißegal!«

»Du darfst mit Bullen nicht so reden.«

»Amerika ist ein freies Land!« keifte die Frau. »Hier darf ich alles! Wir wohnen in New York – falls du das in deinem Dauerdelirium noch nicht mitgekriegt hast – und nicht in Teheran oder Peking!«

Ich klopfte wieder.

»Geh weg von der Tür«, bat Paul. »Laß mich mit ihnen reden.«

Als sich die Tür erneut öffnete, war der riesige weibliche Alptraum verschwunden, und Paul sagte leicht lallend: »Mit meiner Frau ist heute nicht gut Kirschen essen. Sie müssen ihr verzeihen. Sie hat sich über mich geärgert. Und wenn ihr dann jemand in die Quere kommt … Was haben Sie auf dem Herzen, G-men?«

»Wir wollten zu Mr. Terence Ritter«, antwortete ich.

»Der wohnt seit einem Monat in einer besseren Gegend.«

»Wissen Sie, wo?« fragte ich.

Pauls Frau war in der Nähe und hörte zu, das spürte ich. Bestimmt hatte sie die Bratpfanne noch nicht weggestellt.

Paul nannte uns eine Adresse in Richmond, an der Tottenville Beach.

Wir bedankten uns und gingen, damit sein ›Mäuschen‹ ihn wieder für sich allein hatte.

Ein Geräusch veranlaßte Basil Wheeler, sich umzudrehen.

»Jordan!« entfuhr es ihm. Es klang nicht sehr erfreut.

»Hallo, Basil«, sagte der pockennarbige Wood. »Schön, dich wiederzusehen.«

»Verdammt, wie kommst du in mein Haus?«

Wood überhörte die Frage. Er legte die Hand auf die Schulter seines neuen Komplizen und sagte: »Ich möchte dich mit meinem Freund Delbert Clegg bekannt machen, Basil. Delbert hat sich viel vorgenommen, und ich habe beschlossen, ihm dabei behilflich zu sein.«

»Seit wann bist du wieder frei?« wollte Wheeler wissen.

»Noch nicht lange. Ethan hat sich mir gegenüber schäbig benommen.«

»Bist du deshalb hier?«

»In gewisser Hinsicht, ja.«

»Ich habe damit nichts zu tun. Warum gehst du nicht zu Ethan?«

»Das kommt noch«, sagte Jordan Wood gelassen. »Alles zu seiner Zeit.«

»Und was willst du heute hier?« Basil Wheeler leerte nervös sein Glas. Die Situation behagte ihm nicht. Er zog gehetzt an seiner Zigarre und nebelte sich ein.

Wood kniff die Augen zusammen. »Was ist Projekt Moneymaker?«

Wheeler staunte. »Woher hast du das?«

Wood zuckte grinsend mit den Achseln. »Aufgeschnappt.«

»Verflucht noch eins, wie lange seid ihr schon in meinem Haus?«

Wood sah Clegg an und antwortete lachend: »Wir haben gerade noch mitgekriegt, wie du die Kleine da oben glücklich gemacht hast.« Er schnippte mit den Fingern. »Übrigens, ich kenne Delbert aus dem Knast. Wir machen nun gemeinsame Sache. Horace McFee ist auch dabei. Und Bruce Bannister.«

Wheeler rümpfte die Nase. »Das wird Ethan nicht schmecken.«

Wood winkte ab. »Wen interessiert das schon?«

»Habt ihr vor, ihm ins Gehege zu kommen?«

»Darauf kannst du dich verlassen.«

»Dann habe ich zwei Leichen vor mir.«

»Ich habe Delbert vorgeschlagen, dich zu fragen, ob du bei uns mitmachen möchtest.«

»Euer Angebot ehrt mich, aber – nein, danke.«

»Was immer dir Ethan De Lance gezahlt hat – ich verdopple es«, sagte nun Delbert Clegg.

Wheeler schüttelte den Kopf. »Ich bin nicht lebensmüde. Wenn ihr nicht wißt, was man tun darf und was nicht, ist das eure Sache. Ich habe keinen Grund, mich von Ethan De Lance abzuwenden und mich mit ein paar Verrückten zu verbünden.«

Wood seufzte und sagte zu Clegg: »Scheint so, als hätten wir uns den Weg sparen können.«

»Das scheint nicht bloß so, das *ist* so!« erklärte Basil Wheeler entschieden.

Er fühlte sich nicht wohl in seiner Haut. Aber noch miserabler hätte er sich gefühlt, wäre er so behämmert gewesen, die Fronten zu wechseln, denn an der Seite dieser irren Abenteurer hatte niemand eine Zukunft.

Wood kratzte sich hinterm Ohr. »Tja, was machen wir denn jetzt?«

Wheeler sagte: »Ich schlage vor, ihr verzieht euch nicht nur aus meinem Haus, sondern auch gleich aus New York und versucht euer Glück in einer anderen Stadt.«

Wood tänzelte wie ein Boxer. »He, Delbert, darf der Schweinepriester so mit uns reden?«

»Ich würde sagen, er darf es nicht«, knurrte Clegg. »Bring ihm Manieren bei, Jordan. Und mach ihm klar, daß ich demnächst der neue King in Manhattan sein werde.«

Blitzartig griff Wood den Mann im schwarzen Kimono an, schlug hart und brutal zu und streckte Basil Wheeler mit einer wuchtigen Schlagkombination nieder.

Wheeler trat kurz weg, und als er wieder zu sich kam, saß er auf einem Stuhl. Er konnte nicht aufstehen, sich auch kaum rühren, weil ihn Wood und Clegg an den Stuhl festgebunden hatten.

»Junge, es ist ein Fehler, uns nicht mit Respekt zu begegnen«, sagte Wood belehrend. »Du hast nämlich die ›New Generation‹ von Manhattans Unterwelt vor dir.«

Wheeler hatte den süßlichen Geschmack von Blut im Mund. Sein Gesicht brannte wie Feuer, und sein Nasenbein tat höllisch weh.

»Du hast nicht die Kraft, gegen den Strom zu schwimmen, Basil«, sagte Jordan Wood. »Das weißt du ebensogut wie ich. Warum gibst du Delbert Clegg einen Korb? Er ist demnächst der neue Mann in Manhattan. Denkst du, daß er so etwas vergißt?«

»Ihr werdet auf halbem Weg verrecken«, sagte Wheeler mit geschwollenen Lippen.

Clegg schlug ihm die Faust ins Gesicht. »Noch so ein Wort, und ich mach' dich kalt«, fauchte er mit funkelnden Augen.

»Er meint es ernst, Basil«, ließ Wood den Gefesselten wissen.

»Du schuldest uns noch eine Antwort«, entsann sich Clegg. »Projekt Moneymaker – was ist das?«

Wheeler preßte seine dicken Lippen zusammen und schwieg.

Clegg gab Wood ein Zeichen. »Bring ihn zum Reden.«

Wood schüttelte verständnislos den Kopf. »Mann, du bist sehr unvernünftig«, sagte er vorwurfsvoll zu dem Gefesselten.

Und dann prasselten harte Schläge auf Wheeler nieder.

Er verlor erneut die Besinnung, doch nachdem er das Bewußtsein wiedererlangt hatte, schwieg er beharrlich weiter.

»Du bist ein selten dämlicher Hund, weißt du das?« keuchte Wood und massierte seine schmerzenden Knöchel. Er sah Clegg an. »So ist ihm nicht beizukommen.«

»Vielleicht macht ihn das gesprächiger«, meinte Delbert Clegg.

Und brachte eine Handgranate zum Vorschein!

Der Mann, den Conrad Twitty uns beschrieben hatte, und den wir für Terence Ritter hielten, war nicht zu Hause. Enttäuscht verließen wir das neue Apartmenthaus an der Tottenville Beach und kehrten zu unseren Dienstwagen zurück.

»Einmal möchte ich erleben, daß etwas glattgeht«, maulte Phil.

»Laß den Kopf nicht hängen«, tröstete ich ihn. »Es kommen auch mal wieder bessere Zeiten.«

Wir stiegen ein, und als ich losfahren wollte, erreichte uns ein Funkspruch aus der FBI-Zentrale.

Alicia Shipp, die Drugstore-Kassiererin, hatte angerufen. Sie wollte uns sehen. Ihr schien noch etwas eingefallen zu sein.

Wir waren in zwanzig Minuten bei ihr. Aber nur, weil wir mit Rotlicht und Sirene gefahren waren.

Inzwischen war Alicias Mann von der Arbeit nach Hause gekommen, und der achtjährige Junge war auch da. So lernten wir die ganze Familie kennen.

»Ich erinnere mich an einen Mann ...«, erzählte Mrs. Shipp. »Er drehte sich um und zog die Schultern hoch, als die vier aus dem Drugstore kamen ... Ich hatte es vergessen, aber nun sehe ich diesen Mann wieder ganz deutlich vor mir.«

»Wie sah er aus?« fragte ich.

»Breites Gesicht, schiefe Nase, Blumenkohlohren, schütteres Haar?« fragte Phil.

Alicia Shipp schüttelte den Kopf. Sie schloß die Augen, um den Mann besser ›sehen‹ zu können. »Mittelgroß … blond … spitze Nase … etwa zwanzig Kilo Übergewicht … schmale Lippen … fliehendes Kinn … wulstige rote Narbe über dem linken Auge … Er hatte etwas in der Hand. Ich hielt es für ein Mobiltelefon, aber es muß der Sender für die Bombenzündung gewesen sein. Als die vier eingestiegen waren, drückte er auf einen Knopf, und im selben Moment gab es diesen fürchterlichen Knall.«

Phil hatte mitgeschrieben. Nun las er aus seinem Notizbuch: »Mittelgroß, blond, spitze Nase, etwa zwanzig Kilo Übergewicht, schmale Lippen, fliehendes Kinn, wulstige rote Narbe über dem linken Auge.« Er sah mich an. »So ein Mann muß doch zu finden sein.«

Basil Wheeler riß die Augen auf und zerrte wild an seinen Fesseln, als er die Handgranate sah.

»Ich möchte vorausschicken, daß das keine Attrappe ist«, sagte Delbert Clegg sachlich. »Das nur zu deiner Information.«

Er schob dem Gefesselten das Todesei in die Brusttasche seines seidenen Kimonos.

»Sieht so aus, als hättest du heute zum letztenmal mit einer Frau geschlafen, mein Lieber.« Cleggs Stimme klang weich und freundlich. »Sieht so aus, als hättest du heute überhaupt alles zum letztenmal gemacht.«

Er tätschelte Wheelers Wange.

»Du möchtest dich mir nicht anschließen. Okay, ich muß das akzeptieren, aber ich sage dir jetzt schon, daß eine Menge Köpfe rollen werden, sobald ich Ethans Platz eingenommen habe, und deiner wird dabeisein, denn ich werde bis dahin nicht vergessen haben, daß du mir eine Abfuhr erteilt und nicht an mich geglaubt hast.«

»Gebrauch endlich deinen Kopf, Basil!« sagte Wood eindringlich. »Dich erwartet bei Delbert ein viel besseres Leben.«

Wheeler sagte nichts.

»Wie kann man nur so blöd sein?« schrie ihn Wood an.

»Ich finde es schön, daß er Ethan De Lance selbst jetzt noch so eisern die Treue hält«, sagte Delbert Clegg.

»Was hat er denn davon?« fragte Wood, der soviel Loyalität nicht begreifen konnte.

»De Lance kann sehr stolz auf ihn sein«, meinte Clegg.

Wood tippte sich an die Stirn. »Dafür kann er sich nichts kaufen, wenn er tot ist.«

»Wenn ein Mann seinen Prinzipien treu bleibt, und das allen Widernissen zum Trotz, verdient er allerhöchste Anerkennung und Wertschätzung«, erklärte Clegg.

Er beugte sich zu Wheeler hinunter und sah ihm fest in die Augen.

»Was hat es mit diesem Projekt Moneymaker auf sich, hm?«

»Sag's ihm!« drängte Wood. »Na los, sag's ihm! Damit kannst du deinen verdammten Arsch retten!«

Doch keine Silbe kam über Basil Wheelers Lippen.

Da machte Delbert Clegg die Handgranate scharf, und dann verließen sie das Haus …

9

Zwei Autobomben waren explodiert, und nun brauchte sich Ethan De Lance nicht mehr über unwillkommene Konkurrenz zu ärgern. Sieben Männer, die es gewagt hatten, in seinem Revier gemeinsam mit ihrem Boß Chico Lamas ihr eigenes Süppchen zu kochen, lebten nicht mehr.

Zwei Autobomben – zwei Täter. Der eine hatte ein breites Gesicht, eine schiefe Nase, Blumenkohlohren, schütteres Haar und hieß Terence Ritter. Der andere war mittelgroß und blond, hatte eine spitze Nase, etwa zwanzig Kilo Übergewicht, schmale Lippen, ein fliehendes Kinn und eine wulstige rote Narbe über dem linken Auge. Seinen Namen kannten wir noch nicht.

Mr. High erwartete von uns, daß wir eine Verbindung zwischen den Explosionen in Brooklyn und Queens und Ethan De Lance herausfanden, doch im Moment war das noch nicht möglich, denn Terence Ritter war kein De-Lance-Mann, sondern ein Hitman, den jeder anheuern konnte, und wir gingen davon aus, daß auch der andere Täter nicht auf De Lances Gehaltsliste zu finden war.

Es schien, als hätte der Gangsterkönig von Manhattan größtmögliche Vorsicht walten lassen, damit man ihn mit den feigen, hinterhältigen Bombenmorden nicht in Zusammenhang bringen konnte. Klar war aber, daß diese Attentate niemandem mehr nutzten als ihm.

Terence Ritter und der andere ... ›Freie Mitarbeiter‹, nur für einen Job angeheuert. Man durfte den gerissenen Burschen, der Manhattans Unterwelt regierte und klein wie Napoleon war, wirklich nicht unterschätzen. Er war mit allen Wassern gewaschen und mit allen Salben geschmiert.

Wäre es nicht so gewesen, hätte er schon längst hinter Schwedischen Gardinen gesessen.

Phil überlegte laut, während wir zum FBI-Building unterwegs waren: »Ritter und der zweite Bomber haben ihren Auftrag ausgeführt. Sie werden ihr Geld kassiert und die Stadt mit unbekanntem Ziel für unbestimmte Zeit verlassen haben. Damit ist es unmöglich, den Beweis zu erbringen, daß sie den Job für De Lance erledigt haben.«

»Du hast mal wieder ganz grauenvoll recht«, seufzte ich.

Vor uns fuhr ein großer grauer Kastenwagen. Wir waren stundenlang in der Stadt unterwegs gewesen und hatten vielen Leuten viele Fragen gestellt. Den Mund hatten wir uns fusselig geredet, aber herausgekommen war dabei nichts. Ein deprimierendes Ergebnis.

Ich hoffte, daß es John D. High nicht in den Sinn kam, uns in sein Büro zu beordern und einen Zwischenbericht von uns zu verlangen, denn wir konnten ihm im Augenblick so gut wie überhaupt nichts bieten.

»Wir können nur hoffen, daß sich Ritter und der andere so sicher fühlen, daß sie es nicht für nötig erachtet haben, auf Tauchstation zu gehen«, sagte mein Partner. »Vielleicht halten sie sich also doch noch in New York auf.«

»Es wäre nicht das erstemal, daß wir Erfolg haben, weil ein Gangster seine Lage falsch einschätzt«, erwiderte ich.

Der große graue Kastenwagen vor uns bremste plötzlich scharf.

»Jerry!« schrie Phil.

Mein Fuß flog vom Gaspedal zur Bremse, und unser Dienstwagen rutschte mit blockierten Rädern auf das Heck des grauen Monstrums zu …

Sie trafen sich im Hinterzimmer einer alten Kneipe am East River. Horace McFee, der zottelige Koloß, hatte Chico Lamas, der vor Wut und Haß überschäumte, aufgetrieben und vier weitere Männer aus Ethan De Lances Verein mitgebracht, die sich – aus den verschiedensten Gründen – entschlossen hatten, die Seiten zu wechseln und nicht länger für, sondern nunmehr gegen den großen Boss anzutreten – an der Seite von Delbert Clegg!

Lamas – gutaussehend, schlank, mit dunklen, fast schwarzen Glutaugen – stellte für seine Mitarbeit nur eine einzige Bedingung: Wenn es Ethan De Lance an den Kragen gehen sollte, wollte er es sein, der das erledigte.

Clegg war damit einverstanden. »De Lance gehört dir, mein Freund«, sagte er. »Das verspreche ich.«

Lamas streckte ihm begeistert die Hand entgegen. »Ich bin dein Mann, Delbert.«

Clegg schlug ein. »Willkommen an Bord, Chico.«

Wood erzählte, welches Schicksal Basil Wheeler ereilt hatte, und keiner zeigte Mitleid oder Rührung. Wenn einer nicht weiß, wann es Zeit ist, umzusatteln, muß er eben mit Konsequenzen rechnen, und die waren in ihrer Branche zumeist tödlich.

Clegg weihte die Männer, die sich um ihn geschart hatten, in seine Pläne ein und stellte sie zur Diskussion. Jeder durfte offen seine Meinung sagen.

Bei Ethan De Lance gab es so etwas nicht. Wer es wagte, ihn zu kritisieren, begab sich auf einen lebensgefährlichen Pfad. Clegg hingegen war klüger. Er machte sich die Erfahrung seiner Leute zunutze.

Schließlich hielt er sich nicht für unfehlbar, und seiner Ansicht nach war es vernünftiger, einen Irrtum noch in der Planung auszumerzen, als später im entscheidenden Augenblick über ihn zu stolpern.

Die eingebrachten Ideen waren durchwegs konstruktiv, und es lag bei Clegg, zu entscheiden, welche er aufgriff, zurückstellte oder verwarf.

Nachdem eine erste Marschrichtung festgelegt worden war, gab Delbert Clegg eine Runde aus, und sie begossen ihren neu geschlossenen Pakt.

Man würde versuchen, noch weitere brauchbare Männer aus De Lances Gang abzuwerben, und jene, die nicht gewillt waren, zu wechseln, würde man ins Jenseits befördern. Die Stützen, die Ethan De Lances Gangsterimperium heute noch verläßlich trugen, würden schon sehr bald sehr morsch sein.

Clegg warf einen Blick auf seine Armbanduhr. Es war Zeit für ihn, zu gehen. Er hatte Phyllis versprochen, sie vom Buchladen abzuholen und mit ihr essen zu gehen.

»Eine letzte Frage noch, bevor ich mich verabschiede«, sagte er mit erhobener Stimme. »Hat einer von euch schon mal von einem Projekt Moneymaker gehört?«

»Dem Vernehmen nach handelt es sich dabei um einen großen Coup, der eine Menge Geld einbringen soll«, erklärte einer der vier Männer, die Horace McFee mitgebracht hatte. »Die Sache befindet sich noch in der Planung. Um was es sich genau handelt, weiß ich nicht.«

»Ich denke, wir sollten das herausfinden«, sagte Clegg mit finsterer Miene und ging.

Ich hatte zum Glück auf den richtigen Abstand geachtet, und deshalb blieb uns ein Aufprall erspart. Was danach kam, war aber auch nicht besonders erfreulich.

Die Hecktüren des Kastenwagens flogen auf, bewaffnete Männer sprangen heraus, zerrten uns aus dem Dienstwagen, verfrachteten uns in das große Gefährt, die Türen flogen wieder zu, und man nahm uns unsere Dienstwaffen ab. Dann wurden wir zu einem uns unbekannten Ziel gebracht.

Sie erlaubten uns nicht zu reden und gaben keine Antworten, wenn wir ihr Verbot mißachteten. Von unseren Entführern scharf bewacht, wurden wir durch die Stadt gefahren.

Wir hatten keine Ahnung, wo wir gerade waren, denn der Kastenwagen hatte keine Fenster. Durch Lüftungsschlitze sickerte spärliches Licht.

Es war düster um uns herum. Ob wir einen Befreiungsversuch wagen sollten?

Ich sah Phil an und erkannte an seinem Blick, daß er das gleiche dachte, aber dann schüttelte ich fast unmerklich den Kopf.

Phil wurde von zwei Männern flankiert, ich ebenfalls, und die Kerle sahen nicht aus, als würden sie ihre Waffen nicht einsetzen, wenn wir etwas taten, das ihnen nicht paßte. Deshalb war es wohl vernünftiger, erst mal abzuwarten und zu sehen, wohin die Reise führte.

Der Kastenwagen stoppte nach relativ kurzer Fahrt. Die Türen schwangen auf und gaben den Blick in einen dreckigen Hinterhof frei.

Wir mußten aussteigen und wurden in ein baufälliges Gebäude gebracht. Die vier Männer stießen uns auf eine Treppe zu. Sie führte nach unten und endete vor einer Blechtür.

Hinter dieser Blechtür gab es nach wenigen Schritten eine weitere. Dann ein kahler Gang, Stufen, noch eine Tür – und plötzlich hatten wir Holz unter unseren Füßen.

Jeder Schritt klang dumpf und hallend, als befände sich unter dem Holz ein riesiger Hohlraum. Ich nahm an, daß wir uns in einem Theater befanden. Auf einer

Bühne. Auf jenen Brettern, die für Schauspieler die Welt bedeuten.

Irgendwo hatte ich im Vorbeigehen ERATO gelesen. Erato, das war nicht nur der Name der Muse der Liebesdichtung, sondern auch der Name eines Theaters, das – abseits der großen Broadway-Bühnen – kürzlich seine Pforten geschlossen hatte und demnächst renoviert werden sollte.

Wir mußten stehenbleiben. Grelles Rampenlicht flammte auf und blendete uns.

War Publikum da? Ich konnte niemanden sehen.

»Soll ich den Monolog von Hamlet vortragen oder wird etwas aus ›My Fair Lady‹ gewünscht?« rief Phil in den Zuschauerraum. »Ich hab' alles drauf.«

»Schön, daß sie so ein musischer Mensch sind, Special Agent Decker«, ertönte eine Stimme aus der Dunkelheit.

»Mit wem habe ich das Vergnügen?« wollte Phil wissen.

»Oh, haben Ihnen meine Freunde das nicht gesagt?«

»Diese gehirnamputierten Typen müssen es wohl vergessen haben.«

»Ich bin Ethan De Lance.«

»Hätte ich mir fast gedacht.« Sarkasmus troff aus der Stimme meines Partners. »Wer sonst wagt es, zwei Special Agents des FBI kidnappen zu lassen.«

»Ich bitte vielmals um Entschuldigung, wenn Sie das so empfunden haben.«

»Wie soll man es anders sehen, wenn man mit vorgehaltener Waffe aus dem Wagen gezerrt und gegen seinen Willen in einen Viehtransporter verfrachtet wird?«

»Ich habe meine Freunde lediglich gebeten, Sie hierherzubringen«, sagte Ethan De Lance. »Tut mir leid, wenn sie das mißverstanden haben.«

»Es ist heutzutage ein Jammer mit dem Personal«, sagte Phil ätzend.

»Ich hoffe, ich kann das irgendwie wiedergutmachen.«

»Ich hätte da gleich eine Idee ...«

»Sie sind doch unverletzt und wohlauf, ja?« erkundigte sich Ethan De Lance, als wäre es ihm wirklich wichtig.

»Ja«, entgegnete Phil. »Abgesehen von dem heftigen Sodbrennen, das ich immer kriege, wenn ich mit Leuten Ihres Schlages zu tun habe.« Er kniff die Augen zusammen und starrte dorthin, wo der Gangsterboß sitzen mußte. »Hören Sie, De Lance, warum verstecken Sie sich hinter diesem grellen Licht? Warum kommen Sie nicht zu uns auf die Bühne und nehmen teil an dieser lächerlichen Posse?«

»Ich fürchte, ich bin kein guter Komödiant, Mr. Decker«, wehrte der kleine Mann ab.

»Warum so bescheiden?« fragte Phil angriffslustig. »Sie haben doch schon eine Menge Menschen zum Weinen gebracht.«

Ich mischte mich jetzt ein. »Warum sind wir hier, De Lance?« fragte ich so laut, daß man mich bestimmt auch auf den billigen Plätzen und im Foyer noch deutlich verstehen konnte.

»Ich möchte mit Ihnen reden«, gab der Gangsterboß zur Antwort.

»Warum sind Sie nicht zu uns ins Büro gekommen?«

»Ach, wissen Sie, Mr. Cotton, ich habe etwas gegen diese schmucklosen Räume ...«

»Mit gutem Grund!« rief mein Partner bissig. »Da erschien es Ihnen wohl sicherer, uns entführen zu lassen.«

»Sie wurden nicht entführt, Mr. Decker«, erklärte Ethan De Lance erneut, diesmal mit Nachdruck. »Ich hatte in keiner Sekunde die Absicht, Sie und Ihren Kollegen Ihrer Freiheit zu berauben. Wie ich schon sagte: Wenn es meine Freunde mit der Ausführung ihres Jobs etwas übertrieben haben, tut mir das aufrichtig leid, und ich bin gerne bereit, mich in aller Form bei Ihnen dafür zu entschuldigen, wenn Sie das wünschen. Sie sind nach wie vor frei, können gehen, wann immer und wohin Sie wollen. Niemand wird sich Ihnen in den Weg stellen.«

Phil nickte. »Okay, dann gehen wir.«

»Ohne mich angehört zu haben?«

»Uns interessiert nicht, was Sie uns zu sagen haben.«

»Da Sie doch schon mal hier sind, könnten Sie mir doch ein paar Minuten Ihrer kostbaren Zeit schenken, oder?« sagte Ethan De Lance bittend.

»Werden Sie offen mit uns reden?« fragte Phil.

»Aber ja.«

»Ich glaube Ihnen kein Wort, De Lance.«

»Ich habe nichts zu verbergen.«

Phil rollte mit den Augen. »Großer Gott!«

»Mein Gewissen ist rein.«

»Aber nur, weil Sie nach Ihren eigenen Gesetzen leben.«

»Haben Sie schon mal den Namen Chico Lamas gehört?« wollte ich wissen.

»Kann sein«, gab Ethan De Lance zur Antwort. »Warum fragen Sie?«

»Er hat innerhalb von zwölf Stunden sieben Freunde verloren.«

»Wie bedauerlich.«

»Durch Bombenattentate.«

»Wie grauenvoll.«

»Sie haben nichts damit zu tun?«

»Ich will ehrlich sein, Mr. Cotton ...«

»Hört! Hört!« rief Phil dazwischen.

»Ich bitte Sie, Mr. Decker, was soll das?« fragte De Lance leicht verstimmt. »Mir kam zu Ohren, Mr. Cotton«, wandte er sich wieder an mich, »daß Sie und Ihr Kollege alle Anstrengungen unternehmen, mir diese Bombenmorde in die Schuhe zu schieben. Aus diesem Grund habe ich mich entschlossen, mit Ihnen zu reden und Ihnen zu versichern, daß ich mit diesen beiden verabscheuungswürdigen Verbrechen nichts zu tun habe.«

Phil sagte: »Wenn so etwas passiert, fragen wir uns begreiflicherweise als erstes immer: Wem nutzt es? Und – man sollte es nicht für möglich halten – dabei drängte sich uns sogleich und wie von selbst Ihr Name auf. Immerhin wollte sich Chico Lamas mit seinen Freunden in Manhattan breitmachen, und es liegt ja wohl auf der Hand, daß Ihnen so etwas nicht in den Kram paßt.«

»Ach, kommen Sie, Mr. Decker, Lamas und seine Männer waren nicht bedeutend genug, als daß ich sie hätte ernst nehmen müssen. Das waren kleine Lichter. Ich schieße doch nicht mit Kanonen auf Spatzen und riskiere damit den größten Ärger mit dem FBI.«

»Einer der beiden mutmaßlichen Täter heißt Terence Ritter, sagte ich. »Kennen Sie ihn?«

»Nicht, daß ich wüßte.«

»Der Mann ist ein Auftragskiller«, sagte ich.

»Er hat von mir noch nie einen Auftrag erhalten«, erklärte Ethan De Lance mit grollender Stimme.

Ich sagte: »Wenn Sie an unserer Stelle wären …«

»Ich beneide Sie nicht um Ihren schwierigen, unterbezahlten Job«, unterbrach mich De Lance.

»Wenn wir einen großen Fisch erwischen, ist uns das mehr wert als ein Haufen Geld, an dem Blut klebt«, warf mein Partner bissig ein.

»Wenn Sie an unserer Stelle wären«, begann ich noch einmal, »in welche Richtung würden Ihre Ermittlungen Sie führen?«

»Vielleicht haben die beiden Bombenanschläge einen politischen Hintergrund«, erwiderte Ethan De Lance. »Haben Sie daran schon mal gedacht?«

»Wir denken prinzipiell stets an alles«, entgegnete Phil spröde, »und bei all unseren Überlegungen stoßen wir – ist das nicht irgendwie eigenartig? – immer wieder auf Sie.«

»Das tut mir leid«, sagte De Lance so unbekümmert wie jemand, der noch nie im Leben etwas Schlechtes getan hat, »denn auf diese Weise vergeuden Sie eine Menge Zeit, die sich nach meiner Ansicht anderswo vernünftiger investieren ließe. Wenn sie weiterhin so beharrlich danebenermitteln, verschwenden sie nicht nur das Geld vieler anderer Steuerzahler, sondern auch meines, und ich werde meine Anwälte fragen, ob ich mir das so widerspruchslos gefallen lassen muß.«

»He, De Lance!« rief Phil grimmig. »Ich bin ein bißchen schwer von Begriff. Würden Sie die Güte haben, mir zu helfen? Ist das, was Sie eben gesagt haben, als Drohung aufzufassen?«

Ethan De Lance lachte dunkel. »Aber Special Agent Decker, ich würde mich doch nie getrauen, Ihnen und Special Agent Cotton zu drohen.«

Das Rampenlicht erlosch. Jetzt konnten wir erst recht nichts mehr sehen. Wir hörten aber Schritte, die sich in der Dunkelheit entfernten.

»De Lance!« rief Phil. »Wir kriegen Sie!«

»Wer droht hier eigentlich wem, Mr. Decker?« rief der Gangsterboß, schon ziemlich weit entfernt, zurück.

Ich drehte mich um. Die Männer, die uns auf die Bühne gebracht hatten, waren nicht mehr da. Wir waren allein. Unsere Dienstwaffen lagen auf dem Holzboden.

Wir hoben sie auf.

Eine Tür fiel krachend zu. Dann herrschte Stille.

Und Phil deklamierte laut und theatralisch: »S-e-i-n oder Nichtsein ...«

10

Nach unserem unfreiwilligen Theaterbesuch fuhren wir mit einem Taxi dorthin zurück, wo wir unseren Dienstwagen zwangsweise verlassen hatten.

Wieder im FBI-Building, setzten Phil und ich uns an unsere Computerterminals und nahmen die Ermittlungen wieder auf. Wir verschafften uns Zugriff auf die wichtigsten Polizei-Datenbanken des Landes. Und endlich erzielten wir einen Durchbruch.

So fanden wir zum Beispiel heraus, daß Terence Ritter Mitglied eines Karateklubs war, und der elektronische Kollege konnte uns auch auf Anhieb Ritters Adresse nennen.

Zu mittelgroß, blond, spitze Nase, zwanzig Kilo Übergewicht, schmale Lippen, fliehendes Kinn und wulstige rote Narbe über dem linken Auge fiel Kollege Computer zudem sofort ein Name ein: Otis Ledding.

Die Narbe hatte ihm Booba Friedkin, ein rabiater Zocker, mit einer kaputtgeschlagenen Bierflasche zugefügt. Vor drei Jahren. In der Silvesternacht. In einer Spelunke namens ›Moongate‹.

Otis Ledding wohnte auf dem Hudson River in einem großen Hausboot, und Phil und ich fuhren hin.

Ein vergammelter Station Car stand neben dem Landungssteg. Der Rostfraß reichte bis ins Fahrzeuginnere, und hinter dem Lenkrad saß ein verwahrlostes, dreckiges, etwa fünfjähriges Mädchen.

Wie kann man ein Kind nur so verkommen lassen? dachte ich.

»Hi«, sagte ich zu der Kleinen.

»Hi«, gab sie zurück. Ihr Kleid war schmutzig und zerrissen. Rotz klebte unter ihrer Nase. Ihre Fingernägel hatten schwarze Trauerränder.

»Ich bin Jerry«, sagte ich.

»Ich bin Clarissa.«
»Clarissa – und wie noch?«
»Griffin.«
»Wem gehört dieser Wagen, Clarissa?«
»Meiner Mom.«
»Und wo ist sie?«
»Da drüben.« Das Kind zeigte auf das Hausboot.
»Bei Mr. Ledding?«
»Ja. Er ist mein Dad.«
»Wieso heißt du dann Griffin?«
»Weil meine Mom so heißt.«
»Sind dein Dad und deine Mom nicht verheiratet?«
»Nein«, antwortete Clarissa.
»Warum hat dich deine Mom nicht auf das Hausboot mitgenommen?« wollte ich wissen.
»Sie hat Angst, daß es Ärger gibt.«
»Mit deinem Dad?«
»Ja.«
»Ärger – weswegen?« fragte ich.
»Weil sie stoned ist, und weil sie von ihm Geld haben will«, antwortete Clarissa.
Schlimm, in welchen Verhältnissen dieses Kind aufwachsen mußte. Und überhaupt – der Vater ein Mietkiller, die Mutter offenbar drogensüchtig.
»Ist deine Mom oft stoned?« fragte ich.
»Fast immer.«
»Und wie ist sie dann zu dir?«
Clarissa zuckte mit den mageren Schultern. »Ich muß ihr aus dem Weg gehen und sie in Ruhe lassen.«
»Warum versetzt sie sich sooft in diesen Zustand?«
»Weil die Welt zum Kotzen und das Leben beschissen ist.«
Und das aus dem Mund einer Fünfjährigen.
Was für eine Zukunft hatte die Kleine an der Seite einer solchen Mutter? Wäre sie nicht besser in einem Kinderheim aufgehoben?

Ich merkte mir im Geist vor, die zuständigen Behörden zu informieren.

»Du bleibst im Wagen, okay?« sagte ich. »Egal, was passiert. Du steigst nicht aus. Kann ich mich darauf verlassen?«

Clarissa nickte.

Aus dem Hausboot ertönte ein schriller Schrei.

»Das ist Mom«, sagte das Kind ohne sichtbare Gefühlsregung.

Arme kleine Clarissa.

Wir liefen über den wippenden Landungssteg. Durch ein Bullauge sah ich Otis Ledding. Seine Finger waren in das braune Haar einer geschmacklos bunt gekleideten Frau gekrallt. Er schüttelte sie heftig, sie schrie vor Wut und Schmerz und wehrte sich mit Tritten und Faustschlägen.

Phil und ich stürmten den Niedergang hinunter.

»Lassen Sie die Frau los, Ledding!« schrie ich.

Er hatte sie an sich gerissen, sein Unterarm drückte gegen ihren Kehlkopf – und er hielt ihr einen Revolver an die Schläfe!

Sie sah uns mit entsetzensstarren Augen an. Das Haar stand nach allen Seiten von ihrem Kopf ab. Ihr Make-up war total verschmiert. Sie sah aus wie ein Ungeheuer aus einem billigen Horrorfilm.

Phil und ich zogen unsere SIG-Sauer-Dienstpistolen, mit denen wir jetzt ausgestattet waren, rissen sie in Anschlag.

»Wer seid denn ihr?« schrie Ledding.

»FBI!« antwortete ich.

»Und seit wann kümmert ihr euch darum, wenn ein Mann eine Nutte verhaut?«

»Laß mich los, du verdammter Scheißkerl!« schrie Clarissas Mutter.

»Halt's Maul, Thelma!«

»Erschießt den Bastard!« verlangte Thelma Griffin von uns. »Legt dieses Dreckschwein um!«

»Lassen Sie die Frau los, Ledding!« forderte ich.

»Waffe weg, Ledding!« rief Phil.

»Ich blase ihr das Gehirn aus dem verdammten Schädel!« drohte Otis Ledding, und wir konnten sicher sein, daß er nicht bluffte. Er hatte es zu seinem Job gemacht, Menschen zu töten. Eine Leiche mehr auf seinem Blutkonto – das war für ihn keine große Sache.

»Was wollt ihr hier?« fragte der Killer. »Was habt ihr auf meinem Hausboot zu suchen?«

»Da ging eine Autobombe hoch …«, antwortete Phil.

»So, so – legt eure Kanonen auf den Boden!« blaffte Ledding.

»Schießt diesen räudigen Köter über den Haufen!« schrie Thelma Griffin.

Begriff sie nicht, daß wir durch sie hindurchschießen mußten, um den Mann hinter ihr zu treffen? Es konnte nicht ihr Ernst sein, was sie da forderte.

»Weg mit den Kugelspritzen!« Ledding spannte den Hahn seiner Waffe. »Sofort! Auf den Boden! Auf den Boden damit!«

Wir gehorchten widerwillig.

Der Killer befahl uns, zur Seite zu treten, uns es blieb uns nichts anderes übrig, als auch dieser Aufforderung nachzukommen.

»Haben Sie den Wagen für Ethan De Lance in die Luft gejagt?« fragte Phil.

»Wer ist Ethan De Lance?« fragte Otis Ledding kalt grinsend zurück. Er zog Thelma Griffin mit sich, und wir mußten ihn mit seiner Geisel vorbeilassen.

»Warum legt ihr dieses Arschloch nicht endlich um?« schrie sie.

»Ihr bleibt, wo ihr seid!« schnarrte der Killer. »Ihr rührt euch nicht von der Stelle, sonst ist Thelma dran!« Er zwang sie, mit ihm die Stufen hinaufzusteigen.

Als sie oben auftauchten, schrie Clarissa aus dem Station Car:

»M-o-o-o-m! D-a-a-a-d!«

Thelma Griffin schaffte es irgendwie, freizukommen. Sie zerkratzte dem Vater ihres Kindes mit ihren spitz zugefeilten Krallen das Gesicht.

Er brüllte auf, schlug sie mit der Waffe nieder. Sie umklammerte seine Beine und rief: »Schießt! Schießt! Knallt ihn ab!«

Daraufhin richtete Ledding eiskalt den Revolver auf sie – und tötete sie vor unseren und den Augen ihrer Tochter!

Ich erschauerte vor so viel Roheit, holte mir meine Waffe und feuerte auf den Mann.

Meine Kugel stieß ihn von Bord.

Er fiel ins Wasser.

Clarissa sprang aus dem Wagen.

»Mom! Mom!«

Sie hing trotz allem an ihrer Mutter, lief über den Landungssteg.

»Kümmer dich um sie, Phil!« stieß ich hastig hervor.

In der nächsten Sekunde flog ich über die Reling.

Das Wasser des Hudson River war verdammt kalt. Mir war, als würden sich nadelspitze Eiszapfen durch meine Haut bohren und sich tief in mein Fleisch graben, auf der Suche nach meinen Nervensträngen, um sie zu lähmen.

Zwischen mir und Otis Ledding lagen etwa zehn Meter.

Der Killer schwamm, ging unter, tauchte auf, schwamm, ging wieder unter – oder tauchte er zwischendurch immer ein Stück? Wie schwer war er verletzt? Wo hatte meine Kugel ihn getroffen?

Ich hatte keine Zeit gehabt, genau zu zielen, hatte einfach den Stecher durchgezogen in der Hoffnung, daß der Mann danach kampfunfähig sein würde.

Mit kräftigen Armschlägen schwamm ich hinter dem Killer her. Das dezemberkalte Wasser machte mir arg zu schaffen. Ich biß die Zähne zusammen und ruderte so schnell, wie es nur irgend ging.

Ledding verschwand hinter einer Betonmole. Als ich ihn wiedersah, kletterte er die Sprossen einer rostigen Eisenleiter hoch. Über ihm befand sich der graue Erker eines Lagerhauses, der drei Meter über das Wasser hinausragte.

Als ich die Leiter erreichte, konnte ich Ledding nicht mehr sehen, aber ich folgte ihm in das dämmrige Lagerhaus. Seine nassen Spuren wiesen mir den Weg. Schwer hing meine nasse Kleidung an mir. Ich war nahe daran, laut mit den Zähnen zu klappern, so verflucht kalt war mir.

Leddings Schuhe hämmerten über Gitterroststufen. Ich hörte seine Tritte und wirbelte herum.

Eine Metalltreppe führte im Zickzack nach oben. Dazwischen gab es immer wieder schmale Gitterlaufstege.

Ledding durfte mich nicht abhängen. Ich mußte ihn kriegen, und er würde gestehen müssen, daß er das Bombenattentat im Auftrag von Ethan De Lance verübt hatte.

Allmählich schrumpfte sein Vorsprung. Auf einer Plattform unter dem Dach, in etwa fünfzehn Metern Höhe, stellte ich ihn.

Er blutete aus einer Fleischwunde an der linken Schulter, bewaffnete sich blitzschnell mit einer drei Zentimeter dicken, eineinhalb Meter langen Eisenstange – und griff mich damit an!

Es war erstaunlich, wieviel Kraft in diesem übergewichtigen Mann steckte. Er schwang das Eisen wie ein Schwert, schlug auf mich ein.

Ich sprang zwischen den surrenden Hieben hin und her, konnte aber nicht verhindern, daß Ledding mich einmal traf.

Ein glühender Schmerz explodierte in meinem linken Oberarm, und er versagte mir augenblicklich jeglichen Dienst.

Otis Ledding erkannte seine Chance. Er trieb mich mit waagerecht geschwungener Eisenstange auf den Rand der Plattform zu und wollte mich schließlich in die Tiefe stoßen. Abgrundtiefer Haß funkelte in seinen Augen. Mordlust verzerrte sein Gesicht. Töten war nicht nur sein Geschäft, es machte ihm offenbar auch noch mächtig Spaß.

Er legte sein ganzes Gewicht in den Rammstoß und wuchtete sich vorwärts.

Ich drehte meinen Oberkörper im entscheidenden Moment zur Seite.

Das Eisen verfehlte mich um Haaresbreite, der Stoß ging ins Leere – und Ledding wurde von seinem eigenen Schwung gewaltig nach vorn gerissen.

Ich wollte ihn stoppen, doch mein linker Arm machte nicht mit. Ich konnte Ledding nicht greifen, mußte mit ansehen, wie er knapp neben mir von der Plattform stürzte.

Ein greller Schrei begleitete seinen Flug. Er endete abrupt, als Ledding unten aufschlug.

Fünfzig Prozent der Chancen, Ethan De Lance wegen Anstiftung zum Mord dranzukriegen, waren mit Otis Leddings Tod verloren. Nun hing unsere ganze Hoffnung an Terence Ritter, von dem zur Zeit niemand wußte, wo er sich aufhielt.

Wir sorgten dafür, daß Clarissa von nun an in den geordneten Verhältnissen eines staatlichen Waisenhauses aufwuchs, sich täglich waschen, kämmen und die Zähne putzen mußte und drei warme Mahlzeiten bekam, was bei ihrer Mutter kaum mal der Fall gewesen war. Ein Psychiater würde ihr helfen, das Gesehene zu verarbeiten, und wir hofften, daß aus dem Kind trotz solcher Eltern doch noch ein wertvoller Mensch werden würde.

Als wir erfuhren, daß Ethan De Lance einen sehr wichtigen Mann verloren hatte, als man uns sagte, auf welche Weise Basil Wheeler in seinem Haus in Nassau ums Leben gekommen war, dachten wir sofort an Chico Lamas.

Hatte er mit einer Handgranate Vergeltung geübt? Wann würde er das nächste Mal zuschlagen? Und wo?

Wir schrieben eine Fahndung aus und hofften, schon bald aus ihm persönlich herauskriegen zu können, ob er etwas mit dieser blutigen Geschichte in Nassau zu tun hatte.

Uns kam zu Ohren, daß Ethan De Lance nach dem grausamen Mord an Basil Wheeler nervös geworden war, und wir spürten auf Schritt und Tritt, daß es in der Stadt, vor allem in Manhattan, gewaltig zu gären begonnen hatte. In der Unterwelt machte sich eine gefährliche Unruhe breit. Männer, die sich bis vor kurzem noch bedenkenlos den Rücken zugewandt hatten, trauten einander auf einmal nicht mehr über den Weg.

Irgend jemand schien dieses Unbehagen mit System zu schüren. Aber wer? Wir wußten es nicht, und niemand konnte es uns sagen.

Wir suchten auf Otis Leddings Hausboot nach einer Spur, die uns zu De Lance führen könnte, fanden in zahlreichen Hohlräumen – in der Decke, im Fußboden und in den Wänden – eine Menge Geld, aber auf keinem der Scheine stand, daß er von Ethan De Lance stammte.

11

Bereits mit dem ersten Geschäft – Bruce Bannister, der Drogenvermittler, hatte es eingefädelt – erzielte Delbert Clegg einen beachtlichen Profit.

Horace McFee verschaffte Clegg von einem sehr guten Bekannten für eine Spottmiete ein großes Haus in einem der New Yorker Vororte. Eine Villa aus Natursteinen in einem Park mit hohen alten Bäumen. Eine Residenz, die dem künftigen neuen Boss der Unterwelt von Manhattan angemessen war.

Als Clegg seiner Tochter das Haus zeigte, bekam sie den Mund kaum noch zu. »Hierher willst du übersiedeln, Dad?«

Er nickte. »Das war schon lange fällig.«

»Aber – aber können wir uns das leisten?« fragte Phyllis. Ihr war, als würde sie sich in einem wunderbaren Traum befinden, und sie hatte Angst, aufzuwachen.

»Wir können«, sagte Clegg mit Zuversicht und Stolz. »Ich bin auf dem Weg nach oben, Baby. Ich mache profitable Geschäfte. Die Zeiten, wo wir jeden Cent zweimal umdrehen mußten, bevor wir ihn ausgeben konnten – diese Zeiten gehören der Vergangenheit an. Die Zukunft wird mir immer bessere Geschäfte und größere Gewinne bescheren. Die Spirale hat angefangen, sich zu drehen, und sie wird von nun an nicht mehr stehenbleiben, sie wird sich ewig weiterdrehen!«

Clegg ging mit ihr ins Haus. Die Räume waren voll möbliert. Vater und Tochter brauchten nur noch ihre Sachen in die leeren Schränke zu hängen.

»Welches Zimmer möchtest du haben?« erkundigte sich Clegg.

Phyllis sah ihren Vater überrascht an. »Ich darf mir eins aussuchen?«

»Du bist die Dame des Hauses.«
»Ich – weiß – nicht ...«
»Nun sag schon«, drängte er sie.
»Kann ich das Zimmer mit dem Balkon haben?« fragte Phyllis zögernd.
Clegg nickte. »Es gehört dir.«
Seine Tochter fiel ihm begeistert um den Hals. »O Dad, du bist großartig.«
»Ich werde ab und zu meine Geschäftspartner hier empfangen«, sagte Clegg. »Du wirst sie bewirten und mich dann mit ihnen allein lassen, okay?« Er legte sanft seine Hand auf ihre Wange. »Sollte einer von ihnen dich anmachen, sagst du mir das, damit ich das sofort abstellen kann, klar?«
Sie lachte. »Dad, ich bin kein kleines Mädchen mehr. Ich weiß mir einen Mann schon selbst vom Leib zu halten.«
»Du sagst es mir!« verlangte Clegg ernst.
Phyllis gab seufzend nach. »Na schön, ich sage es dir.«

Steve Dillaggio steckte den Kopf mit dem flachsblonden Haar zur Tür herein. »Jerry. Phil.«
»Was gibt's, Steve?« fragte ich.
»Es gibt was zu feiern«, antwortete unser hünenhafter Kollege, der trotz seines italienischen Namens eher wie ein Skandinavier aussah. »Einer unserer jungen Kollegen hat ein Baby bekommen.«
Phil wiegte beeindruckt den Kopf. »Donnerwetter! Wie ist so was möglich? Ich meine, da gab es mal diesen Film mit Schwarzenegger, aber in der Realität ...«
»Natürlich hat nicht der Kollege das Kind gekriegt, sondern seine Frau«, stellte Steve Dillaggio richtig. »Aber er war daran maßgeblich beteiligt.«
»In welcher Form?« wollte Phil wissen.

Steve Dillaggio stöhnte. »Das fragst du ihn am besten selbst.«

Wir verließen unser Büro und gingen mit Steve. Der Raum, den wir wenig später betraten, war knackevoll. Mr. High, Helen, Zeerookah, Joe Brandenburg, Fred Nagara ... Es waren alle da. Trinkend, schmatzend, scherzend.

Wir stießen mit dem jungen Vater auf seinen gesunden Sohn und seine Frau an, die die Niederkunft in null Komma nichts geschafft hatte und schon wieder wohlauf war.

Anschließend mußte ich zwei selbstgebastelte Sandwiches mit Käse, Zwiebeln, Ketchup und Salami sowie drei backfrische Donuts verdrücken.

Mr. High nutzte natürlich die Gelegenheit, uns zu fragen, wie weit der Job gediehen war, den wir in seinem Auftrag zu erledigen hatten.

Ich erstattete ihm mit vollen Backen Bericht und sah ihm an, daß ihn das Gehörte nicht sonderlich zufriedenstellte. Ich konnte das verstehen, aber mehr hatte ich ihm im Augenblick leider nicht zu erzählen.

»Bleiben Sie dran, Jerry«, sagte er nur und klopfte mir Mut machend auf die Schulter.

Als wir in unser Büro zurückkehrten, lag ein Zettel mit der lapidaren Meldung *Terence Ritter ist wieder aufgetaucht!* auf meinem Schreibtisch. Keine Unterschrift. Nichts.

»Okay, Ritter ist wieder aufgetaucht«, sagte Phil. »Und wo trifft man ihn eher an? Daheim oder in seinem Karateklub?«

»Du fährst hinüber zur Tottenville Beach, und ich sehe mich im Sportklub nach ihm um«, entschied ich.

Phil feixte. »Kannst gleich eine Runde mittrainieren. Bist in letzter Zeit ohnehin ein wenig eingerostet.«

Ein hübsches schlankes Mädchen kam aus dem Klub, als ich meinen roten Jaguar auf dem Parkplatz für Mitglieder abstellte. Sie lächelte mich an.

Jedenfalls glaubte ich das. In Wirklichkeit galt ihr bezauberndes Lächeln den beiden Burschen, die hinter mir aus ihrem Wagen stiegen.

»Hi, Jungs!« rief sie.

»Hi, Celine!« riefen die beiden zurück.

»Tag, Celine«, sagte ich.

Sie musterte mich neugierig. »Kennen wir uns?«

»Leider nein«, antwortete ich. Die Burschen gingen an uns vorbei. »Ich suche Terence Ritter«, sagte ich zu Celine. »Ist er da?«

Sie nickte. »Ich habe ihn kurz gesehen. Sind Sie Detektiv oder so etwas in der Art?«

»Ja. Sieht man mir das an?«

»Ein bißchen.« Celine nickte.

»Welchen Gürtel haben Sie?« fragte ich.

»Den schwarzen.«

»Oh.« Ich hob lachend die Hände. »Dann komme ich Ihnen besser nicht zu nahe.«

Sie schenkte mir einen Blick, der mir unter die Haut ging, und sagte mit dunkler Stimme: »Ich glaube, Ihnen würde ich nichts tun. Jedenfalls nichts, was Sie unangenehm fänden.«

Ich bedauerte, nicht mehr Zeit für dieses nette Girl zu haben, aber ... Dienst ist Dienst und Schnaps ist Schnaps. Erst kommt die Arbeit, dann das Vergnügen.

Mir fielen noch einige ähnliche Sprüche ein, die mich veranlaßten, mich von Celine zu verabschieden und den Karateklub zu betreten.

Irgend jemand hatte mal gesagt, das Leben bestehe aus einer Kette von verpaßten Gelegenheiten. Ich seufzte in Gedanken. Wie wahr. Wie wahr.

Die Sportler waren eifrig bei der Sache. Sie trugen alle diese weißen Schlafanzüge und unterschieden sich lediglich durch die Farbe ihres Gürtels voneinander.

Während ich mich aufmerksam umsah, signalisierte mir mein sechster Sinn Feindseligkeit und Aggression. Von wem ging sie aus? Von Terence Ritter?

Beobachtete er mich heimlich? Sehen konnte ich ihn nicht. Die Karatekämpfer schlugen und traten »Hu!« und »Ha!« schreiend aufeinander ein.

Einige von ihnen lösten sich aus dieser tretenden, stoßenden, hüpfenden, schlagenden, sich drehenden und schreienden Trainingseinheit. Sie bildeten einen bedrohlichen Kreis, in dessen Zentrum ich mich befand.

Ich war plötzlich umgeben von mindestens zehn granitharten, grimmigen Gesichtern. Irgend jemand mußte diesen Männern eine dicke Lüge über mich erzählt haben, sonst wären sie nicht so schrecklich böse auf mich gewesen.

Ich hatte Terence Ritter im Verdacht, daß er dahintersteckte, denn während ich hier haarigen Trouble mit seinen Sportfreunden hatte, konnte er sich in aller Ruhe umziehen und ungehindert aus dem Staub machen.

Die Sache hier drohte, verdammt böse für mich auszugehen ...

Phil stand zum zweitenmal vor Terence Ritters geschlossener Apartmenttür. Er läutete vergebens. Der Killer war nicht zu Hause.

»Willst du zu Terence, Großer?« fragte jemand hinter Phil.

Er drehte sich um und sah ein blondes Girl, das unter dem offenen zyklamefarbenen Negligé schwarze Spitzendessous trug. »Ja«, antwortete er.

»Er ist nicht zu Hause«, sagte das sexy Mädchen.

»Weißt du, wo er ist?«

»Wahrscheinlich im Klub«, gab Ritters bildschöne Nachbarin zurück.

Sie hatte einiges zu bieten und geizte nicht mit ihren Reizen. Ihre Beine waren so lang wie die Golfschläger eines Riesen, und ihre Brüste waren rund und wohlgeformt.

»Er macht Karate«, sagte sie, und kichernd fügte sie hinzu: »Braucht er bei mir nicht anzuwenden, um mich aufs Kreuz zu legen.«

Sie musterte Phil mit einem begehrlichen Blick. Offenbar war sie nymphoman veranlagt.

»Du kannst bei mir auf ihn warten, wenn du möchtest. Ich bin sicher, wir finden was, womit wir uns die Zeit auf angenehme Art vertreiben können.«

»Ihr Angebot ehrt mich, Lady ...«

»Ich heiße Julia.«

»Julia ...«, sagte Phil. Er hob bedauernd die Schultern. »Aber leider ...«

Julia griff nach seiner Krawatte und zog ihn an sich heran. »Mein Freund ist geschäftlich in Vancouver. Er kehrt erst in einer Woche zurück, und ich armes, einsames Mädchen weiß inzwischen nicht, wie ich über die Runden kommen soll ... Du weißt, wovon ich spreche, nicht wahr? Der Körper verlangt's, verstehst du?«

»Ein sehenswerter Körper«, sagte Phil und befreite seine Krawatte behutsam aus ihren schlanken Fingern.

»Vielen Dank.« Julia schenkte ihm ein verführerisches Lächeln. »Wie ist dein Name?«

»Phil.«

»Was trinkst du lieber, Phil? Whisky oder Kognak? Ich halte dich für einen Whiskytrinker. Aber müssen wir das hier draußen besprechen? In meinem Apartment ist es viel gemütlicher. Und wärmer. Ich hole mir hier draußen den Tod. Komm.« Julia streckte ihm die Hand entgegen. »Nun komm schon. Laß dich nicht so lange bitten.« Sie kicherte. »Ich beiße dir schon keine Verzierung ab.«

Er zögerte.

»Bist du ein Freund von Terence?« fragte Julia und schob ihr Becken herausfordernd vor.

»Nicht unbedingt.«

»Das freut mich.«

Phil staunte. »Wieso?«

Julia zuckte mit den Achseln. »Na ja, ich kann ihn auch nicht besonders leiden.«

»Ich dachte, du hättest mit ihm ...«

»Ja, ich habe mit ihm geschlafen«, gab sie unumwunden zu. »Aber nur einmal.« Sie zog die Nase kraus. »Es war keine Offenbarung.«

Sie hob belehrend den Zeigefinger.

»Mit jemandem ins Bett zu gehen, wenn man Sex haben will, ist eine Sache. Ihn zu mögen eine andere. Jedenfalls ist das bei mir so. Ob diese Einstellung richtig oder falsch ist – darüber könnte man diskutieren. Ich komme damit auf jeden Fall ganz gut zurecht.«

Sie schnappte sich noch einmal Phils Krawatte.

»So«, sagte sie heiser. »Genug der Worte. Nun lassen wir Taten sprechen, okay?«

Der Ring der Karatetiger wurde enger. Ich hatte keine Lust, mich mit mitternachtsblauen und schwarzen Gürteln zu messen, und versuchte die brenzlige Situation mit meinem Ballermann zu entschärfen.

Aber es stellte sich heraus, daß diese knallharten, bis in die allerletzte Muskelfaser durchtrainierten Fighter auf Waffen ganz besonders allergisch reagierten.

Als ich meine SIG Sauer zog, griffen sie mich an – und nicht einmal Herkules hätte im Zentrum dieses mörderischen Kampfkreises eine gute Figur gemacht.

Zu viele Arme, zu viele Beine, zu viele Handkanten, zu viele Fäuste, zu viele Füße – zu viele Gegner fielen gleichzeitig über mich her, und sie ließen mir nicht die geringste Chance.

Sie entwaffneten mich und knüppelten mich nieder, und sie hätten mich wohl nach allen Regeln der Kunst durch den Wolf gedreht, wenn Celine mir nicht zu Hilfe gekommen wäre.

Meine SIG kreiselte über den Parkettboden und blieb vor ihren Füßen liegen. Sie hob die Pistole auf und feuerte einen Schuß in die Decke.

Die Pyjama-Rabauken erstarrten.

»Seid ihr verrückt geworden?« schrie Celine.

Ich hätte sie am liebsten geküßt.

Warum war sie noch einmal in den Klub zurückgekommen? Hatte sie irgend etwas vergessen? War sie meinetwegen umgekehrt?

Warum auch immer – der Himmel hatte sie mir geschickt. Ich stand auf und warf ihr einen dankbaren Blick zu.

»Habt ihr den Verstand verloren?« schrie Celine ihre Sportkameraden an.

»Weißt du, für wen du dich da stark machst, Celine?« fragte einer der Karatekämpfer. »Der Kerl ist ein Killer.«

»Blödsinn. Wer behauptet das?«

»Terence.«

Das hatte ich mir gedacht.

»Wo ist Terence?« fragte Celine.

»Nicht mehr hier. Er bat uns, ihm diesen Hitman vom Leib zu halten, damit er sich aus dem Staub machen kann.«

Ich zeigte den Herrschaften meine FBI-Dienstmarke und hatte im nächsten Moment lauter belemmerte Gesichter um mich. Verlegenes Entschuldigungsgemurmel folgte.

Der Kreis lockerte sich. Die Karatetiger zogen ihre Krallen ein. Feindseligkeit und Aggressionen wichen betretenem Schuldbewußtsein.

Keiner der Schlafanzugträger konnte mir mehr in die Augen sehen. Einige von ihnen wären am liebsten vor Scham im Parkettboden versunken.

Der Rest befürchtete Ärger mit dem FBI, und ich schürte ihr schlechtes Gewissen, denn ich sagte ihnen, welche Strafen ein strenger Richter für einen tätlichen Angriff auf einen Beamten der Bundespolizei aussprechen würde. Ehrlich, es war mir Freude und Genugtuung, zu sehen, wie sie erschraken und blaß wurden.

Ich ließ es dabei bewenden und holte mir von Celine meine Dienstwaffe. »Danke, Celine«, sagte ich und steckte die SIG weg. Die Karateleute verdrückten sich. »Sie haben mir das Leben gerettet.«

»Nein.« Sie schüttelte den Kopf. »Umgebracht hätten meine Sportsfreunde Sie nicht.«

»Sie haben auf jeden Fall was bei mir gut. Wenn ich mal irgend etwas für Sie tun kann ...«

Sie nickte lächelnd. »Können Sie.«

»Was?«

Sie schaute mir kokett in die Augen. »Ich hätte nichts dagegen, mal mit Ihnen essen zu gehen«, erklärte sie total emanzipiert.

»Okay«, sagte ich. »Ich rufe Sie an.«

»Ich stehe im Telefonbuch – unter Celine Berensen«, sagte das hübsche Girl. »Und wie heißen Sie?«

»Ich? Oh – Jerry Cotton.«

Einen Kampf völlig anderer Art hatte Phil auszutragen. Er mußte sich die mannstolle Julia von der Wäsche halten, ohne sie zu kränken oder zu beleidigen. Das war gar nicht mal so einfach, denn er gefiel dem Mädchen.

Er war ihr Typ. Eigentlich war jeder Mann zwischen siebzehn und siebzig Julias Typ, wenn sie sich in hormonellen Nöten befand, aber Phil war es offenbar in ganz besonderem Maße, und dementsprechend heftig ritt sie ihre Attacken.

Es war eine verrückte Fügung des Schicksals, daß ihn ausgerechnet Terence Ritter vor der ruhmlosen Kapitulation rettete. Als Phil hörte, wie die gegenüberliegende Apartmenttür aufgeschlossen wurde, zog er die SIG Sauer.

Julia rief »Huch!«, als sie die schwere Waffe erblickte.

Phil bedeutete ihr, still zu sein. Flüsternd fragte sie, mit wem sie es zu tun hätte.

»FBI«, gab er Auskunft. »Special Agent Phil Decker.«

»Wirst du Terence festnehmen?« fragte Julia gespannt. Ihre Wangen waren gerötet, ihre Augen funkelten.

Phil nickte. »Das habe ich vor.«

»Was wird ihm zur Last gelegt?«

»Mord.«

Julia sah Phil groß an. »Ist nicht wahr.«

»Leider doch.«

»Wenn dein Job erledigt ist – schaust du dann mal privat bei mir vorbei?«

»Mal sehen.«

»Ich hab' noch nie mit einem echten G-man ...«

»Wir sind nicht besser als Milchmänner, Truckfahrer oder Klempner.«

»Davon würde ich mich gern selbst überzeugen.«

Phil ließ ihr Angebot im Raum stehen. Er eilte aus Julias Wohnung. Die gegenüberliegende Tür war gerade im Begriff, sich zu schließen.

Phil warf sich mit der Schulter dagegen, und sie knallte Terence Ritter auf die schiefe Nase. Der in Karate geschulte Killer brüllte auf. Und sah rot.

Blind vor Wut griff er Phil an, ohne sich um die Pistole in dessen Faust zu scheren. Ritter war in seinem Zorn immens gefährlich.

Dennoch wurde Phil mit ihm fertig.

Nachdem ihn zwei Tritte und ein Handkantenschlag ganz knapp verfehlt hatten, schlug er mit der SIG zu, und Ritter sackte benommen zusammen.

Phil zerrte ihn hoch, stieß ihn gegen die Tür eines Einbauschranks, riß ihm die Arme nach hinten, und ehe Ritter wieder klar denken konnte, hatte Phil ihm Handschellen angelegt.

»Verflucht noch mal, was soll das?« schrie Ritter gereizt.

Phil hielt dem Killer seine Dienstmarke so knapp vors Gesicht, daß dieser sie fast mit den Augäpfeln berührte.

Ritter behauptete, nichts verbrochen zu haben. Er verlangte, mit seinem Anwalt telefonieren zu dürfen.

Phil nickte. »Das darfst du – sobald wir im FBI-Building sind.«

12

Nachdem Delbert Clegg mit seiner Tochter in das tolle Haus übersiedelt war, das Horace McFee aufgetrieben hatte, arbeitete er mit seinen Männern die nächsten gewinnbringenden Pläne aus, und sie warben weitere brauchbare Männer von Ethan De Lances Gang ab. Jene, die ablehnten, verschwanden entweder spurlos oder endeten wie Basil Wheeler.

Clegg machte eine Reihe höchst profitabler Geschäfte, bevor De Lance diese in Angriff nehmen konnte. Er kam dem Unterweltboss immer wieder zuvor, war ihm immer öfter eine Nasenlänge voraus und sahnte kräftig ab.

De Lance fing an zu toben. Er spuckte Gift und Galle, und es blieb ihm natürlich nicht verborgen, wer ihm da die besten Männer abwarb oder sie einfach umlegen ließ, wenn sie die Seiten nicht wechseln wollten. In Delbert Clegg war ihm ein scharfer Konkurrent erwachsen, den er ernst nehmen, den er sogar fürchten mußte, und er sah einige große Projekte durch Clegg erheblich gefährdet.

Auch und vor allem das Projekt Moneymaker, dessen Vorbereitung er nach Basil Wheelers gewaltsamem Ende in andere Hände hatte legen müssen.

Mit der Liquidierung von Chico Lamas' Komplizen hatte De Lance so gut wie nichts erreicht. Denn nun mischte Lamas mit noch größerem Eifer bei Clegg mit, um dem Noch-König von Manhattans Unterwelt diesen siebenfachen Mord heimzuzahlen.

Ethan De Lance spürte, daß sein Thron zum erstenmal wackelte, seit er ihn vor fast zehn Jahren bestiegen hatte. Delbert Clegg hatte gute Männer um sich geschart und griff nun frech nach seiner, De Lances, Krone.

Aus diesem Grund beschloß der derzeit noch regierende Unterweltkönig, dafür zu sorgen, daß der Widersacher schon sehr bald keine Kopf mehr haben würde, auf den er diese Krone setzen konnte.

Das Imperium, das De Lance mit Härte und Grausamkeit aufgebaut hatte, war morsch und brüchig geworden. Es drohte auseinanderzubrechen, zu zerfallen. De Lances Herrschaft wurde nicht mehr uneingeschränkt anerkannt. Immer mehr Ganoven erlaubten sich unverschämte Extratouren, und daran war dieser verdammte Delbert Clegg schuld.

De Lance haßte ihn wie die Pest. Er verlor laufend Geschäfte an diesen Bastard.

Die Stücke, die sich Delbert Clegg vom Kuchen des Rivalen stahl, wurden auch immer größer. Sie machten ihn stärker, reicher und auch unverfrorener.

»Clegg muß weg!« sagte Ethan De Lance.

Michael Nunn, sein fast zwei Meter großer Leibwächter, nickte zustimmend.

»Arrangiere das!« befahl De Lance. »Ich will den Namen Clegg nur noch einmal hören, und zwar dann, wenn mir jemand sagt, daß er tot ist!«

»Okay, Boß.« Der bullige Nunn nickte.

»Aber es soll wie ein Unfall aussehen«, sagte De Lance. »Ich möchte danach nicht wieder die Bullen im Nacken sitzen haben.«

Auch wir wußten inzwischen längst, welche Karriere Delbert Clegg nach seiner Entlassung aus dem Gefängnis gemacht hatte.

»Man hätte Clegg nicht begnadigen sollen«, brummte mein Partner. »Es war ein Fehler, ihn vorzeitig aus der Haft zu entlassen. Man sieht ja, wohin das nun führt. Er greift in Manhattan nach der Macht. De Lance will sie nicht freiwillig abgeben. Also wird es Krieg geben. Und Tote. Ich sage dir, wir gehen einer blutigen Zeit entgegen, Jerry.«

Phil hatte recht. Mir wäre wohler gewesen, wenn wir sowohl De Lance als auch Clegg ins Zuchthaus hätten stecken können, aber unsere Karten waren ziemlich schlecht. Damit machten wir gegen De Lance und Clegg keinen Stich. Es blieb uns nichts anderes übrig, als uns in Geduld zu fassen und zu warten, bis wir ein As in die Hände bekamen. Erst dann konnten wir effizient handeln und beide Gangs gleichzeitig zerschlagen.

Doch wieviel Wasser würde bis dahin noch den Hudson River hinunterfließen?

Terence Ritter hüllte sich in beharrliches Schweigen. Er sollte mit einer Autobombe in Ethan De Lances Auftrag drei Männer getötet haben? *Er?* Niemals. Wie kam der FBI nur auf eine so absurde Idee?

Ritter gab nur zu, daß er vor dieser Topless-Bar, vor der ihn Conrad Twitty gesehen hatte, gewesen war und in einen Wagen geschaut hatte.

War das etwa verboten? Daß der Wagen wenig später mit drei Insassen in die Luft geflogen war, konnte man ihm doch nicht anhängen.

Sein geschniegelter Anwalt war derselben Meinung, und uns blieb nichts anderes übrig, als den Profikiller nach achtundvierzig Stunden wieder laufenzulassen. Manchmal kann man wirklich nicht behaupten, daß das Gesetz auf unserer Seite ist.

Als uns Terence Ritter als freier Mann verließ, zeigte er uns provokant den Stinkefinger, und wenn ich Phil nicht zurückgehalten hätte, Ritter hätte Grund gehabt, meinen Partner wegen schwerer Körperverletzung zu verklagen.

Phyllis Clegg fühlte sich sehr wohl in dem großen schönen Haus. Sie durfte ihre Freundin Doris Delveccio einladen, sooft sie wollte, und hin und wieder erlaubte ihr Vater ihr auch, eine Party zu geben. Allerdings behielt er sich das Recht vor, sich die Jungs, die seine Tochter einlud, sehr genau anzusehen, und er hätte jedem eigenhändig den Hals umgedreht, der es gewagt hätte, seine Phyllis anzufassen.

Solange sich die jungen Männer an seine festgefügten Regeln hielten, waren sie ihm willkommen. Und sie hielten sich daran. Darauf achtete schon Phyllis – weil sie wußte, wie sehr ihr Vater ausrasten konnte, wenn jemand seine Gesetze mißachtete. Sie hatte noch nicht vergessen, wie er damals mit Harry St. John umgesprungen war.

»Phyllis«, sagte Delbert Clegg eines Morgens nach dem Frühstück zu seiner Tochter.

»Ja, Dad?«

»Ich muß für zwei, drei Tage geschäftlich nach Atlantic City. Pack mir 'n bißchen was ein.«

»Hast du irgendeinen besonderen Wunsch?«

»Nein.«

»Okay.« Phyllis ging nach oben und kam zwanzig Minuten später mit einem kleinen Hartschalenkoffer wieder. Sie stellte ihn im Wohnzimmer ab. »Hier, Dad.«

»Danke, Kleines.«

»Soll ich dich zum Flugplatz fahren?«

»Nicht nötig. Ich werde abgeholt.«

»Von wem?« erkundigte sich Phyllis.

Sie trug ihr blondes Haar an diesem Morgen hochgesteckt. Der knappe Minirock, den sie anhatte, weckte nicht gerade Cleggs väterliche Begeisterung.

»Von Jordan«, antwortete er. Draußen hielt ein Wagen. »Ah, da ist er schon.« Clegg schaute auf seine Armbanduhr und sagte zufrieden: »Pünktlich wie 'ne Schweizer Präzisionsuhr.«

Jordan Wood kam herein. »Tag, allerseits.«

»Guten Morgen, Jordan«, sagte Phyllis.

»Prinzessin.« Der schmale, pockennarbige Gangster nickte ihr freundlich lächelnd zu und wandte sich dann an Clegg. »Bist du soweit, Delbert?«

Clegg nickte. »Wir können gehen.«

»Okay«, sagte Wood. »Ich nehme deinen Koffer.«

Clegg drückte seiner Tochter einen schmatzenden Kuß auf die Stirn. »Paß auf dich auf, Kleines. Ich rufe dich an, sobald ich in Atlantic City bin.«

Sie nickte. »Gut.«

Er gab ihr einen sanften Klaps auf die Wange. »Keine Partys während meiner Abwesenheit, ja?«

»Keine Partys während deiner Abwesenheit.«

Er lächelte zufrieden. »Braves Mädchen.«

»Ciao, Ragazza«, sagte Jordan Wood wie ein Italiener.

»Ciao, Ragazzo«, erwiderte Phyllis amüsiert.

»Du bleibst am besten zu Hause, bis ich zurückkomme«, riet Delbert Clegg seiner Tochter. Es hörte sich wie eine Empfehlung an, aber es war ein Befehl, und sie wußte das auch. »Das Wetter lockt sowieso niemanden hinaus«, fügte er noch hinzu.

Dann verließ er das Haus und stieg in den Wagen. Die Stimme, die aus dem Autoradio drang, meldete mehrere Verkehrsinfarkte in allen fünf New Yorker Bezirken.

»Es wird immer schlimmer mit den Autos«, sagte Clegg.

Wood setzte sich ans Steuer. »'n Hubschrauber wäre nicht schlecht. De Lance hat einen.«

»Wir werden ihm die Mühle wegnehmen.« Clegg grinste breit. »Wir werden ihm überhaupt alles wegnehmen.«

Wood lachte schnarrend. »Ich kann es kaum erwarten.« Er fuhr los.

Ihr Ziel war ein kleiner Privatflugplatz im östlichen Queens. Dort wartete eine zweimotorige Cessna auf Delbert Clegg, die Chico Lamas fliegen würde.

Ein Mann, der bisher in seinem Casino eine Menge Schwarzgeld für Ethan De Lance weißgewaschen hatte, hatte vor wenigen Tagen starkes Interesse an einer Zusammenarbeit mit Clegg bekundet. Ein Gespräch unter vier Augen sollte nun klären, unter welchen Bedingungen diese Zusammenarbeit möglich war, damit beide Seiten zufrieden damit waren.

»Der Knabe in Atlantic City ist ein ziemlich ausgebufftes Schlitzohr«, sagte Jordan Wood, während sie sich dem kleinen Flugplatz näherten. »Laß dich von ihm nicht über den Tisch ziehen.«

»Keine Gefahr«, erwiderte Clegg. »Sieh mit Horace und den anderen lieber zu, daß De Lance euch nicht ans Bein pinkelt, während ich weg bin.«

Wood bleckte die Zähne. »Das soll er versuchen!« Er lachte derb. »Dann ist er sein bestes Stück für immer los!«

Sie erreichten einen grauen, unscheinbaren Hangar. Die Cessna war bereits startklar.

Chico Lamas ging dem Wagen, in dem Clegg und Wood saßen, ein paar Schritte entgegen. Er trug einen stahlblauen Thermo-Overall.

»Zünftig siehst du aus«, sagte Jordan Wood beim Aussteigen, um Lamas ein bißchen aufzuziehen – »Wie ein richtiger Pilot.«

»Ich *bin* ein richtiger Pilot, du Arschgeige«, gab Lamas spitzzüngig zurück. »Hab' im Golfkrieg die fliegenden Heinis des Feindes mächtig aufgemischt. Die denken heute noch voller Grauen an mich.«

»Meine Fresse, ein Kriegsheld!« rief Jordan Wood, anscheinend sehr beeindruckt. »He, Delbert, hast du gewußt, daß Chico ein Kriegsheld ist?«

Clegg verließ soeben das Fahrzeug. »Nein, das ist mir neu.«

Wood wandte sich an Lamas. »Hast du noch mehr so tolle Überraschungen auf Lager, Chico?«

Lamas ging nicht darauf ein. Er nahm Cleggs kleinen Hartschalenkoffer von Wood entgegen und stellte ihn in die Cessna.

»Wird's ein ruhiger Flug werden?« erkundigte sich Clegg.

Lamas schüttelte den Kopf. »Leider nein. Wir müssen mit einigen Turbulenzen rechnen.«

Wood schlug Clegg feixend auf die Schulter. »Sei unbesorgt, es sind genügend XXL-Kotztüten an Bord.«

Clegg stieg in die Maschine, Lamas folgte ihm, schloß die Tür, und Wood ging zum Wagen zurück und stieg wieder ein.

Augenblicke später drehten sich die Propeller, die Cessna rollte langsam an, wurde allmählich schneller und schneller, hob schließlich vom Boden ab, stieg hoch – und plötzlich fing der rechte Motor Feuer!

Das Triebwerk stotterte und fiel aus. Die Cessna schmierte über den rechten Flügel ab und raste im Sturzflug vom Himmel.

»Verfluchte Scheiße!« stieß Jordan Wood entsetzt hervor. Er sprang aus dem Wagen und begann zu rennen.

Die Maschine schoß durch eine Baumkrone und bohrte sich neben der Betonpiste in den Boden, der von den Niederschlägen der letzten Tage recht aufgeweicht war.

Ein Mini-Lastwagen, auf dem drei Männer mit Feuerlöschern saßen, jagte an Wood vorbei. Wood stieß keuchend den Atem aus. Hatte er soeben zwei Freunde verloren?

Wie hoch waren sie abgestürzt? Er vermochte es im Moment nicht abzuschätzen. Zwanzig Meter? Dreißig? Er hetzte über den rauhen Beton.

Die Männer ließen ihre Feuerlöscher bereits weißen Schaum spucken. Schweiß bedeckte Woods pockennarbiges Gesicht, das vor Anstrengung verzerrt war. Er mußte langsamer laufen, als sich ein heftiger Schmerz in seine Seite bohrte. Ausgepumpt erreichte er das Wrack.

Noch brannte die Cessna. Es bestand akute Explosionsgefahr. Das Feuer reagierte zischend und fauchend auf den Löschschaum, duckte sich, wich immer wieder aus und brannte an einer anderen Stelle weiter.

Durch einen wabernden Hitzevorhang sah Jordan Wood seine Freunde. Waren sie tot? Keiner der beiden regte sich. Wood versuchte, an das Flugzeug heranzukommen, aber die große Hitze biß ihm fast das Gesicht weg.

Er war gezwungen, zurückzuweichen. Röchelnd verschossen die Feuerlöscher ihren restlichen Schaum und erstickten endlich die Flammen.

Ein Krankenwagen näherte sich. Jordan Wood half mit, die verunglückten Männer zu bergen. Dann hastete er zu seinem Wagen zurück und folgte dem Rettungsfahrzeug.

Eine Stunde später läutete in Cleggs Haus das Telefon.

»Hallo!« meldete sich Phyllis.

»Phyllis. Ich bin's, Jordan«, sagte Wood.

»Was gibt's, Jordan?« fragte das Mädchen, und es war aus irgendeinem unerfindlichen Grund sofort beunruhigt.

»Es ist etwas passiert«, sagte Wood gepreßt. »Es hat ein Unglück gegeben.«

Phyllis' Kopfhaut spannte sich. »Ein Unglück? Mit Dad?«

»Ja, Kleines.«

»O mein Gott!« Phyllis riß in Panik die Augen weit auf. »Was ist …?«

»Die Cessna, in der dein Vater und Chico Lamas saßen, ist abgestürzt.«

Phyllis Clegg schüttelte entsetzt den Kopf. »Nein … Nein … Nein …«

»Tut mir leid, Mädchen.«

»Was ist mit Dad? Ist er … ist er – tot?«

»Nein«, antwortete Wood dumpf. »Er lebt. Aber die Ärzte wissen nicht, ob sie ihn durchbringen werden.«

»Chico …?«

»Der hat es nicht geschafft.«

»Bist du bei Dad? Wo ist er?«

Wood nannte das Krankenhaus, in dem er sich befand.

»Ich komme sofort«, stieß Cleggs Tochter aufgewühlt hervor.

»Fahr vorsichtig, Phyllis«, bat Wood. »Es darf nicht noch mehr passieren.«

Sie legte auf und wischte sich mit zitternder Hand die Tränen ab. »Dad ... Dad ...« Sie schluckte. »Bitte stirb nicht. Bitte, bitte stirb nicht.«

Phyllis zog eine dicke gelbe Daunenjacke an und eilte aus dem Haus. Sie öffnete das breite weiße Garagentor und stieg in ihren Wagen.

Sie hatte seit einigen Wochen ein eigenes Fahrzeug. Ihr Vater hatte es ihr geschenkt, und er hatte sie außerdem aufgefordert, sich mit Lisa Robinson und Ed Verducci nach Räumlichkeiten umzusehen, die sich zur Einrichtung ihres ersten eigenen Buchladens eigneten.

Phyllis fuhr unkonzentriert. Sie wurde immer wieder von Autohupen angeplärrt, riß sich dann jedesmal kurz zusammen, machte aber schon bald den nächsten Fehler.

Daß sie dennoch unversehrt ihr Ziel erreichte, war nicht ihr Verdienst, sondern reines Glück. Panisch betrat sie das Krankenhaus.

Wood erwartete sie. Sie lief auf ihn zu und warf sich weinend in seine Arme. »O Jordan. Jordan.«

Seine Hand strich beruhigend über ihren Rücken. »Dein Vater wird es schaffen, da bin ich sicher. Er ist verdammt zäh.«

»Wo ist er?«

»Auf der Intensivstation. Sie haben ihn operiert.«

»Ist er bei Bewußtsein?«

»Nein. Noch nicht.« Wood brachte sie mit dem Lift nach oben.

»Ich möchte ihn nicht verlieren«, schluchzte Phyllis. »Die Zeit, die er im Gefängnis war, war für mich sehr schlimm. Aber damals konnte ich mich damit trösten, daß er eines Tages wieder rauskommen würde. Der Tod jedoch ist etwas so grauenvoll Endgültiges ...«

Wood brachte sie zum Chef der Klinik. Der Arzt sprach von inneren Verletzungen und daß man die zerrissene Milz entfernen mußte.

Er redete von Schädeltrauma, Peitschenschlagsyndrom und Koma, von intravenöser Ernährung und maschineller Beatmung …

Phyllis hörte ihm zwar zu, aber sie war dermaßen durcheinander, daß sie nur die Hälfte davon verstand. Ihr war nur eines klar: daß der Zustand ihres Vaters sehr, sehr kritisch war, daß man mit dem Schlimmsten rechnen mußte und daß nicht sicher war, ob er den morgigen Tag noch erleben würde.

»Ich möchte ihn sehen«, kam es dünn über Phyllis' bebende Lippen, als der Klinikchef geendet hatte. »Darf ich … darf ich zu ihm?«

Der Arzt nickte und forderte sie auf, ihm zu folgen.

Wenig später betrat sie beklommen einen Raum, in dem es leise piepste, zischte, summte und tickte. Von ihrem Vater war nicht viel zu sehen. Hochsensible Apparate überwachten seine Lebensfunktionen. Zuverlässige medizinische Geräte halfen ihm, am Leben zu bleiben. Ohne sie wäre er verloren gewesen.

Schläuche, Drähte und Sonden verbanden ihn mit den intelligenten Maschinen, die für ihn handelten, agierten und reagierten.

Phyllis sah den Arzt an und schüttelte langsam den Kopf. »Ich … ich kann das alles noch gar nicht richtig glauben. Mir ist, als wär's ein schrecklicher Alptraum. Als … als mein Vater unser Haus verließ, war er noch so voller Tatendrang, so lebendig, und nun … Dieses verdammte Flugzeug … Wieso ist es abgestürzt?« Ihre Augen schwammen in Tränen. »Sie müssen alles für meinen Dad tun, Doktor! Er darf nicht sterben. Ich brauche ihn. Ich bin noch so hilflos ohne ihn!«

Der Arzt schwieg. Er wollte kein Versprechen geben, das er nicht halten konnte.

»Ich möchte bei ihm bleiben«, sagte Phyllis. »Darf ich?«

Der Klinikchef nickte. »Solange Sie wollen.«

»Danke.«

Der Doktor ging hinaus, und Jordan Wood trat in den Raum. »Soll ich dich nach Hause bringen?« fragte er.

Sie schüttelte den Kopf. »Ich bleibe.«

»Du kannst nichts für ihn tun.«

»Ich bleibe«, wiederholte Phyllis.

»Okay«, sagte Wood.

13

Als wir vom Absturz der Cessna erfuhren, fragte Phil: »Ob daran gedreht wurde?«

»Man wird das Wrack gründlich untersuchen«, gab ich zurück. Wir befanden uns in unserem Büro. Ich hatte einen Becher schwarzen Kaffees vor mir stehen.

Leider hatte ihn nicht Helen gekocht. Deshalb schmeckte er auch nicht mal halb so gut. Aber er war heiß und belebend, und der viele Zucker, den ich hineingeschüttet hatte, machte ihn einigermaßen genießbar.

»Es wäre für Ethan De Lance eine günstige Gelegenheit gewesen, sich einer großen Sorge zu entledigen«, meinte mein Partner nachdenklich. »Delbert Clegg bereitete ihm in letzter Zeit ja reichlich Kopfschmerzen, wie man hört.«

»Selbst wenn sich jemand an der Cessna zu schaffen gemacht hat, De Lance wird behaupten, nichts damit zu tun zu haben, und ich sehe leider keine Möglichkeit, ihm das Gegenteil zu beweisen.«

»Wir sollten mit Clegg reden«, sagte Phil.

»Er ist nicht vernehmungsfähig.«

»Sobald er's wieder ist«, sagte Phil. »Vielleicht hat er kurz vor dem Absturz irgend etwas wahrgenommen. Vielleicht hat er eine Idee, wie wir De Lance drankriegen können. Das müßte doch eigentlich in seinem Interesse sein.«

»Diese Leute tragen ihre Fights lieber untereinander aus. Es gehört irgendwie zum Ehrenkodex, sich nicht von der Polizei helfen zu lassen.«

»Aber nun, wo Clegg so schwer angeschlagen ist, könnte er darüber anders denken.«

»Das wäre möglich«, gab ich zu und griff zum Telefon.

»Wen rufst du an?«

»Das Krankenhaus, in dem Delbert Clegg liegt«, sagte ich. »Man soll uns Bescheid geben, wenn er aufwacht.«

Ethan De Lance hatte sich mal wieder von der schönen Holly Mulligan, dem Ex-Model und der Ex-Schauspielerin, verwöhnen lassen.

Sie hatte ihm gekonnt den Himmel auf die Erde geholt. Rundum zufrieden, schaltete er nun in ihrem Luxusapartment den Großformat-Fernseher ein und suchte mit dem Telepiloten einen der lokalen Nachrichtenkanäle.

Inzwischen öffnete Holly die zweite Flasche Champagner, die er mitgebracht hatte. Was er mit ihr feiern wollte, wußte sie nicht. Es war ihr auch egal. Hauptsache der Champagner schmeckte.

Auf NYBC kam die Meldung von einem Flugzeugabsturz. Eine Cessna war gleich nach dem Start vom Himmel gefallen.

Ethan De Lance wirkte sehr beglückt. Man sah das Wrack, und De Lance schien sich an den Bildern zu ergötzen.

Holly schüttelte ihre brünette Mähne in den Nakken. Ohne einen Faden am Leib, mit zwei gefüllten Champagnergläsern in den Händen, schob sie sich zwischen De Lance und den Bildschirm.

Obwohl ihr Anblick unbestritten sehenswert war, forderte der Gangsterboß sie unwirsch auf, zur Seite zu treten. Ihr sensationeller nackter Körper interessierte ihn im Moment weniger als das Gesicht des feisten Reporters, der mit dem Chef der Klinik sprach, in die die Verunglückten gebracht worden waren.

De Lance nahm Holly ein Glas aus der Hand und stieß mit ihr an. »Delbert Clegg und Chico Lamas«, sagte er grinsend. »Das Schicksal meint es gut mit mir.«

»Wieso?« fragte Holly.

»Ich mußte mich in letzter Zeit sehr oft über die beiden ärgern«, knurrte der kleine Gangsterboß. »Doch nun hat sich das Problem von selbst gelöst.«

Holly sah ihn zweifelnd an. »Von selbst?«

Ethan De Lance lachte. »Natürlich von selbst. Was glaubst denn du?«

Er hörte, daß Chico Lamas kurz nach der Einlieferung ins Krankenhaus gestorben war. Und daß es mehr als fraglich war, ob Delbert Clegg durchkommen würde.

Darauf trank er ein weiteres Glas Champagner, und er wirkte dabei über alle Maßen zufrieden.

Holly Mulligan lief es kalt über den nackten Rükken. Sie wäre froh gewesen, wenn Ethan ihre Dienste nie mehr in Anspruch genommen hätte. Zu sagen traute sie sich das allerdings nicht. Schließlich hing sie an ihrem Leben und wollte es nicht wegen einer so undiplomatischen Äußerung verlieren.

Flankiert von Michael Nunn, dem bulligen Hünen mit dem schwarzen Pferdeschwanz, und zwei weiteren Bodyguards trat er eine halbe Stunde später aus dem Haus, in dem Holly wohnte.

Sobald er in seiner Großraum-Limousine saß, sagte er zu Nunn: »Ich habe vorhin im Fernsehen gesehen, was Clegg und Lamas zugestoßen ist.«

Nunn grinste breit. »Bedauerliche Sache.«

»Von diesen kleinen Sportflugzeugen fällt immer wieder mal eines runter«, sagte De Lance.

»Woran das bloß liegen mag?«

»Ja«, sagte Ethan De Lance. »Woran wohl?«

»Schickst du Blumen zu Lamas' Beerdigung?«

»Nicht mal eine vertrocknete Distel. Blumen! Für dieses Dreckschwein.« Der Gangsterboß tippte sich an die Stirn. »Du tickst wohl nicht richtig.«

»War'n Joke«, sagte Michael Nunn.

»In Lamas' Fall war's 'ne saubere Arbeit«, meinte De Lance. Er öffnete die Bar und nahm sich einen Drink.

»Cleggs Leben hängt nur noch an einem hauchdünnen Faden, Boss«, sagte Nunn. Und zuversichtlich fügte er hinzu: »Und der wird reißen.«

De Lance setzte sein Glas an die wulstigen Lippen. »Ich wollte, es wäre schon passiert.«

»Sollen wir nachhelfen?« erkundigte sich Nunn.

De Lance nickte. »Ich würde mich wohler fühlen, wenn auch Clegg ganz sicher tot wäre.«

»Kein Problem, Boss. Das kann man arrangieren.«

Zwei Stunden lang hatte Jordan Wood mit Phyllis Clegg im Krankenhaus ausgeharrt, bevor er schließlich sagte: »Ich muß gehen.«

Sie nickte. »Okay.«

Jordan Wood hatte vor, die gesamte Mannschaft zusammenzutrommeln. Man mußte besprechen, wie es nun weitergehen sollte. Möglicherweise ohne Delbert Clegg.

Sollte sich die Gang auflösen? Sollte sie weiter auf Konfrontationskurs bleiben? Sollte man gar Vergeltung üben? Daß Ethan De Lance etwas mit der Sache zu tun hatte, das stand für Wood außer Frage.

Falls Delbert Clegg sterben sollte – wer sollte dann seinen Platz einnehmen? Falls er durchkommen sollte – wer sollte ihn vertreten, bis er wieder ganz gesund und voll belastbar war?

Diese und viele weitere Fragen mußten geklärt werden. Wenn die Gang beisammen bleiben sollte, mußte sie auch ohne Delbert Clegg Einigkeit und Stärke zeigen. Nichts durfte den Eindruck erwecken, daß Ethan De Lance ein vernichtender Schlag gegen die unbequeme und verhaßte Konkurrenz geglückt war.

Wood umarmte das Mädchen. »Wenn sich an seinem Zustand was ändert – du weißt, wie du mich erreichen kannst.«

Phyllis nickte. »Du bist ein guter Freund, Jordan.«

»Und du bist eine gute Tochter.« Er deutete auf Clegg. »Sprich zu ihm. Ich bin sicher, daß er dich hört.«

Nach diesen Worten ging er.

Sie setzte sich an das Bett ihres Vaters und wußte nicht, was sie sagen sollte. Sie nahm seine Hand und streichelte sie. Seine Finger waren kalt und kraftlos.

»Hat Jordan recht?« kam es leise über ihre Lippen. »Bin ich wirklich eine gute Tochter, Dad?«

Sein Brustkorb hob und senkte sich im Rhythmus der Maschine, die ihn beatmete.

»Ich war stets bemüht, dir keinen Ärger zu machen«, fuhr sie leise fort. »Und ich denke, mir ist das auch einigermaßen gut gelungen – bis auf dieses eine Mal. Du weißt schon. Doris Delveccio hatte mich so furchtbar neugierig gemacht, und es hatte mir so sehr geschmeichelt, daß sich der gutaussehende Harry St. John für mich interessierte ...« Sie seufzte. »Na ja.« Sie wiegte den Kopf. »Ich bin nicht stolz auf das, was damals geschehen ist, und es ist auch nie wieder etwas Ähnliches paasiert. Es war meiner nicht würdig. Ich habe mich deswegen noch lange danach geschämt. Und ich bin froh, daß du mir diesen einmaligen Ausrutscher verzeihen konntest.«

Das Lichtpünktchen, das Cleggs Herzschlag anzeigte, hüpfte von links nach rechts über den Monitor. Hier leuchtete ein grünes Lämpchen, da ein weißes, dort ein rotes.

Zeiger zuckten, wackelten oder drehten sich. Digitale Ziffern blieben entweder konstant oder veränderten sich in mehr oder weniger regelmäßigen Abständen.

»Lisa und Ed haben sehr gut auf mich aufgepaßt«, sprach Phyllis langsam weiter. »Sie waren mir eine große Hilfe in der Zeit, in der du eingesperrt warst, und sie würden sich wieder um mich kümmern, wenn ...« Sie erschrak. »Mein Gott, was rede ich denn da? Es darf nicht dazu kommen. Ich will nicht, daß es passiert. Ich will es nicht.«

Die Zeit verging, ohne daß es Phyllis auffiel. Zwischendurch wurde immer wieder nach ihrem Vater gesehen. Er wurde untersucht, seine Reflexe wurden getestet, Infusionsflaschen gewechselt.

Eine farbige Krankenschwester fragte Phyllis Clegg, ob sie etwas essen wolle. Phyllis verneinte. Sie hatte keinen Appetit. Selbst als es Abend wurde, hatte sie noch keinen Hunger.

Ein junger Arzt sagte ihr, falls ihr Vater die Nacht überleben würde, hätte er einigermaßen gute Aussichten, wieder auf die Beine zu kommen. Die bevorstehenden zwölf Stunden wären für ihn noch sehr kritisch und würden alles entscheiden.

Phyllis redete weiter unermüdlich auf ihren Vater ein. Würde es ihr gelingen, ihn aus diesem todesähnlichen Schlaf zu wecken? Sie wünschte sich nichts sehnlicher.

»Hörst du mich, Dad?« fragte sie. »Erkennst du meine Stimme? Ich bin es, Phyllis. Bitte wach auf, Dad.

Komm zu dir. Mach die Augen auf. Sieh mich an. Sprich mit mir.«

Er reagierte nicht, aber sie bildete sich ein, daß sein Herzschlag kräftiger und schneller geworden war, und das gab ihr Auftrieb, ermutigte sie, weiterzumachen.

Irgendwann zuckten mit einem Mal Cleggs Augenlider, und kurz darauf erwachte er mit einem lauten Seufzer aus dem Koma. Phyllis schnappte vor Freude fast über.

Er sah sie nicht an, blickte nur starr zur Decke, aber er hatte endlich wieder die Augen offen, und das ließ das Mädchen vor Glück und Erleichterung aufatmen.

Phyllis rannte aus dem Zimmer, rief eine Krankenschwester und einen Arzt.

Die beiden dachten zuerst, Clegg wäre gestorben, doch dann sahen sie das Strahlen in Phyllis' tränennassen Augen, und sie wußten, was das zu bedeuten hatte.

Die Spontanatmung hatte eingesetzt. Der Patient atmete wieder selbst. Man konnte das Beatmungsgerät abschalten und den Schlauch aus seinem Mund nehmen.

Noch war Delbert Clegg völlig verwirrt und aus diesem Grund nicht ansprechbar, aber er hatte einen ersten großen Schritt zurück ins Leben geta.

Wir befanden uns auf dem Heimweg. Phil saß neben mir im Jaguar. Als ich vor einer roten Verkehrsampel hielt, sah mich Phil von der Seite an und fragte: »Wie war doch gleich der Name der Kleinen, mit der du dich verabreden wolltest?«

»Ich weiß nicht, wen du meinst.« Ich wußte es natürlich schon, aber ich hatte keine große Lust, mit meinem Kollegen über das Mädchen zu reden.

»Na, die, die im Karateklub deinen Skalp gerettet hat«, half mir Phil auf die geistigen Sprünge.

»Ach, *die!*« Es kam Grün. Ich fuhr weiter.

»Ja, die«, sagte Phil. »Wie heißt sie?«

»Celine Berensen.«

»Richtig. Hast du sie schon angerufen?«

»Nein.«

»Warum nicht?«

»Du kannst vielleicht dämlich fragen. Du hockst mir doch andauernd auf der Pelle.«

Phil griente. »Ich bin dein Partner.«

»Okay. Aber ich habe null Bock darauf, nach dem Dienst auch noch mein gesamtes Privatleben mit dir zu teilen.«

»Wenn du dich nicht bald bei Celine meldest, kannst du es bleiben lassen. Ihr Interesse wird nicht ewig wach bleiben.«

»Apropos ›Interesse‹ und ›wach bleiben‹«, sagte ich. »Wie weit sind die Dinge eigentlich zwischen dir und dieser Julia gediehen?«

Jetzt tat Phil so, als wüßte er nicht, wovon die Rede war.

»*Julia!*« sagte ich laut. »Terence Ritters männerverschlingende Nachbarin.«

Phil schüttelte den Kopf. »Da gibt es nichts zu gedeihen. Ich schlage um die Tottenville Beach für die nächsten zehn Jahre einen riesigen Bogen.«

Ich lachte. »Feigling.«

»Ich habe mich elegant aus der Affäre gezogen«, behauptete mein Freund und Kollege. »So vortrefflich hättest du das nicht hingekriegt.«

Ich wollte widersprechen, doch mir kam eine Meldung aus der FBI-Zentrale dazwischen. Während Phil nach dem Mikro griff, dachte ich über seine Worte von vorhin nach. Phil hatte recht: Man muß das Eisen schmieden, solange es heiß ist. Mit anderen Worten: Ich mußte Celine Berensen anrufen, solange sie noch wußte, wer ich war.

Das Problem war nur: Ich hatte verdammt wenig Zeit. Das war keine Ausrede, sondern leider eine unwiderlegbare Tatsache.

Die Meldung alarmierte uns.

Delbert Clegg war aufgewacht.

Und schon befanden wir uns nicht mehr auf dem Heimweg …

Man versuchte Delbert Cleggs Zustand mit Medikamenten zu stabilisieren und stimmte die Apparate auf die veränderte Situation und die daraus resultierenden positiven neuen Werte ab. Um den Patienten herum herrschte hektisches Treiben. Phyllis hielt sich im Hintergrund, um den Ärzten so wenig wie möglich im Weg zu sein.

Sobald erledigt war, was getan werden mußte, verließen die Mediziner den Raum, und Phyllis Clegg hatte ihren Dad wieder für sich allein.

Sein Geist war noch blockiert. Er konnte weder sprechen noch auf irgendeine andere Weise mit ihr kommunizieren. Aber wenn sie etwas sagte, sah sie an seinen Augen, daß er sie verstand.

Sie wurde müde, kämpfte dagegen an, konnte aber nicht verhindern, daß ihre Konzentration merklich nachließ. Zu vieles war heute auf sie eingestürmt. Sie würde diesen Tag nie vergessen.

Eine pummelige Krankenschwester erschien. »Sie sollten nach Hause gehen, Miss Clegg«, sagte sie fürsorglich. »Wir tun für Ihren Vater, was wir können. Es ist nicht nötig, daß Sie auch noch die ganze Nacht an seiner Seite bleiben. Fahren Sie heim, schlafen Sie, ruhen Sie sich aus und kommen Sie morgen früh wieder.«

»Ich möchte bleiben, Schwester.«

»Sie sind ganz blaß. Sie werden zusammenklappen.«

»Keine Sorge, ich stehe das schon durch«, erwiderte Phyllis Clegg. »Ich habe das Gefühl, daß mich mein Vater braucht. Wenn ich heimgehe, dann käme es mir vor, als würde ich ihn im Stich lassen. Ich bin okay.« Sie versuchte die Pflegerin mit einem Lächeln zu täuschen. »Ich bin okay.«

Die Krankenschwester seufzte und ging hinaus.

»Ich lasse mich nicht nach Hause schicken, Dad«, sagte Phyllis zu ihrem geistesabwesenden Vater. Ihre Stimme klang matt, die Worte kamen schleppend über ihre Lippen. »Solange ich denken kann, warst du immer für mich da, wenn ich dich gebraucht habe. Nun kann ich mich endlich revanchieren.«

Plötzlich ...

Es war für sie wie ein Wunder, als ihr Vater auf einmal den Kopf drehte und sie ansah.

Ihr Herz überschlug sich vor Freude. Er konnte zwar noch immer nichts sagen, aber der Blick aus seinen Augen sprach Bände.

Sie mußte mehrmals kräftig schlucken, weil sie so ergriffen war, und sie flüsterte immer wieder: »Dad, o Dad ...«

Sie stand auf.

»Ich – ich hole mir einen Becher Kaffee, damit mich die Müdigkeit nicht übermannt. Der Automat steht gleich da draußen. Rechts um die Ecke. Ich bin in einer Sekunde wieder bei dir. Lauf inzwischen nicht weg, hörst du? Ich habe dir noch so viel zu erzählen.«

Sie verließ das Krankenzimmer, und ihr war, als würde ihr Herz bis zum Hals hinauf schlagen. Es kam ihr so vor, als wäre ihr Vater von den Toten zurückgekehrt. Er brauchte jetzt nur noch einen winzigen Schritt, dann war er geistig wieder voll da, und Phyllis wollte alles versuchen, um ihn zu diesem Schritt zu verleiten.

Sie trat an den Automaten und entschied sich für schwarzen Kaffee ohne Zucker. Sie warf die Münzen ein und drückte die entsprechende Taste. Im Inneren des Automaten begann es zu rumoren.

Phyllis nahm den Becher vorsichtig an sich, sobald er voll war, und kehrte zu ihrem Vater zurück.

Als sie sein Krankenzimmer betreten wollte, sah sie, daß zwei Ärzte bei ihm waren. Das war jedenfalls ihr erster Eindruck.

Aber nicht jeder, der einen weißen Kittel trägt, ist ein Arzt. Etwas störte Phyllis an diesen Männern. Vielleicht die Art, wie sie sich dem Krankenbett näherten – vorsichtig, schleichend. Sie wirkten nicht so, als kannten sie sich aus. Nein, sie gehörten mit Sicherheit nicht in dieses Krankenhaus, waren wahrscheinlich zum erstenmal hier – um Delbert Clegg einen unerwünschten Besuch abzustatten.

Als hinter ihnen die Tür aufschwang, drehten sie sich blitzschnell um. Phyllis sah Pistolen in ihren Händen!

Und fing an, wie am Spieß zu schreien …

Die grellen Schreie empfingen uns, als wir aus dem Fahrstuhl traten. Wir griffen zu den Waffen, hetzten los, bogen um die Ecke und sahen Phyllis Clegg.

Sie war soeben mit einem Mann, der einen weißen Kittel trug, aus einem der Zimmer gefallen, kämpfte mit der Wildheit einer Amazone mit ihm, kratzte, schlug und biß ihn und rollte mit ihm über den glänzenden Kunststoffboden.

Der Mann war bewaffnet. Sie wollte ihm die Kanone aus der Hand drehen, doch das schaffte sie nicht. Die Pistole befand sich zwischen ihren Körpern.

Ein Schuß löste sich, und es war nicht zu sehen, wen die Kugel getroffen hatte.

Den Mann? Das Mädchen?

Phyllis stand auf, doch sie schwankte, und ich sah Blut.

Ihr Blut?

Hinter ihr tauchte plötzlich ein zweiter ›Arzt‹ auf – und der begann sofort eiskalt draufloszuballern!

Phil ließ sich fallen, rollte zur Seite und schoß zurück.

Als der Killer erneut abdrückte, ging durch Phyllis' jungen Körper ein heftiger Ruck. Sie riß die Augen auf, sah mich ungläubig, erstaunt und erschrocken an, torkelte auf mich zu und fiel mir in die Arme.

Blut glänzte auf ihren zitternden Lippen. »Sie – wollten – Dad ...«, stammelte sie und versuchte, sich an mich zu klammern.

Der Mann, mit dem sie gekämpft hatte, starrte mit gebrochenen Augen ins Jenseits. Ihn also hatte der Schuß, der sich gelöst hatte, getroffen.

Aber auch Phyllis Clegg war inzwischen so schwer verletzt, daß sie sich nicht länger auf den Beinen halten konnte. Ihre Knie knickten ein. Ihre Finger, die sich in meine Jacke gekrallt hatten, öffneten sich. Sie verdrehte die Augen und sackte zusammen.

Ich hielt sie fest und befürchtete, daß sie in meinen Armen sterben würde.

Der Killer, der sie in den Rücken geschossen hatte, hatte sich schießend zurückgezogen, und Phil war ihm gefolgt. Hinter mir hämmerten Schritte auf den Bodenbelag.

Helfende Hände nahmen sich des nun völlig reglosen Mädchens an. Phyllis wurde auf eine fahrbare Trage gelegt und fortgeschoben. Ich folgte meinem Partner.

Er befand sich bereits eine Etage über mir auf der Feuertreppe, und der Killer befand sich wiederum eine Etage über ihm. Sie lieferten einander ein wildes Feuergefecht.

Ich schloß zu Phil auf. »Bist du okay?« keuchte ich.

»Ja.« Mein Freund nickte. »Was ist mit dem Mädchen?«

»Sie ist schwer verletzt.«

Schießend erkämpften wir uns Meter um Meter. Der Killer floh auf das Klinikdach.

»Hoffentlich geht ihm bald die Munition aus«, sagte Phil.

Wir erreichten die Tür, die auf das große flache Dach hinausführte. Es gab etliche Aufbauten. Gute Möglichkeiten für den Killer, sich zu verstecken.

Wo befand er sich? Mit einem ersten vorsichtigen Rundblick ließ sich das leider nicht beantworten. Der Bursche zeigte sich nicht, aber wir mußten davon ausgehen, daß er die Tür im Visier hatte und sofort auf jeden schoß, der durch sie hinaustrat.

Uns gegenüber ragten am Rand des Daches vier Meter hohe Buchstaben auf. Sie waren beleuchtet und strahlten den Namen der Klinik weithin sichtbar in die Nacht.

Wir stellten uns Rücken an Rücken, um unser Risiko zu halbieren, wenn wir das Dach betraten.

»Bist du bereit, Phil?« fragte ich heiser. Meine Ner ven waren gespannt wie Klaviersaiten.

»Es kann losgehen«, erwiderte mein Partner.

Wir wagten uns durch die Tür.

Der Killer war uns gegenüber im Vorteil, denn er wußte, wo wir waren, während wir keine Ahnung hatten, wo er sich im Moment befand.

Mein Herz hämmerte kräftig gegen die Rippen. Ich kniff die Augen zusammen und bemühte mich, nichts zu übersehen.

Die kleinste Bewegung durfte mir nicht entgehen, denn dem Mann genügte ein einziger guter Schuß, um entweder Phil oder mich zu töten.

Hinzu kam noch, daß auf dem Dach Dunkelheit herrschte. Die einzige Lichtquelle befand sich hinter uns, so daß wir uns – pechschwarze Schatten werfend – gewissermaßen auf einem hellen rechteckigen Präsentierteller befanden.

Ein Knall.

Mündungsfeuer.

Jetzt wußte ich, Wo sich der Killer befand. Seine Kugel zupfte an meinem Ärmel.

Ich schoß sofort zurück, zwang ihn in Deckung und rannte los.

Phil hechtete hinter einen Betonblock und gab mir Feuerschutz.

Der Killer wechselte schießend die Deckung. Ich erwiderte das Feuer, und der Mann zuckte zusammen.

Hatte ich ihn getroffen? Er erreichte die großen beleuchteten Lettern. Phil und ich deckten ihn mit einem schweren Kugelhagel ein.

Während ich das Ersatzmagazin mit weiteren fünfzehn Schuß in den Griff der SIG Sauer schlug, forderte ich den Mann auf, sich zu ergeben.

Seine Antwort waren ein paar Kugeln und die Worte: »Holt mich doch, ihr Scheißbullen!«

Wir ballerten wieder in seine Richtung. Er sprang von einem Buchstaben zum anderen. Unsere Projektile richteten an der Stromversorgung einigen Schaden an, und ein Drittel der Lettern erlosch.

Ich gab Phil mit Handzeichen zu verstehen, was ich vorhatte. Er nickte, und als ich hochschnellte und mit weiten Sätzen auf die Buchstaben zulief, schoß er seine SIG heiß.

Der Killer stieß einen wütenden Schmerzensschrei aus. Er richtete seine Waffe auf mich und wollte mich abschießen, berührte mit der anderen Hand irgendwelches Gestänge – und das stand durch kaputtgeschossene Leitungen unter Strom! Es zischte, knisterte und blitzte, und der Mann empfing einen so heftigen elektrischen Schlag, daß er zwei Meter zurückgestoßen wurde.

Ich hörte seinen gellenden Schrei, als er vom Dach und in die Tiefe stürzte ...

14

Delbert Clegg hatte den Besuch der Killer überlebt, aber seine Tochter bedauerlicherweise nicht. Sie war den Ärzten im Not-OP unter den Händen weggestorben.

Wer die eiskalten Mörder geschickt hatte, war uns ziemlich klar, aber ein eklatanter Beweisnotstand machte es uns einmal mehr unmöglich, den hinterhältigen Drahtzieher zur Verantwortung zu ziehen. Wir versuchten, mit zäher Verbissenheit über die toten Killer an Ethan De Lance heranzukommen, doch es ließ sich – wie schon bei Otis Ledding und Terence Ritter – keine wie immer geartete Verbindung zwischen ihm und diesen Männern herstellen.

De Lance hatte wieder mal gezeigt, wie gefährlich es war, seine Kreise zu stören und sich mit ihm anzulegen. Obwohl Clegg noch am Leben war, wackelte der Thron des Unterweltkönigs nun nicht mehr, sondern stand wieder auf zuverlässig festen Beinen.

Er schickte dem verhaßten Rivalen keine weiteren Kaltmacher. Zum einen, weil Delbert Clegg im Krankenhaus nach dem Anschlag streng von der Polizei bewacht wurde. Zum anderen, weil De Lance den einstigen Widersacher – nach dem Tod seiner geliebten Tochter – nicht nur körperlich, sondern auch seelisch für so schwer angeschlagen hielt, daß er wohl nie wieder fähig sein würde, ihm irgendwelchen Ärger zu bereiten.

Ethan De Lance glaubte, Delbert Clegg abhaken und vergessen zu können. Doch er unterschätzte die Zähigkeit, die Widerstandskraft und den eisernen Willen seines Gegners.

Es grenzte selbst für die Ärzte an ein Wunder, wie rasch Clegg wieder auf die Beine kam, und auch uns überraschte es sehr, daß sich dieser Mann, der schon beinahe tot gewesen war, innerhalb weniger Wochen so weit erholte, daß er, nur auf einen Stock gestützt, das Krankenhaus verlassen konnte.

Als wir hörten, daß Clegg wieder zu Hause war – nun ebenfalls auf Schritt und Tritt begleitet von wachsamen Bodyguards –, machte Phil kein besonders glückliches Gesicht.

»Ich weiß, was du denkst«, sagte ich.

»Jetzt werden sie sich gegenseitig zerfleischen«, knurrte mein Partner. »Clegg wird für seine ermordete Tochter Rache nehmen. Danach wird wieder De Lance zurückschlagen. Die Luft wird in Manhattan demnächst so bleihaltig sein, daß dort niemand mehr ohne kugelsichere Weste auf die Straße gehen sollte.«

Daß die Cessna nicht einfach so vom Himmel gefallen war, hatten die Experten mittlerweile zweifelsfrei festgestellt. Irgendein ›Fachmann‹ hatte sich an der Maschine zu schaffen gemacht, damit es zu diesem ›Unfall‹ kam, doch ich konnte mir vorstellen, daß Ethan De Lance mit dessen Arbeit nicht sonderlich zufrieden war, denn wenn das Flugzeug aus größerer Höhe abgestürzt wäre, hätte er sich jetzt nicht gegen Delbert Cleggs Rache zu wappnen brauchen.

Obwohl wir Winter hatten, brach in der Stadt eine verdammt heiße Zeit an.

Acht Wochen nach dem Absturz brauchte Clegg keinen Stock mehr. Er hinkte zwar noch, aber das fiel von Tag zu Tag weniger auf. Er zog mit privaten Reha-Leuten ein speziell auf seine körperliche Verfassung abgestimmtes Programm durch und machte sich fit für den blutigen Krieg gegen De Lance.

Sein Haß war eine unerfreulich starke Triebfeder, die ihn alle Hindernisse überwinden und brandgefährlich werden ließ. Wir beim FBI sahen der Zukunft mit großer Sorge entgegen.

Bevor der Tod anfing, in der Stadt umzugehen, redeten wir mit Delbert Clegg und Ethan De Lance. Beide versicherten uns, nichts gegen den jeweils anderen im Schilde zu führen. Wir glaubten ihnen nicht und versuchten, sie mit Drohungen einzuschüchtern.

Daß wir uns die Mühe hätten sparen können, stellte sich bereits achtundvierzig Stunden später heraus, denn da flog das erste Lokal, in das Ethan De Lance erst kürzlich eine Menge Geld gesteckt hatte, in die Luft.

Und so ging es dann weiter. Eine von De Lances in-Diskotheken ging in Flammen auf. Männer, die ihm nahestanden, wurden auf offener Straße aus vorbeifahrenden Autos heraus erschossen.

De Lance schlug mit grausamer Härte zurück. Auf beiden Seiten starben nahezu täglich Männer. Eine Horrormeldung jagte die andere.

Ein Ende war nicht abzusehen. Und es kamen immer wieder Unschuldige zu Schaden. Wir ackerten rund um die Uhr. Ich schlief im Büro. Im Wagen. Auf Parkbänken.

Ich schlief überall, nur nicht zu Hause – und immer nur wenige Minuten. Dennoch schafften wir es nicht, diesen blutigen Wahnsinn zu beenden. Die beiden verfeindeten Gangs waren drauf und dran, sich gegenseitig komplett auszurotten.

Es gab Leute, die unser ehrgeiziges Engagement und unseren bedingungslosen Einsatz nicht verstanden. »Laßt sie doch«, meinten sie. »Sollen sie sich doch die verdammten Schädel einschlagen. Sie sind es nicht wert, daß ihr auch nur für einen von ihnen euer Leben aufs Spiel setzt.«

Wir teilten diese weit verbreitete Meinung nicht, denn erstens sind vor dem Gesetz alle Menschen gleich, und zweitens starben bei diesen mörderischen Auseinandersetzungen immer wieder auch Personen, die mit der ganzen Sache überhaupt nichts zu tun hatten, die nur das Pech gehabt hatten, zur falschen Zeit am falschen Ort zu sein.

Nach vier Wochen – und schweren Verlusten auf beiden Seiten – hißte Ethan De Lance endlich die weiße Fahne. Doch Delbert Clegg traute dem Frieden nicht. Dennoch empfing er Michael Nunn, De Lances bulligen, fast zwei Meter großen Unterhändler.

»Was ist?« höhnte Clegg, umgeben von bewaffneten Freunden. »Ist deinem Boss die Puste ausgegangen?«

»Es ist Schwachsinn, was wir da tun«, sagte Nunn in De Lances Auftrag. Er hatte das Haus unbewaffnet betreten. »Ihr verliert hervorragende Leute. Und auch wir verlieren wertvolle Männer. Wir können das natürlich so lange fortsetzen, bis beide Seiten total ausgeblutet sind. Aber wem nutzt das? De Lance sieht darin keinen Sinn.«

Delbert Clegg lachte hart. »De Lance geht der Arsch auf Grundeis, was?«

»Er hat keine Angst vor dir.«

»Ich glaube doch. Ich habe diesen Bastard das Fürchten gelehrt. Er ist so sehr geschwächt, daß er jetzt verhandeln muß.«

»Er hat noch genügend Kraftreserven«, behauptete Michael Nunn.

»Ach, wirklich? Wie schön für ihn.«

»Er möchte dir trotzdem ein Friedensangebot unterbreiten.«

»Abgelehnt.«

»Du solltest es dir anhören.«

»Ich will seinen Platz und sein Leben«, fauchte Clegg mit haßloderndem Blick. »Wenn es ihn nicht mehr gibt, dann werde ich unsere beiden Gangs vereinen und die Nummer eins in Manhattan sein. Ich würde mich an deiner Stelle nicht mehr allzusehr für Ethan De Lance einsetzen. Er ist ein toter Mann!« Er zeigte mit dem Finger auf den Leibwächter mit dem Pferdeschwanz. »Solltest du mir Schwierigkeiten machen, könnte ich dir das hinterher verdammt übelnehmen.«

»Es gibt ein Sprichwort, und Ethan möchte es befolgen.«

»Was für ein Sprichwort?«

»Wenn du einen Gegner nicht schlagen kannst, verbünde dich mit ihm.«

Delbert Clegg bleckte die Zähne. »Ich *kann* ihn schlagen, also werde ich mich nicht mit ihm verbünden.«

»Der Kuchen ist doch groß genug für dich und ihn«, sagte Nunn eindringlich. Es schien ihm viel daran zu liegen, mit einer positiven Nachricht zu Ethan De Lance zurückzukehren. »Kein weiteres Blutvergießen mehr. Waffenstillstand. Friedensverhandlungen auf neutralem Boden. Ethan ist sicher, sich mit dir einigen zu können. Er wäre bereit, dich als gleichberechtigten Partner zu akzeptieren. Präzise festgelegte Kompetenzen. Ehrlich geteilte Einnahmen. Ist das nicht vernünftiger, als noch mehr Leichen zu produzieren?«

Clegg sah McFee und Wood an. Die beiden nickten kaum merklich, und Clegg sagte: »Na schön, ich denke darüber nach.«

»Wie lange?« wollte Nunn wissen.

»Vierundzwanzig Stunden.«

»Und so lange stirbt kein Freund von uns?« fragte Nunn.

»Jedenfalls nicht durch die Hand eines meiner Männer«, erklärte Delbert Clegg verbindlich.

Nachdem Michael Nunn sein Haus verlassen hatte, beriet sich Clegg mit seinen Freunden.

»Jetzt hast du's geschafft, Delbert«, sagte Jordan Wood triumphierend. »Du wolltest nach ganz oben, und da bist du nun.«

»Wenn ich De Lances Angebot annehme«, schränkte Clegg ein.

»Hast du das etwa nicht vor?«

Clegg sah McFee an. »Was sagst du dazu, Horace?«

Der zottelige Koloß kratzte sich im struppigen Vollbart. »Du willst nicht den halben Kuchen, sondern den ganzen, nicht wahr?«

Clegg nickte. »So ist es. Und ich will nicht De Lances gleichberechtigter Partner sein. Ich möchte allein das uneingeschränkte Sagen haben.«

»Soll das Blutvergießen weitergehen?« fragte Wood enttäuscht.

Clegg schaute ihm ernst in die dunklen Augen. »Wenn du dich in meiner Nähe nicht mehr wohl fühlst, mußt du gehen.«

Wood senkte für eine Weile den Blick. Schließlich sagte er: »Ich weiß, was du denkst und wie du fühlst, Delbert. Ich kann mich sehr gut in dich hineinversetzen. Dennoch muß ich dir raten, dieses sinnlose Töten zu beenden.«

»Ethan De Lance hat meine Tochter auf dem Gewissen!« brüllte Clegg. »Denkst du, das werde ich ihm jemals verzeihen?«

»Wer redet von verzeihen?« Jordan Wood hob die schmalen Schultern. »Habe ich ein Wort von verzeihen gesagt? Schließ dich mit Ethan zusammen. Wiege ihn in Sicherheit. Gewinne sein Vertrauen. Teile dir den süßen Kuchen mit ihm – und wenn die Gelegenheit günstig ist, stößt du ihm einen vergifteten Dolch in den Rücken!«

15

An einem bitterkalten Dienstagnachmittag traf man sich im Central Park. Ein heftiger Sturm schüttelte die blattlosen Baumkronen.

Mißtrauen auf beiden Seiten – und jede Menge Nervosität. Ethan De Lance und Delbert Clegg wurden von je vier Schutzengeln eskortiert. So hatten sie es am Telefon vereinbart.

De Lance trug einen dicken Waschbärmantel und auch eine große Waschbärmütze auf dem Kopf, die ihn etwas größer erscheinen ließ. Clegg trug einen knöchellangen wattierten Trenchcoat mit Kapuze.

Haß brannte in seinem Herzen, als er De Lance entgegenging.

De Lance blieb stehen – die wulstigen Lippen zusammengepreßt, die Lachfalten noch tiefer als sonst.

Clegg ging noch zwei Schritte weiter. Dann blieb auch er stehen. Die Männer musterten einander stumm, und jeder hätte den andern liebend gern umgelegt. Doch die Vernunft gebot ihnen, sich vorläufig friedlich zu verhalten.

Es war Ethan De Lance, der das Schweigen schließlich brach.

»Es freut mich, Sie zu sehen, Mr. Clegg.« Er streckte dem Rivalen die Hand entgegen.

Clegg ergriff sie und drückte kräftig zu. »Mr. De Lance.«

»Ist ein denkwürdiger Tag.«

»Finde ich auch.«

»Wenn wir uns schon früher zu diesem Treffen entschlossen hätten, würden auf beiden Seiten einige sehr gute Männer noch leben.«

Delbert Clegg zuckte mit den Achseln. »Die Zeit mußte wohl erst reifen.«

Drüben paßten Michael Nunn und seine Kollegen auf, daß nichts den Frieden störte. Auf Cleggs Seite waren es Horace McFee, Jordan Wood und zwei weitere Männer seines Vertrauens.

Ethan De Lance rang sich ein Lächeln ab. »Ich muß Ihnen ein Geständnis machen, Mr. Clegg. Ich weiß nicht, wie es Ihnen geht, aber ich bin ein Mann, der einen Fehler nicht gern zugibt.«

»Kommt darauf an, um welchen Fehler es sich handelt«, erwiderte Clegg.

»Ich habe Sie unterschätzt«, gab Ethan De Lance mit überraschender Offenheit zu. »Ich hätte nicht gedacht, daß Sie es schaffen würden, mir Paroli zu bieten. Mit allen anderen, die das versucht haben, bin ich spielend fertiggeworden, aber mit Ihnen …«

Delbert Clegg lachte selbstgefällig. »An mir haben Sie sich die Zähne ausgebissen.«

De Lance nickte. »Und da wurde mir klar, daß mir ein Mann wie Sie als Partner sehr viel mehr nutzt, denn als Feind.«

»Sie sind ein kluger Mann, Mr. De Lance.«

Ethan De Lances Blick verdüsterte sich. »Es sind in der Vergangenheit einige sehr häßliche Dinge geschehen.«

»Wem sagen Sie das?«

»Was ich am meisten bedauere, ist der tragische und sinnlose Tod Ihrer Tochter.«

Clegg schwieg, aber es zuckte nun in seinem verschlossenen Gesicht.

»Ich wollte nicht, daß ihr etwas zustößt«, versicherte De Lance dem Rivalen.

Ich glaube dir nicht, du scheinheiliger Mistkerl! dachte Delbert Clegg aufgewühlt. Du hast nichts unversucht gelassen, um mich unter die Erde zu bringen, und als dir das nicht gelang, wolltest du mich so schmerzhaft wie möglich treffen, damit ich mich nie mehr erhole. Aber es ist dir nicht gelungen. Ich bin wieder da, und ich schwöre dir, du wirst für das büßen, was deine Killer meinem Kind angetan haben!

Es fiel Clegg sehr schwer, sich zu beherrschen. Vielleicht hätte er es geschafft, seine Waffe zu ziehen und De Lance zu erschießen, aber danach wäre postwendend er dran gewesen, denn Michael Nunn ließ ihn keine Sekunde aus den Augen.

»Mir ist selbstverständlich klar, daß kein Schatz der Welt diesen schmerzlichen Verlust ersetzen kann«, fuhr Ethan De Lance langsam fort, »deshalb ist das, was ich Ihnen heute anzubieten habe, auch nicht als Trost gedacht, sondern als Beweis meines unumstößlichen und festen Willens, mit Ihnen eine dauerhafte und partnerschaftliche Verbindung anzustreben.«

Delbert Clegg musterte Ethan De Lance aus schmalen Augen. »Sie haben mir etwas anzubieten?«

De Lance lächelte. »Ich bin nicht mit leeren Händen zu diesem Treffen gekommen. Sie sollen sehen, daß es mir mit unserer Partnerschaft ernst ist.«

»Was haben Sie mir anzubieten?«

Ethan De Lance legte eine Schweigeminute ein. Überlegte er, ob Delbert Clegg das große Entgegenkommen wert war? Oder sollte sein Angebot durch die vorangehende Pause mehr Gewicht erhalten?

»Ich plane eine ganz große Sache«, sagte der Gangsterkönig von Manhattan endlich. »Und ich lade Sie ein, daran teilzunehmen, Mr. Clegg.«

»Woran?« fragte Delbert Clegg. »Was für eine große Sache ist das?«

»Ich habe ihr den Namen Projekt Moneymaker gegeben«, antwortete Ethan De Lance.

Nachdem viele Tage und Nächte lang geschossen, gebombt und Feuer gelegt worden war, herrschte plötzlich Stille. Eigentlich hätten wir uns darüber freuen müssen, doch das taten wir nicht. Wir fühlten, daß wir keinen Grund hatten, aufzuatmen. Okay, De Lance und Clegg bekriegten sich nicht mehr. Doch was kam nun?

Wir schnappten das Gerücht auf, daß Ethan De Lance seinem Gegner ein Friedensangebot zu unterbreiten gedachte.

»Clegg wird es nicht annehmen«, sagte Phil überzeugt.

»Wir wissen nicht, wie De Lances Angebot aussieht«, wandte ich ein.

Phil schüttelte den Kopf. »Es kann noch so verlockend sein. Clegg wird es ablehnen. Er wird nichts akzeptieren, was von dem Mann kommt, der Schuld am Tod seiner Tochter hat.«

»Es wäre denkbar, daß er aber zum Schein doch darauf eingeht.«

»Clegg will nicht teilen«, sagte Phil. »Schon gar nicht mit De Lance.« Er stieß den Zeigefinger auf die Schreibtischplatte. »Delbert Clegg will alles. Und die letzten Tage und Wochen haben gezeigt, daß er es auch bekommen kann. Er hat sich De Lance gegenüber große personelle und territoriale Vorteile verschafft. Das Kräfteverhältnis hat sich erstmals deutlich sichtbar auf Cleggs Seite verlagert. Was, frage ich, könnte ihm Ethan De Lance heute noch bieten? In einigen Wochen gehört Clegg sowieso alles.«

Zugegeben, Phil hatte mit dem, was er sagte, nicht ganz unrecht. Dennoch glaubte ich, daß Ethan De Lance noch irgend etwas in der Hinterhand hatte, womit er Delbert Clegg ködern konnte. Die Vergangenheit hatte uns des öfteren gezeigt, daß der Big Boss von Manhattan immer – und vor allem dann, wenn man überhaupt nicht darauf vorbereitet war – für eine Überraschung gut war.

»Projekt Moneymaker«, sagte Delbert Clegg. Er tat so, als hätte er noch nie davon gehört. »Hört sich vielversprechend an.«

Ethan De Lance blies seinen Brustkorb auf. »Das ist die größte Sache, die ich mir jemals vorgenommen habe. Sind Sie interessiert?«

Die Kälte drang allmählich durch Delbert Cleggs wattierten Trenchcoat. »Hören Sie, Ethan, müssen wir uns hier draußen noch was abfrieren?« fragte er.

»Es war Ihr Vorschlag …«

»Ich weiß«, unterbrach Clegg den Rivalen. »Und nun schlage ich vor, die Unterhaltung in der gemütlichen Wärme eines Lokals Ihrer Wahl fortzusetzen.«

Sie suchten die Lounge eines exquisiten Hotels auf und redeten bei Sekt und Beluga-Crackers weiter.

»Das Projekt Moneymaker«, nahm Ethan De Lance den Faden wieder auf, »wird Sie zu einem reichen Mann machen, Delbert. Ich habe mich noch nie gründlicher auf eine Sache vorbereitet.«

Clegg grinste. »Wollen Sie Fort Knox angreifen?«

»Unser Kampf hat mich sehr viel Substanz gekostet«, sagte De Lance. Es war kein Vorwurf, sondern lediglich eine sachliche Feststellung. »Ich habe wichtige Männer verloren. Männer, die ich für den geplanten Coup dringend gebraucht hätte. Da sie mir nun nicht mehr zur Verfügung stehen, bin ich auf Ihre Unterstützung angewiesen. Wenn Sie mit Ihren Leuten nicht mitmachen, kann ich das Projekt nicht starten.«

»Lassen Sie den Hund von der Leine, Ethan«, verlangte Delbert Clegg gespannt.

De Lance beugte sich vor und sagte gedämpft: »Es geht um Millionen.«

»Sie machen mir den Mund wäßrig.«

»Zwei bis drei Millionen für Sie und zwei bis drei Millionen für mich.«

»So viel Geld liegt nicht einfach auf der Straße rum.«

»Da haben Sie recht. Dieser enorme Reichtum befindet sich in einer Festung und wird natürlich aufs allerschärfste bewacht.«

»Von wem?«

»Von den besten Männern, die man für Geld kriegen kann, und Sie sind mit den modernsten Waffen ausgerüstet«, sagte Ethan De Lance. »Hinzu kommen Videokameras, Bewegungsmelder, Alarmanlagen, Selbstschußapparate, Sprengfallen und dergleichen mehr. Wenn wir am selben Strang ziehen, wird sich das für uns immens lohnen.«

»Können Sie mir mehr erzählen?« Delbert Clegg trank einen Schluck Sekt. »Um was geht es konkret?«

»Um Rohdiamanten. Gestohlen aus den Minen der ganzen Welt. Von Dutzenden Kurieren nach New York gebracht.« De Lances Augen funkelten listig. »In unserer Stadt wird in unregelmäßigen Abständen eine streng geheime Diebesgutauktion veranstaltet, auf der die wertvollen Steine von ausgesuchten Käufern aus aller Herren Länder ersteigert werden können. Veranstaltet wird die Auktion von Karim Ben Shaggi. Sie haben sicher schon von ihm gehört.«

»Er mischt kräftig im internationalen Waffengeschäft mit«, sagte Clegg.

»Und hinter den Kulissen macht er auch noch in Diamanten.«

Clegg lachte schnarrend. »Manche Leute kriegen den Hals einfach nicht voll.« Er musterte De Lance neugierig. »Wenn die Sache so streng geheim ist – wieso wissen Sie dann davon?«

»Ich bekam zufällig Wind davon, und es kostete mich sehr viel Zeit, Energie und Geld, an weitere Informationen zu gelangen. Es dauerte viele Monate und erforderte einiges Fingerspitzengefühl, einen Mann auszuforschen, der sich bestechen ließ.«

»Haben Sie einen gefunden?«

»Ich habe einen gefunden.« Ethan De Lance nickte stolz. »Ohne einen Verbündeten in Karim Ben Shaggis Festung wäre jeder Angriff von vornherein zum Scheitern verurteilt. Mein Mann wird mir sagen, wann wir zuschlagen müssen, und er wird im richtigen Moment die diversen Sicherheitssysteme und auch einige seiner Kollegen ausschalten.«

Delbert Clegg streckte Ethan De Lance die Hand entgegen. »Ich mache mit, *Partner*!«

16

Phil hatte sich geirrt. Delbert Clegg und Ethan De Lance hatten sich verbündet. Sie regierten Manhattan nun als gleichberechtigte Partner. Wir fragten uns, was De Lance dem Rivalen angeboten, womit er ihn geködert hatte. Was mochte Cleggs Rachegelüste so sehr verdrängt haben, daß er sogar bereit war, mit dem Mann, der seine Tochter auf dem Gewissen hatte, gemeinsame Sache zu machen?

Seine unerwartete Wandlung konnte nach unserer Meinung nur viel Geld bewirkt haben. Sehr viel Geld. Hatte sich Ethan De Lance den Frieden und sein Leben erkauft? Wie hoch mochte der Betrag gewesen sein, der Delbert Clegg versöhnlich gestimmt hatte? Ab welcher Summe war Clegg bereit gewesen, dem verhaßten Feind zu verzeihen?

Wir streckten – gemeinsam mit anderen Kollegen – unsere Fühler in alle Richtungen aus, kontaktierten V-Männer und Undercover-Agenten, ließen Gangster beschatten und Telefone abhören, doch das Ergebnis, das wir trotz aller Mühe erzielten, war mehr als dürftig. Nein, es stellte uns überhaupt nicht zufrieden.

Es hieß nur ganz allgemein, es wäre etwas sehr Großes in Vorbereitung, und begreiflicherweise machte uns das ziemlich nervös. Was führten Delbert Clegg und Ethan De Lance im Schilde? Worauf bereiteten sich diese gefährlichen Banditen vor?

Wir aßen in einem mexikanischen Restaurant Chili-Hot-Dogs – so scharf, daß ich das Gefühl hatte, mir würden Flammen aus dem Mund schlagen.

Im Hintergrund lief ein Fernsehapparat. Die Landung eines großen weißen Privatjets war zu sehen. Karim Ben Shaggi beehrte New York mal wieder mit seinem Besuch.

Er weilte öfter mal in unserer Stadt, hatte ein Haus in Richmond, in dem er – wenn er hier war – reiche Freunde aus aller Welt empfing, um mit ihnen ein paar schöne Tage zu verbringen, bevor er wieder abrauschte.

»Sieh dir das an«, sagte Phil schmatzend. »Dieser schmierige Waffenschieber wird beinahe wie ein Staatsoberhaupt empfangen.«

»Waffenhändler«, korrigierte ich meinen Partner. »Händler. Nicht Schieber.«

Phil schnappte sich eine Papierserviette und wischte rote Chilisoße von seinem Kinn. »Er beliefert die ganze Welt mit Kriegsmaterial, und während mit seinen Waffen Tausende und Abertausende Menschen umgebracht werden, wird er reicher und reicher. Seine Konten wachsen ins Unermeßliche. Viele Staatsoberhäupter nennen ihn ihren Freund und lassen sich mit ihm fotografieren ... Verdammt, Jerry, was ist das für eine Welt, in der solche Leute groß werden dürfen?«

Ich erwiderte nichts.

Karim Ben Shaggi – vierzig Jahre, schlank, mit schwarzem Haar und schwarzem Schnauzbart – umarmte hochrangige Politiker, schüttelte Hände, lächelte in die Kameras, sprach ein paar freundliche Worte in die vielen aufgestellten Mikrofone und bestieg mit seinen Begleitern anschließend einen Hubschrauber, der sofort startete.

»Karim Ben Shaggi«, brummte Phil. »Einer der reichsten Männer der Welt. Ich würde zu gerne wissen, in welchen Geschäften er sonst noch seine gepflegten Finger hat.«

»Delbert Clegg und Ethan De Lance bereiten sich auf etwas ganz Großes vor«, dachte ich laut nach.

Phil verschluckte sich fast. »Du meinst – es könnte mit dem Waffenschieber zu tun haben? Oh, Mann ...«

Sie brauchten einander und mußten einander auch ein entsprechendes Mindestmaß an Vertrauen entgegenbringen, wenn das Projekt Moneymaker nicht scheitern sollte.

Delbert Clegg fror seinen Wunsch nach Rache erst mal ein und konzentrierte sich mit Ethan De Lance auf die Vorbereitung des Coups.

Er sprang sogar über seinen Schatten und suchte Ethan De Lance in dessen Haus auf. Selbstverständlich kam er nie unbewaffnet oder ohne Begleitung. Horace McFee und Jordan Wood waren stets an seiner Seite.

De Lance hatte ein großes Modell von Karim Ben Shaggis Festung bauen lassen. Der Mann, den er gekauft hatte, hatte ihm fotokopierte Baupläne besorgt, und er war im Besitz genauer Aufzeichnungen aller elektronischen Warnanlagen und Verteidigungssysteme.

Wie Generale im Krieg planten Clegg und De Lance den großen Einsatz. Nichts durfte dem Zufall überlassen werden. Die Aktion mußte blitzschnell und reibungslos ablaufen.

Zeitpläne wurden erstellt, Aufgaben verteilt. Cleggs Verbesserungsvorschläge waren gut durchdacht und wurden von De Lance gerne angenommen.

»Sobald wir von unserem Mann in der Festung grünes Licht bekommen, startet mein Hubschrauber«, sagte Ethan De Lance. »Wir erreichen unser Einsatzgebiet in vier Minuten. Inzwischen ermöglicht unser Mann uns ein ungehindertes Eindringen in Karim Ben Shaggis Haus. Gasgranaten schalten den Hausherrn, seine Geschäftsfreunde und seine Sicherheitsmänner aus. Wer dann noch Widerstand leistet, wird von unseren MPis niedergemacht. Wir stürmen den Auktionssaal, krallen uns die Diamanten – und in null Komma nichts ist der ganze Spuk vorbei.«

Delbert Clegg grinste. »Hört sich an, als würde es ein Spaziergang werden.«

»Es *wird* ein Spaziergang werden«, sagte Ethan De Lance zuversichtlich. »Wenn alles so klappt, wie wir es geplant haben«, schränkte er ein.

Sie saßen im Hubschrauber und warteten auf das Zeichen. Delbert Clegg hatte Horace McFee und Jordan Wood bei sich. Ethan De Lance war in Begleitung von Michael Nunn und einem weiteren Bodyguard.

Sie hielten ihre Gasmasken bereit. Die übrigen Männer befanden sich rings um Karim Ben Shaggis Anwesen herum auf ihren Posten und waren einsatzbereit.

Nervöse Stille herrschte im Helikopter. Knisternde Spannung lag in der Luft. Horace McFee kratzte sich öfter als gewöhnlich im Vollbart, und auf Jordan Woods Stirn glänzte ein dünner Schweißfilm.

Alle würden diesen Einsatz nicht überleben. Einige würden dabei mit Sicherheit draufgehen. Das Gute daran war, daß im vorhinein keiner wußte, wen es erwischen würde.

Delbert Clegg strahlte absolute Ruhe aus. Er war auf dem Friedhof gewesen, bevor er sich mit Ethan De Lance getroffen hatte.

Reglos hatte er am Grab seiner Tochter gestanden und gemurmelt: »Vielleicht sehen wir uns bald wieder, Kleines. Dein Dad hat heute eine ganz große, verdammt gefährliche Sache vor. Mit Ethan De Lance. Ich kann mir denken, daß dir das nicht gefällt, und ich möchte, daß du weißt, daß ich nichts vergessen und diesem verfluchten Bastard auch nicht verziehen habe. Dein Tod wird nicht ungesühnt bleiben, das verspreche ich dir. De Lance wird für das, was man dir angetan hat, bezahlen. Doch zuerst muß ich mich seiner noch bedienen, und wenn ich ihn dann nicht mehr brauche – fährt er zur Hölle.«

Clegg betrachtete das Gesicht seines kleinwüchsigen Partners.

»Nervös?« fragte De Lance.

Clegg zog die Mundwinkel nach unten und schüttelte den Kopf. »Kaum. Wir haben beste Vorarbeit geleistet. Es kann eigentlich nichts schiefgehen.«

»Es wird nichts schiefgehen«, sagte De Lance zuversichtlich.

Terence Ritter, der Bombenkiller, den wir nicht festnageln konnten, wurde sein eigenes Opfer. Um mal so richtig abzuheben, besorgte er sich heiße Drogen, spülte diese mit kaltem Whisky hinunter – und brach in seinem Apartment an der Tottenville Beach eine halbe Stunde später tot zusammen.

Als wir davon erfuhren, waren wir gerade mit einem anderen Problem beschäftigt: Wir hatten Delbert Clegg und Ethan De Lance observieren lassen – und nun hatten unsere Kollegen die beiden Gangster-Häuptlinge aus den Augen verloren. Clegg war mit De Lance in dessen Hubschrauber abgeschwirrt, und seitdem fehlte von ihnen jede Spur.

»Irgendwas braut sich heute zusammen, Jerry, ich hab's im Gefühl«, sagte Phil. Er betrachtete nachdenklich den Stadtplan, der an der Wand hing. »Wohin können sie geflattert sein?«

Ich zuckte mit den Achseln. »Vielleicht nach Richmond.«

»Und warum ausgerechnet da hin?«

»Weil Karim Ben Shaggi da sein Haus hat«, gab ich zur Antwort.

Phil sah mich mit zusammengekniffenen Augen an. »Die haben doch nicht etwa vor, den Waffenschieber zu kidnappen?«

Ich schüttelte den Kopf. »Ich glaube kaum, daß ihnen das gelingen würde. Der Mann läßt sich doch schärfer bewachen als der amerikanische Präsident.«

»Was sonst könnten sie gegen Karim Ben Shaggi im Schilde führen?«

Ich seufzte. »Frag mich was Leichteres.«

Phil griff zum Telefonhörer und veranlaßte in Richmond eine Fahndung nach De Lances Hubschrauber.

Karim Ben Shaggis Geschäftsfreunde durften – wie immer, wenn sie Gast in seinem Haus waren – zwischen Joints und Kokain wählen. Es standen zwölf verschiedene Whiskysorten zur Auswahl. Natürlich nur das Beste vom Besten, Teuerste vom Teuersten und Älteste vom Ältesten.

Man konnte kubanischen Rum haben, der in der Rumfabrik von Santiago de Cuba mindestens fünfzehn Jahre gelagert worden war, edlen Schweizer Birnenbrand, original Cognac aus Frankreich oder frisch importierten Sekt von der Krim, extra abgefüllt für Karim Ben Shaggi.

Bevor die Versteigerung der Rohdiamanten begann, hieß der Waffenhändler seine Gäste herzlich willkommen und verlieh der Hoffnung Ausdruck, daß diese Auktion ein ähnlich zufriedenstellendes Ergebnis bringen würde wie die letzte.

»Ich hoffe, euch steht auch heute wieder genügend Kapital zur Verfügung, meine Freunde«, sagte er gut gelaunt. »Seid nicht kleinlich und treibt die Preise ordentlich in die Höhe.« Er lächelte in die Runde. »Möge jeder von euch bekommen, was ihm gefällt.«

Er gab einem seiner Angestellten ein Zeichen, und dieser öffnete die mannshohe Panzertür des Safes, in dem die noch unbearbeiteten Steine auf ihre neuen Besitzer warteten.

Neben dem Pult des Auktionators hob sich ein Vorhang und gab den Blick auf eine drei Meter breite und bis an die Decke reichende Videowand frei, auf der jeder einzelne Stein riesengroß und gestochen scharf zu sehen sein würde.

Die Versteigerung der gestohlenen Rohdiamanten konnte beginnen.

Ethan De Lance schlug seinem Piloten auf die Schulter.

»Los!«

Die Allison-Turbinen begannen zu heulen, und der Rotor begann sich zu drehen. Es war soweit. Das Projekt Moneymaker nahm seinen Lauf.

Die Maschine hob ab und schraubte sich in den Himmel. Delbert Clegg setzte die Gasmaske auf. Horace McFee und Jordan Wood folgten seinem Beispiel.

Danach verschwand auch Ethan De Lances Gesicht hinter der Maske mit den großen Glasaugen. Wie ein Fantasy-Rüsseltier sah er nun aus.

Wenn jemand Clegg vor einem halben Jahr prophezeit hätte, daß er mal zusammen mit De Lance ein Ding drehen würde, er hätte ihn für verrückt erklärt.

Und nun zog er doch mit dem verhaßten Feind am selben Strang. Was ein paar Millionen Dollar alles möglich machten, war unglaublich.

Die Männer im Hubschrauber trugen khakifarbene Kampfanzüge. Michael Nunn verteilte Einhand-MPis, und jeder bekam sechs Reservemagazine dazu.

Clegg schob die Magazine in die Stofflaschen seines Anzugs und entsicherte die kleine Schnellfeuerwaffe. Es juckte ihn kurz in den Fingern.

Die Versuchung war groß, Ethan De Lance den Inhalt eines ganzen Magazins in den Wanst zu ballern. Es fiel ihm nicht leicht, sich zusammenzureißen.

Karim Ben Shaggis Haus kam in Sicht. Die Bodentruppen rückten bereits vor. Sie jagten von allen Seiten Gasgranaten in das große Gebäude.

Zum erstenmal war in dem bisher so zuverlässigen Sicherheitssystem, das den Waffenhändler viel Geld gekostet hatte, der Wurm drin. Nichts funktionierte so, wie es sollte.

Die Alarmanlage blieb stumm. Die Selbstschußapparate reagierten nicht. Keine einzige Sprengfalle detonierte.

Der von Ethan De Lance gekaufte Mann leistete ganze Arbeit. Er schaltete – mit einer Gasmaske geschützt – seine Kollegen im elektronischen Überwachungsraum mit Kopfschüssen aus, legte den Generalhebel um und öffnete damit sämtliche Türsperren im

Haus. Er konnte allerdings nicht verhindern, daß sich einige geistesgegenwärtige Männer des Waffenhändlers ebenfalls hinter Gasmasken retteten, ehe das Gift sie niederstrecken konnte, und einer von ihnen tötete schließlich den Verräter mit einer heißen Garbe aus seiner vollautomatischen Waffe.

Aber da war es bereits zu spät. Niemand mehr konnte die Angreifer daran hindern, in Karim Ben Shaggis Festung einzudringen. Schießend stürmten sie das Gebäude.

Auf dem Dach des großen Hauses befand sich ein mit einem weißen Kreis gekennzeichneter Hubschrauberlandeplatz. Ethan De Lances Pilot visierte die weithin sichtbare Markierung an, und sobald der Helikopter aufgesetzt hatte, stieß Delbert Clegg die Tür auf und sprang hinaus.

Jordan Wood und Horace McFee folgten ihm. Vor zwei Stunden hatte der zottelige Koloß zu Clegg gesagt: »Sollte mir bei diesem Einsatz etwas zustoßen, sieh zu, daß Hoa-Minh meinen Anteil bekommt.«

Clegg hatte gelacht. »He, Junge, du wirst das Geld gemeinsam mit deiner kleinen Vietnamesin genießen«, hatte er ihm versprochen. »Niemand wird dir was antun können. Das Gas wird alle flachgelegt haben, bevor wir aufkreuzen.«

Es stellte sich heraus, daß diese optimistische Prognose nicht stimmte. Ein paar Sicherheitsleute – jene, die sich hinter Atemschutzmasken gerettet hatten – leisteten erbitterten Widerstand. Die Angreifer mußten sich jeden Meter hart erkämpfen.

Eine solche Verzögerung hatten Clegg und De Lance nicht eingeplant. Es drohte ihr Zeitkonzept völlig durcheinanderzubringen.

Wütend versuchten sie sich mit der Brechstange durchzusetzen. Volles Risiko! lautete die Parole. Ohne Rücksicht auf Verluste stürmten sie vorwärts.

Einer der Sicherheitsmänner brach schwer verletzt zusammen. Er wurde für tot gehalten.

Doch kaum waren De Lance und Nunn an ihm vorbeigelaufen, richtete er seine Waffe auf Clegg – und drückte ab!

Zeerookah platzte in unser Büro.

»Man hat Ethan De Lances Hubschrauber entdeckt, Freunde.«

»Wo?« fragte Phil gespannt.

»Richmond«, antwortete Zeerookah knapp.

»In der Nähe von Karim Ben Shaggis Haus?« fragte ich.

»Das war die erste Meldung«, sagte Zeery.

»Gibt es noch eine?« fragte Phil.

Zeerookah sagte: »Die zweite Meldung lautete: Der Helikopter fliegt in Richtung Festung. Und die dritte Meldung …«

»Verdammt, wie viele Meldungen gibt es?« wollte Phil wissen.

»Karim Ben Shaggis Haus wird in diesen Minuten von bewaffneten Männern, die das Anwesen umzingelt haben, gestürmt!«

»Das ist doch reiner Selbstmord!« rief Phil.

Unser indianischer Kollege schüttelte den Kopf. »Angeblich ist das gesamte Sicherheitssystem der Festung zusammengebrochen.«

»Nicht möglich!« Phil staunte. »Karim Ben Shaggi hat ein Vermögen dafür ausgegeben.«

Zeerookah zuckte mit den Achseln. »Ich weiß nicht, wieso nichts mehr funktioniert. Tatsache ist, daß sich die ersten Angreifer bereits im Haus befinden.«

»Ach, du grüne Neune«, sagte Phil.

»Und Clegg und De Lance?« fragte ich.

»Die kommen höchstwahrscheinlich von oben«, gab Zeerookah zur Antwort. »Auf dem Dach des Hauses befindet sich ein Hubschrauberlandeplatz.«

Phil kräuselte die Stirn. »Verdammt, was wollen sie da? Was treibt Karim Ben Shaggi mit seinen Freunden hinter verschlossenen Türen?«

»Wenn wir weiter hier herumhocken, werden wir es nie erfahren«, sagte ich und stand hastig auf.

»D-e-l-b-e-r-t-!« brüllte Jordan Wood hinter seiner Maske, als er die Gefahr erkannte, in der sein Freund schwebte. Gleichzeitig stürzte er sich auf Clegg und stieß ihn zur Seite.

Die Waffe in den Händen des schwerverletzten Sicherheitsmannes ratterte los. – Seine Kugeln trafen jedoch nicht Clegg, sondern McFee.

Der Bärtige wurde gegen die Wand geschleudert, und als er daran nach unten rutschte, hinterließ er eine breite Blutspur. An der Art, wie er zur Seite kippte, war zu erkennen, daß er nicht mehr lebte.

Wood feuerte zornig auf den Sicherheitsmann und hastete dann mit Clegg und den anderen weiter. Allmählich fielen im Haus weniger Schüsse.

Die Angreifer bekamen die Situation immer besser in den Griff. Immer weniger Sicherheitsleute waren noch imstande, Widerstand zu leisten.

Delbert Clegg und Ethan De Lance erreichten den mit Gas gefüllten Auktionsraum. Was in der Planungsphase so ausgesehen hatte, als würde es ein leichter Spaziergang werden, war zur blutigen Schlacht geworden.

Dennoch hatten Clegg und De Lance in diesem Moment ihr Ziel schon fast erreicht. Karim Ben Shaggi, seine Freunde und der Auktionator lagen betäubt auf dem Boden. Die Tür des großen Safes stand einladend offen, und die Rohdiamanten, für die Ethan

De Lance bereits einen Großabnehmer gefunden hatte – sein Name war auch Delbert Clegg bekannt –, warteten darauf, von den Gangstern abgeholt zu werden.

Die Steine befanden sich in einem zylindrischen Aluminiumbehälter. Delbert Clegg hatte nichts dagegen, daß sein Partner ihn an sich nahm.

Die Schlacht war geschlagen. Der Sieg gehörte ihnen. Und Rohdiamanten im Wert von etwa vier bis sechs Millionen Dollar.

Delbert Clegg fühlte sich großartig.

Er hatte nicht vor, sich mit der Hälfte zufriedenzugeben. Er würde alles einsacken, nachdem er Rache für Phyllis' Tod genommen hatte.

Danach habe ich erreicht, worauf ich so lange beharrlich hingearbeitet habe, kam es ihm in den Sinn, während er durch das Glas seiner Maske auf den Behälter starrte, in dem sich die Rohdiamanten befanden. Ich werde der King in Manhattan sein und jeden hinter Ethan De Lance herschicken, der nicht bereit ist, mich als neuen Big Boss anzuerkennen.

17

Großeinsatz!

FBI und NYPD arbeiteten wieder einmal Hand in Hand. Eine Hundertschaft der City Police war aufmarschiert und hatte einen Ring um Karim Ben Shaggis Anwesen gezogen. Scharfschützen der Bundespolizei befanden sich mit uns auf dem Weg nach Richmond. Die Hubschrauberstaffel, die uns zu unserem Einsatzgebiet flog, sollte zusätzlich dafür sorgen, daß sich der vorläufige Sieg der Gangster in eine Niederlage verwandelte.

Wir trugen kugelsichere Westen und waren mit Schnellfeuerwaffen ausgerüstet. Selten hatte der Polizeiapparat schneller reagiert.

Die Aktion lief unter John D. Highs erfahrenem und umsichtigem Oberbefehl. Es hatte den Anschein, als hätte sich jeder Cop und jeder G-man für diesen Einsatz in permanenter Alarmbereitschaft befunden und gespannt darauf gewartet, endlich zuschlagen zu können.

Wir brannten alle darauf, Delbert Clegg und Ethan De Lance das Handwerk zu legen und sie mitsamt ihren Männern endlich hinter Schloß und Riegel zu bringen.

Unter uns glänzte der verästelte Lauf des Main Creek. Vor uns lag der Richmond Creek. Fröstelnd erinnerte ich mich an mein Bad im eiskalten Hudson River, zu dem mich Otis Ledding animiert hatte. Ein Wunder, daß ich danach nicht krank geworden war.

Phil streckte die Hand aus. Ich nickte. Es war nicht mehr weit bis zu Karim Ben Shaggis Festung. Ethan De Lances Hubschrauber stand noch auf dem Dach.

Unser Pilot ging tiefer, und De Lances Pilot eröffnete aus einer vollautomatischen Waffe das Feuer auf uns.

Phil warf die Schiebetür zur Seite, wir schossen zurück, und der Pilot verschwand humpelnd vom Dach.

Ich beharkte De Lances Maschine, damit er sie nicht mehr benutzen konnte. Meine Projektile stanzten Löcher ins Plexiglas, zertrümmerten Armaturen und trafen schließlich das Herz des Helikopters.

Damit konnten die Gangster nun nicht mehr abhauen.

Das Gas, das die Angreifer benutzt hatten, hatte schnell gewirkt, sich aber auch rasch wieder verflüchtigt, so daß es nicht länger nötig war, Gasmasken zu tragen.

Ethan De Lance nahm seine als erster ab. »Darunter schwitzt man sich zu Tode«, keuchte er.

Auch Delbert Clegg befreite sich von seinem Atemschutz.

»Zurück zum Hubschrauber«, sagte De Lance.

Karim Ben Shagi, seine vom Gas betäubten Freunde und die Sicherheitsleute würden noch mindestens fünfzehn Minuten außer Gefecht sein.

Bis sie zu sich kamen, wollten die Gangster mit ihrer millionenschweren Beute über alle Berge sein. Das war ihr Plan, aber er funktionierte nicht.

Schüsse! Auf dem Dach!

Ethan De Lance blieb stehen. »Verdammt, was ist dort oben los?«

Rotorgeknatter!

»Hubschrauber!« stieß Michael Nunn beunruhigt hervor.

Oben auf der Treppe erschien De Lances Pilot. Er fluchte. Sein Gesicht war schmerzverzerrt. Eine häßliche Fleischwunde blutete stark an seinem rechten Oberschenkel.

»Was hat dieser Krach zu bedeuten?« wollte De Lance wissen.

»Fünf FBI-Hubschrauber befinden sich im Anflug«, berichtete der Pilot.

»Verflucht!« brüllte De Lance und machte seinem Ärger Luft. Er sah Clegg an. »Woher wissen die Bullen von unserem Coup?«

»Ich habe es ihnen nicht gesteckt«, gab Delbert Clegg gereizt zurück.

»Aufs Dach können wir nicht«, überlegte De Lance schnell. »Also müssen wir unten raus.«

Sie eilten ins Erdgeschoß. Draußen plärrte ein Lautsprecher: »Hier spricht die Polizei! Das Anwesen ist umstellt! Legt die Waffen nieder und ergebt euch!«

»Du kannst uns mal«, knurrte De Lance.

»Wir könnten versuchen, den Polizeiring zu durchbrechen«, sagte Michael Nunn.

Ethan De Lance schüttelte den Kopf. »Wir igeln uns erst mal hier ein.« Er schaute seinen Partner an, erwartete dessen Zustimmung.

Delbert Clegg nickte. Und De Lance gab die Order aus, es den »verdammten Bullen ordentlich zu zeigen«.

Die Gangster bezogen an Fenster und Türen Stellung und eröffneten das Feuer.

Unser Hubschrauber landete neben De Lances kaputter Mühle. Die anderen Helikopter flogen weiter und setzten irgendwo auf dem großen Grundstück auf.

Ich sprang auf das Dach. Phil, Zeerookah, Joe Brandenburg und Steve Dillaggio folgten mir.

Kaum befand ich mich in Karim Ben Shaggis Festung, da flogen mir auch schon die ersten Kugeln um die Ohren. Der verletzte Pilot hockte in einer Ecke und wurde von seiner hämmernden Waffe kräftig durchgeschüttelt.

Ich warf mich auf den Boden, schoß zurück, und die Waffe meines Gegners verstummte.

Im selben Moment legten die Gangster im Erdgeschoß los. Sie ballerten aus allen Rohren, und die Cops schossen zurück.

Der Lärm war ohrenbetäubend, der Kugelhagel mörderisch. Glas klirrte, Holz splitterte, Türen wurden aus ihren Rahmen geschossen. Aus Karim Ben Shaggis schönem Haus wurde mehr und mehr ein häßliches Trümmerfeld.

Die Cops gaben ihren Gegnern mächtig Zunder. Sie rückten ständig vor und fuhren mit ihren schweren Geschützen auf.

Wir hasteten die Treppe hinunter, und dann entdeckte ich eine offene Tür, die in einen großen Raum führte.

Ich sah eine flimmernde Videowand, einen offenen Safe und Männer, die bewußtlos auf dem Boden lagen. Einer davon war Karim Ben Shaggi.

De Lance und Clegg beteiligten sich nicht an dem wahnwitzigen Feuergefecht. Während es im Haus des Waffenhändlers drunter und drüber und kaputtging, was nur kaputtgehen konnte, beschlossen die Bosse, ihre Haut durch Flucht zu retten. Jeder nur von seinem engsten Vertrauten begleitet. Delbert Clegg von Jordan Wood und Ethan De Lance von Michael Nunn.

Karim Ben Shaggis Festung wäre nicht perfekt gewesen, wenn sie nicht auch über einen geheimen Fluchtweg verfügt hätte. Um sich, wenn nötig, dem verhängnisvollen Zugriff der Behörden entziehen zu können, hatte der Waffenhändler in weiser Voraussicht einen unterirdischen Gang anlegen lassen.

Clegg und De Lance kannten ihn. Er war auf den Plänen eingezeichnet, die ihnen Karim Ben Shaggis Mann in die Hände gespielt hatte.

Sie liefen geduckt durch die Halle. Die Tür zum Gang befand sich hinter einem riesigen, dicken, handgeknüpften, orientalischen Wandteppich.

Delbert Clegg und Ethan De Lance rissen den Teppich herunter.

Keine Tür!

Jedenfalls keine, die man sofort sah. In aller Eile klopften Clegg, De Lance, Wood und Nunn die Wand ab.

»Hier klingt es hohl!« rief Wood.

»Verdammt, wie kriegt man die Tür auf?« fragte De Lance gehetzt. »Es muß irgendwo einen verborgenen Hebel oder etwas Ähnliches geben.«

Der bullige, fast zwei Meter große Nunn löste das Problem auf seine Weise. Drei kraftvolle Tritte genügten, dann war die Tür offen.

Plötzlich schrammte ein Querschläger über Nunns Augen. Er ließ seine Waffe fallen, brüllte auf, schlug die Hände vors Gesicht, und Blut quoll zwischen seinen Fingern hervor.

Wir hasteten weiter und nahmen die Gangster, die auf die Cops draußen schossen, unsererseits unter Beschuß. Jetzt steckten die Typen wirklich mächtig in der Klemme. Aufgeben wäre für sie die beste Lösung gewesen, doch die meisten von ihnen machten stur und verbissen weiter, und das kostete einige von ihnen das Leben.

Ich sah Michael Nunn. Er drehte sich wie ein Tanzbär im Kreis. Sein Gesicht war blutverschmiert. Er tappte mit blutigen Händen um sich und schrie mit schriller Stimme: »Meine Augen! Meine Augen! Ich kann nichts mehr sehen!«

Orientierungslos lief er, sich fortwährend um die eigene Achse drehend, durch die Halle – geradewegs in eine tödliche Garbe hinein!

Wir wurden in gefährliche Mann-gegen-Mann-Kämpfe verwickelt. Steve Dillaggio ließ nicht nur seine Waffe, sondern zwischendurch auch immer wieder seine Fäuste sprechen.

Einige leicht verletzte Gangster gaben auf und streckten die Waffen. Zeerookah und Joe Brandenburg fesselten sie mit widerstandsfähigen Nylonbändern.

Ich entdeckte in dem chaotischen Durcheinander Delbert Clegg, und mir gefror das Blut in den Adern, als ich erkannte, daß er seine Waffe auf Phil gerichtet hatte.

Ich brüllte eine Warnung, konnte aber nicht verhindern, daß Clegg auf meinen Freund und Kollegen schoß.

Mein Herz krampfte sich zusammen, als Phil die Arme hochriß und zu Boden stürzte …

John D. High leitete nicht nur den Einsatz von FBI und NYPD, er befand sich auch vor Ort.

Noch leisteten die Verbrecher erbitterten Widerstand, doch G-men und Cops waren in der Überzahl, und dieser Vorteil kam nun immer mehr zum Tragen.

Die ersten Paparazzi tauchten auf. Mr. High sorgte dafür, daß sie das Kampfgebiet nicht betreten konnten. Jeder, der die Polizeisperre durchbrach, wurde festgenommen.

Der FBI-Chef von New York stand mit seinen Männern in Karim Ben Shaggis Haus in ständigem Funkkontakt. Er wußte, wie weit seine Special Agents bereits vorgedrungen waren.

Steve Dillaggio berichtete ihm laufend. »Michael Nunn hat es soeben erwischt, Sir!« meldete er.

»Wo ist Ethan De Lance? Können Sie ihn sehen?«

»Nein, Sir.«

»Ohne seinen Schutzengel wird er hoffentlich bald das Handtuch werfen.«

»Sir!« Steve Dillaggios Stimme war plötzlich schrill geworden.

»Was ist, Steve?« fragte John D. High alarmiert.

»O mein Gott!«

»Was ist los, Steve? Reden Sie!«

»Jemand hat auf Phil geschossen!« schrie Steve Dillaggio, und dann brach die Funkverbindung ab.

Ethan De Lance verschwand als erster im Geheimgang. Jordan Wood und Delbert Clegg folgten ihm. De Lance hastete, den Aluminiumbehälter mit den Rohdiamanten unter den Arm geklemmt, den schmalen Gang entlang.

Je mehr Meter er zurücklegte, desto finsterer wurde es, und bald konnte er die Hand nicht mehr vor Augen sehen. Sein Schritt wurde langsamer.

Er tastete sich vorsichtig an der Wand entlang, um in dieser pechschwarzen Dunkelheit nicht gegen irgendein Hindernis zu laufen.

Es ärgerte ihn, daß der Coup nicht wie geplant verlaufen war. Verdammt, er hatte noch nie so viele Bullen auf einem Haufen gesehen.

Die Polizei von ganz New York schien sich auf Karim Ben Shaggis Grundstück eingefunden zu haben. Er wünschte sie alle zum Teufel.

Seine in einem Jahrzehnt mühsam aufgebaute Existenz in Manhattan konnte er vergessen. Wenn das Projekt Moneymaker so abgeschnurrt wäre, wie er sich das vorgestellt hatte, hätte er nach dem Coup in sein Nest zurückkehren und dort – um einige Millionen schwerer – unbehelligt weiterleben können. Doch nun wußte jeder verdammte Bulle, daß er das Ding bei Karim Ben Shaggi gedreht hatte, und das bedeutete, daß er Manhattan aufgeben und für immer verlassen mußte.

Es wird ein neuer Mann aufsteigen und die Unterwelt regieren, dachte De Lance, während er sich unermüdlich weiter vorwärtstastete. Aber es wird nicht Delbert Clegg sein, denn der befindet sich in derselben Lage wie ich. Auch er muß so rasch wie möglich verschwinden, wenn er nicht wieder im Zuchthaus landen will.

Der Kampflärm hinter ihnen wurde allmählich schwächer.

»Verflucht, wie lang ist dieser Stollen eigentlich?« fragte Jordan Wood.

»Fast zwei Kilometer«, antwortete Delbert Clegg.

»Und wo endet er?«

»Am Pralls River.«

»Ein cleverer Bursche, dieser Waffenhändler.«

»Bin gespannt, was er den Bullen erzählen wird«, sagte Delbert Clegg.

»Irgendein Märchen«, meinte Ethan De Lance. »Schließlich kann er ihnen ja nicht sagen, daß wir ihm gestohlene Rohdiamanten geklaut haben, sonst schickt ihn der Staatsanwalt in den Knast.«

»Wenn ich an seiner Stelle wäre, ich würde behaupten, man hätte versucht, mich und meine Freunde als Geiseln zu nehmen und eine Menge Lösegeld für unsere Freilassung zu verlangen«, sagte Wood.

»Ich glaube, das wird er tun«, gab De Lance zurück.

Starr vor Schreck blickte ich auf meinen Partner. Phil lag mit schmerzverzerrtem Gesicht auf dem Rücken. Ich warf mich neben ihm auf die Knie.

»Phil! Phil!«

»Ich – bin – okay – Jerry.« Er rang sich die Worte mühsam ab. »Ich – bin okay.«

Seine kugelsichere Weste hatte ihm das Leben gerettet. Die Aufprallwucht der Geschosse war allerdings schmerzhaft stark gewesen und hatte ihm die Luft aus den Lungen gepreßt.

Nachdem ich mich davon überzeugt hatte, daß Phil unverletzt war, atmete ich erleichtert auf. Er würde morgen blaue Flecken unter dem Unterhemd haben, aber wer bekam die schon zu sehen?

Ich streckte meinem Partner die Hand entgegen. Er ergriff sie, und ich zog ihn auf die Beine.

»Das war ein Todesgruß von Delbert Clegg«, sagte ich.

»Wo ist Clegg?«

»Keine Ahnung.«

»Ich möchte mich bedanken«, knurrte Phil ganz hinten in der Kehle.

Cops und G-men stürmten Seite an Seite Karim Ben Shaggis Trümmerfeld. Es würde ein Vermögen kosten, dieses Haus wieder in Ordnung zu bringen.

Aber ich war mir sicher, daß der Waffenhändler das erforderliche Kleingeld dafür aufbringen konnte. Schließlich war er ja kein armer Mann.

Sein Geschäft blühte. Rebellen und Regierungstruppen auf der ganzen Welt kauften sein Mordwerkzeug, um sich damit gegenseitig ins Jenseits zu befördern.

18

Hinter der von John D. High angeordneten Sperrlinie für die Pressefritzen nahm ein geckenhafter TV-Reporter Aufstellung. Er frisierte sich und ließ sich ein Mikrofon reichen, das wie eine lange, dicke, mit schwarzem Schaumgummi überzogene Salatgurke aussah. Eine tragbare Fernsehkamera wurde auf ihn gerichtet.

»Können wir?« fragte er.

»Ich bin soweit«, antwortete der Kameramann.

»Okay. Dann los«. Auf der Kamera leuchtete ein rotes Licht auf, und der Reporter sagte: »Hi, ich bin Barney Pollonski von GTV. Wir befinden uns hier vor dem Haus des Multimilliardärs Karim Ben Sheggi. Jeder kennt ihn ... Scheiße. Stop. Aus. Cut. Noch mal.«

»War doch prima«, sagte der Kameramann.

»Mensch, bist du vielleicht 'ne taube Nuß«, ärgerte sich der Reporter. »Ich habe Karim Ben Sheggi gesagt. Der Typ heißt aber Ben Shaggi.«

»Ich glaube nicht, daß der Versprecher irgend jemandem aufgefallen wäre.«

»Mir ist er aufgefallen. Also noch mal. Und achte darauf, daß du die schießenden Cops mit draufkriegst. Kann's losgehen?«

»Ja.«

Das rote Licht flammte wieder auf, und der Reporter begann von vorn: »Hi, ich bin Barney Pollonski von GTV. Wir befinden uns hier vor dem Haus des Multimilliardärs Karim Ben Shaggi. Hier herrschen Zustände wie im Krieg. Hinter mir wird geschossen, wie Sie hören und hoffentlich auch sehen können. Man läßt uns leider nicht näher ran. Wir werden in der Erfüllung unseres Informationsauftrags erheblich eingeschränkt und protestieren dagegen auf das schärfste. Das wird ein Nachspiel haben, verehrte Zuschauerinnen und Zuschauer. Nun, was ist geschehen? Gangster liefern den Beamten von FBI und NYPD ein erbittertes Feuergefecht. Dem Vernehmen nach sind die Ausfälle auf beiden Seiten sehr hoch. Über das Schicksal Karim Ben Shaggis ist uns zur Zeit nichts bekannt. Lebt er? Ist er tot? Warum haben diese Gangster sein Haus gestürmt? Wir werden in den nächsten Minuten versuchen, diese und viele weitere Fragen für Sie zu klären und melden uns dann wieder. Für GTV – Barney Pollonski.«

Sobald der Kameramann sein Gerät abgeschaltet hatte, schickte ihn Pollonski mit der Aufzeichnung zum Übertragungswagen, damit der Bericht so rasch wie möglich auf die Bildschirme kam.

Es war ein harter Job, aber er machte Pollonski Spaß. Er konnte sich keinen besseren vorstellen.

Der letzte Schuß fiel. Danach war nur noch das Stöhnen der Verwundeten zu hören. Sämtliche Gangster wurden entwaffnet, gefesselt und aus dem Haus geführt.

Mr. High erschien in Begleitung einiger G-men. Ich sah ihm an, wie erleichtert er war, als er Phil neben mir stehen sah. Die Luft war von Staub und Pulverdampf geschwängert.

Ich wartete nicht auf John D. High. Delbert Clegg und Ethan De Lance waren noch nicht dingfest gemacht. Sie befanden sich weder unter den Lebenden noch unter den Toten, also war es ihnen auf irgendeine Weise geglückt, sich abzusetzen. Ich eilte dorthin, von wo aus Clegg auf meinen Partner geschossen hatte, und entdeckte in der Wand eine schmale Öffnung.

Phil folgte mir, als ich den Geheimgang betrat.

»Finster wie in der Mitte eines zwölf Kilometer langen Tunnels«, maulte Phil.

»Hoffentlich ist der hier nicht so lang«, gab ich zurück.

»Dieser Geheimgang ist für mich Beweis dafür, daß Karim Ben Shaggi nicht ganz sauber ist. Niemand, der ein reines Gewissen hat, denkt bei der Planung seines Hauses an den Bau eines geheimen Fluchtwegs. Wer nichts ausfrißt, braucht nicht zu fliehen.«

»Wir werden sehen, ob wir ihm etwas anhängen können. Aber zuerst holen wir uns Clegg und De Lance.« Ich tastete mich so rasch wie möglich durch die Dunkelheit.

Wir wußten nicht, wie lang der unterirdische Stollen war und wohin er führte. Wir hatten auch nicht die geringste Ahnung über seine Beschaffenheit.

Im Moment war er schmal und nicht sehr hoch, und es gab keine Nischen, in denen sich die Männer, hinter denen wir her waren, verstecken und uns auflauern konnten.

Aber das mußte nicht so bleiben, es konnte sich jederzeit ändern, ohne daß es uns sofort auffiel. Theoretisch konnte sich Karim Ben Shaggi auch ein paar gemeine Fallen ausgedacht haben, die ihm halfen, sich im Ernstfall seiner Verfolger zuverlässig zu entledigen.

Phil beschwerte sich hinter mir. »Hat Geld wie Heu, baut ein Haus voller Prunk und Luxus, aber hier unten wird geradezu exzessiv gespart. Nicht mal 'ne nackte Glühbirne hat er anbringen lassen, dieser Geizkragen.«

Jordan Wood schimpfte. Er war gestolpert und wäre beinahe gestürzt. »Das sind die längsten zwei Kilometer meines Lebens. Woraus bestehen die? Aus Gummi? Zieht die einer mehr und mehr in die Länge, um uns zu ärgern?«

»Wir müssen das Ende des Ganges bald erreicht haben«, erwiderte De Lance. »Es kann nicht mehr weit sein.«

»Ich komme mir vor wie ein Grottenolm«, murrte Wood.

Ethan De Lance stieß mit der Fußspitze gegen ein Hindernis. »Aha.«

»Was ist?« fragte Delbert Clegg.

»Eine Stufe«, antwortete De Lance. »Noch eine. Und noch eine. Wir scheinen das Ende des Tunnels erreicht zu haben.«

»Wurde aber auch langsam Zeit«, sagte Wood.

Nach der siebenten Stufe meldete De Lance: »Hier ist eine Tür.«

Er fand einen Riegel, schob ihn zur Seite und öffnete die Tür.

Das leise Plätschern von Wellen, die gegen Beton schlugen, war zu hören. Ethan De Lance trat vor und sah sich um.

»Ein Bootshaus«, sagte er. »Das ist ein Bootshaus.«

Der kleine überdachte Hafen beherbergte drei Schnellboote.

Delbert Clegg nickte zufrieden. »Die sind sicher gut gewartet und jederzeit startklar.«

Ethan De Lance lachte. »Ich mag diesen klugen Waffenschieber irgendwie.«

Sein Blick streifte die Boote. Eines sah so neu aus wie das andere. Es war wohl egal, für welches sie sich entschieden.

»Welches nehmen wir?« frage De Lance.

»*Du* nimmst keines, Ethan-Baby.« Delbert Cleggs Stimme klirrte plötzlich wie Eis. »Hier trennen sich unsere Wege. Jordan und ich fahren in die Freiheit – und du zur Hölle!«

De Lance drehte sich langsam um. Seine Augen glühten. »Verfluchter Bastard!«

Cleggs Waffe war auf De Lance gerichtet. »Du hast deinen Zweck erfüllt. Ich brauche dich nicht mehr.«

Auch Woods Waffe zielte auf De Lance. Clegg forderte den verhaßten Feind auf, sein Eisen fallen zu lassen.

De Lance gehorchte widerstrebend.

»Hast du geglaubt, unsere Partnerschaft könnte von Dauer sein?« höhnte Clegg. »Warst du wirklich so naiv, anzunehmen, ich könnte vergessen, was meiner Tochter zugestoßen ist? Ich habe Phyllis versprochen, ihren Tod zu rächen, und was ein Vater seinem Kind verspricht – das muß er halten.«

»Ich habe mit dem Tod deiner Tochter nichts zu tun«, sagte De Lance heiser. »Ich war nicht in diesem Krankenhaus.«

»Der Killer war dein verlängerter Arm, deshalb mache ich dich für das, was er getan hat, auch verantwortlich.«

»Hör zu, Delbert, du machst einen Fehler …«

Clegg lachte kalt. Er streckte die Hand fordernd aus. »Darf ich dich jetzt um die Rohdiamanten bitten? Da, wo du hingehst, haben sie nämlich keinen Wert.«

Ethan De Lance trennte sich von dem Aluminiumbehälter. »Hier. Nimm sie. Du kannst sie alle haben. Ich verzichte auf meinen Anteil.«

Clegg lachte wieder. »Oh! Vielen Dank. Wie großzügig.« Er wurde ernst. Sein Gesicht wirkte jetzt wie aus Granit gemeißelt. »Wie kannst du auf etwas verzichten, das dir nie gehört hat? Du durftest die Steine lediglich für mich tragen, Lakai.«

»Du bist jetzt ein reicher Mann.«

»Ja«, tönte Clegg, »ich bin im wahrsten Sinne des Wortes steinreich.«

»Genügt dir das nicht?«

Es hatte den Anschein, als würde Delbert Clegg nachdenken. Schließlich nickte er und sagte: »Na schön, du kriegst eine letzte Chance von mir. Auf die Knie, du widerlicher Scheißkerl. Ich möchte, daß du mich um dein Leben anflehst. Aber mach deine Sache gut, denn wenn dein Gewinsel mich nicht zu Tränen rührt, mache ich Fischfutter aus dir.«

Zähneknirschend sank Ethan De Lance auf die Knie. Was für eine Schmach. Bis vor kurzem hatte jeder Gangster in Manhattan nach seiner Pfeife getanzt.

Sein Wille war Gesetz gewesen – und nun ... Seine Macht war zerfallen wie eine ausgetrocknete Sandburg. Er mußte um sein Leben fürchten, mußte um sein Leben betteln.

Er schüttelte verzweifelt den Kopf. »Ich weiß nicht, was ich sagen soll, Delbert ...«

Clegg sah ihn befremdet an. »Mann, es geht um dein Leben, und du weißt nicht, was du sagen sollst? Ist dir dein Leben denn gar nichts wert? Bitte! Bettle! Flehe!« Er setzte De Lance den Lauf seiner Waffe an den Kopf.

»Es ist doch schon alles gesagt«, kam es ratlos über die wulstigen Lippen des kleinen Gangsterbosses. »Es tut mir leid, daß deine Tochter ...« Er blickte flehend zu Clegg auf. »Ich fühle mich nicht schuldig an ihrem Tod! Es war ein tragisches Unglück. Das Ganze ist nur eine Sache zwischen uns beiden gewesen. Es hatte nichts mit Phyllis zu tun!«

Clegg schlug ihm den Lauf der Waffe ins Gesicht. »Nimm ihren Namen nicht in den Mund, du verdammter Hurensohn!« brüllte er ihn an.

»Ich ... ich wollte nicht, daß sie stirbt«, beteuerte De Lance, aus einem tiefen Cut blutend. »Laß mich nicht für etwas büßen, für das ich nichts kann. Nimm die Steine und geh. Und laß mir mein Leben – ich bitte dich!«

»Tut mir leid, mein Freund, die Darbietung war jämmerlich«, sagte Clegg frostig – und dann ließ er seine Waffe so lange hämmern, bis sie leer war.

Wir hörten Schüsse. Schnell und abgehackt flog uns der Schall entgegen. Hallend und ratternd.

»Verdammt, wieso schießen sie?« keuchte Phil »Und auf wen schießen sie? Sie befinden sich doch Lichtjahre hinter der Polizeifront.«

Ich begann zu laufen, obwohl das riskant war, aber ich wollte endlich aus diesem finsteren Tunnel raus. Licht sickerte mir entgegen.

Mit jedem weiteren Schritt war meine Umgebung besser zu erkennen. Phils Tritte stampften knapp hinter mir. Das Ende des Tunnels wurde sichtbar.

»Gleich haben wir's geschafft«, sagte ich. »Dort vorn sind Stufen.«

Kurz bevor ich Stufen erreichte, vernahm ich das gedämpfte Knurren eines Motors. Es hörte sich an, als würde ein Boot losfahren.

Endete der Gang etwa am Pralls River? Gleich würden wir es wissen.

Ich legte die letzten Meter mit weiten Sätzen zurück, stürmte mit schußbereiter Waffe die Stufen hinauf und erkannte, daß ich mich in einem großen Bootshaus befand. Und ich sah Ethan De Lance.

Mir stieg der Gallensaft hoch. Delbert Clegg hatte die Partnerschaft, die uns seit ihrem Beginn ein

Dorn im Auge gewesen war, auf seine Weise beendet.

Ethan De Lance, der Mann, der so lange Manhattans Unterwelt mit eiserner Faust und grausamer Härte gelenkt und beherrscht hatte, war kaum noch zu erkennen. Die Kugeln, die ihn getroffen hatten, hatten schreckliche Arbeit geleistet.

Wir hörten das Knurren des Bootes, mit dem sich Delbert Clegg in Sicherheit bringen wollte

Ein Glück, daß wir zwischen zwei startklaren Schnellbooten wählen konnten. Ich sprang auf eines, Phil warf die Leinen los, ich startete die kräftigen Zwillingsmotoren, wir schossen auf den Pralls River hinaus und hinter Clegg und Jordan Wood her.

Ich drehte voll auf. Der Bug unseres schnittigen Gefährts hob sich aus dem Wasser, und ich folgte den Gangstern, deren Vorsprung nicht allzu groß war.

Sie hatten im Bootshaus wertvolle Zeit vergeudet, hatten wohl nicht damit gerechnet, daß wir ihnen durch den Fluchtstollen folgen würden.

Wir rasten am Great Fresh Kill vorbei. Kaltes Wasser spritzte mir ins Gesicht. Unser Schnellboot hüpfte wild über die Wellen und klatschte immer wieder hart auf die Wasseroberfläche.

Ich stand breitbeinig am Ruder und federte die Stöße, die von unten kamen, in den Knien ab. Zu unserer Rechten befand sich das Quadrat von Island of Meadows. Dann folgte Little Fresh Kill.

Delbert Clegg und sein Komplize hatten uns natürlich längst bemerkt. Clegg versuchte uns abzuhängen, aber er hatte das Schnellboot nicht so gut im Griff wie ich unseres.

Dadurch schrumpfte der Vorsprung der Gangster von Minute zu Minute.

Ich sah, daß Clegg seinem Kumpan mit wutverzerrtem Gesicht irgend etwas zubrüllte.

Daraufhin eröffnete Jordan Wood das Feuer auf uns.

Ich duckte mich. Woods Kugeln zertümmerten das Glas vor mir, doch damit waren wir nicht zu stoppen.

Phil hielt sich an einer vertikalen Chromstange fest, beugte sich seitlich aus dem Boot und schoß zurück. Woods automatische Waffe hämmerte. Phils automatische Waffe hämmerte.

Wood fing plötzlich an zu tanzen. Er machte ruckartige Bewegungen, warf die Arme hoch, ließ die Einhand-MPi fallen, drehte sich zweimal im Kreis, fiel rücklings über Bord und ging augenblicklich unter.

Jetzt war Delbert Clegg allein. Wenn er vernünftig gewesen wäre, hätte er aufgegeben, aber er schien zu glauben, uns immer noch entkommen zu können.

Vor ihm lag Prall's Island. Er hielt haargenau darauf zu, schien sich nicht entscheiden zu können, ob er links oder rechts daran vorbeifahren sollte. Geradeaus zu fahren, war die schlechteste aller Möglichkeiten, denn die Insel im Fluß würde sich nicht für Clegg teilen.

»Verdammt, was tut er?« schrie Phil. »Wieso weicht er nicht aus?«

»Er kann nicht!« gab ich zurück.

Ich sah, wie Clegg das Ruder hin und her riß, doch die Steuerung reagierte nicht. Sie mußte während des Schußwechsels zwischen Phil und Wood Schaden genommen haben. Das Schnellboot war nicht mehr manövrierfähig. Delbert Clegg hätte die Geschwindigkeit erheblich drosseln müssen, aber auch das schien nicht mehr zu funktionieren.

Seine allerletzte Chance hätte darin bestanden, ins Wasser zu springen und das Schnellboot allein weiter auf Prall's Island zurasen zu lassen.

Ich hätte es getan. Warum kam Clegg nicht auf diese Idee? Hatte er einen Blackout? Begriff er den tödlichen Ernst seiner Situation nicht? Glaubte er, das Boot doch noch unter Kontrolle bringen zu können?

Delbert Cleggs Schnellboot zielte mit dem Bug auf die schräge, zum Pralls River abfallende Betonfläche einer Werft. Dort konnten Schiffe an Land gezogen, repariert und anschließend wieder zu Wasser gelassen werden.

Diese Fläche jagte Cleggs Gefährt funkensprühend und mit unverminderter Geschwindigkeit hoch – und oben prallte es schließlich gegen schwere, massive Holzblöcke.

Das Schnellboot wurde jäh gestoppt. Clegg flog durch das Glas, überschlug sich in der Luft mehrere Male und verschwand aus unserem Blickfeld.

Ich drehte bei. Wir sprangen von Bord und rannten das algen- und moosbewachsene Betonfeld hinauf.

Oben erkannte ich, daß keine Eile mehr geboten war. Delbert Clegg, der Mann, dessen Ziel es gewesen war, sich in Manhattan zum König der Unterwelt hochzuschwingen, lebte nicht mehr. Die Flunkenspitze eines rostigen Ankers hatte seinen Brustkorb durchbohrt …

Wir fanden die geraubten Rohdiamanten und deckten Karim Ben Shaggis verbrecherisches Geschäft mit dem wertvollen Diebesgut aus den Minen vieler Länder auf.

Der Waffenhändler konnte sich zwar die besten Anwälte der Welt leisten, doch auch die würden nicht verhindern können, daß man ihm den Prozeß machte. Und auch seine Kunden, die in sein Haus gekommen waren, um die Steine zu ersteigern, würden nicht leer ausgehen.

Der Fall schlug hohe Wellen. Namhafte Größen aus Politik und Wirtschaft sahen ihren guten Ruf gefährdet, waren aus diesem Grund eifrig um Schadensbegrenzung bemüht und hatten es sehr eilig, sich in aller Öffentlichkeit und vor laufenden Fernsehkameras von

Karim Ben Shaggi zu distanzieren, mit dessen Freundschaft sie sich bis vor kurzem noch stolz gebrüstet hatten.

Der Job war getan.

Ich stand in meiner Wohnung am Fenster und sah hinaus. Es regnete.

Der Himmel war deprimierend grau.

Ich aber fühlte mich gut. Schließlich durfte ich mit meiner Leistung zufrieden sein.

Celine Berensen fiel mir ein. Ich hatte versprochen, sie anzurufen. Endlich hatte ich Zeit für sie.

Ich schnappte mir das Telefonbuch und suchte ihre Nummer. Als ich sie gefunden hatte, ließ ich meine Finger über die Tasten des Telefons tanzen.

»Hallo!« Das war sie. Ihr hübsches Gesicht erschien vor meinem geistigen Auge, und ich lächelte, als stünde sie vor mir. Im Hintergrund war fetzige Rockmusik zu hören.

»Hallo, Celine«, sagte ich freundlich.

»Wer spricht?« wollte sie wissen.

»Jerry.«

»Wer?«

»Jerry Cotton.«

»Jerry Cotton?« Sie schien sich nicht an meinen Namen zu erinnern. Eine herbe Enttäuschung für mich.

»He, Baby, wer ist dran?« hörte ich einen Mann fragen. Auch das noch.

»Ein Jerry Cotton«, sagte Celine.

»Kenne ich nicht«, sagte der Mann.

»Ich auch nicht,« sagte Celine.

»Vergiß es«, sagte ich und legte auf.

Ich nahm mir einen Drink, schüttelte die Slipper von den Füßen, setzte mich, legte die Beine auf den Couchtisch und genoß die wohltuende Stille meines behaglichen Heims.

ENDE